壶天山水

周力 著

北方文艺出版社

图书在版编目(CIP)数据

壶天山水 / 周力著. —— 哈尔滨：北方文艺出版社，2021.1

ISBN 978-7-5317-4863-2

Ⅰ.①壶… Ⅱ.①周… Ⅲ.①散文集–中国–当代 Ⅳ.①I267

中国版本图书馆 CIP 数据核字(2020)第 170958 号

壶天山水
HUTIAN SHANSHUI

作　者 / 周　力

责任编辑 / 李正刚　　　　　封面设计 / 力扬

出版发行 / 北方文艺出版社　　网　址 / www.bfwy.com
邮　编 / 150080　　　　　　　经　销 / 新华书店
地　址 / 哈尔滨市南岗区宣庆小区 1 号楼
发行电话 / (0451) 86825533

印　刷 / 成都兴怡包装装潢有限公司　　开　本 / 880×1230　1/32
字　数 / 240 千　　　　　　　　　　　印　张 / 9.5
版　次 / 2021 年 1 月第 1 版　　　　　印　次 / 2021 年 1 月第 1 次印刷

书　号 / ISBN 978-7-5317-4863-2　　　定　价 / 58.00 元

目录 CONTENTS

春　酿	001
龙虎光华	034
青城探幽	042
武当山的"当"	048
小小齐云山	066
云端里的磁场	074
穿越时空的炼丹炉	085
捣药鸟	091
百姓的逍遥	098
罗浮丰碑	109
撩起"道源"的轻纱	117
茅山风	126
碧海祥云	134
昂　头	152
洞天魅力	161
山　神	170
古塔白鹭	191
饶北河的约定	209
风流桐木江	229
雨中道缘	250
水碑演义	256
后　记	292

春　酿

信江源头的金沙溪，在新中国成立初期曾有一段气势非凡、激情澎湃的"春酿"往事……

一、夜巡

那年五月，如注的暴雨，已足足肆虐了二十三天，仍无停歇的意思。玉山的河流田野道路甚至村落房屋，几乎没入了滔滔的洪水之中。金沙溪尾段本是绕城而过，此刻失去了往日的妖娆与温柔，漫过河床，涌进城垣。县城的东门、砻坊街、大西门、横路街早已黄水泛滥，失却路径。得势的洪水肆无忌惮，步步向窗台逼近。不愿撤离的居民已退至阁楼，焦虑与不安混杂着无奈的情绪，充满了逼仄的楼层空间。整个淹没区，炊烟已断，信息全无，唯有哗哗的雨声撞击着耳膜，将恐惧一缕缕地灌进人们的胸腔。偶有三两批胆大的年轻居民，头顶着罩了雨布的竹篮，蹚着齐胸的水出没于巷道之间，他们是给留守的亲人送饭的。倘若哪里"哗啦"一声发生房屋墙壁垮塌，溅起的水浪，最多让送饭的后生转头一瞥，影响不了后生推起水花赶向自己目标的迫切。

这天傍晚，紧邻横路街的三里街还未受淹的临河巷道内，出现了一群穿雨衣还打油纸伞的干部，他们高挽起裤脚，穿着早已失去作用的雨鞋，吧嗒吧嗒地来到金沙溪岸边，走走停停，神色凝重地望着暮色苍茫中的河面，虽看不太清楚河面漂浮的是树木还是屋架，但他们每个人的心里，都明镜般地知道一个现状——此场灾情不轻！

这帮人是玉山百姓的公仆。领头的是个英俊的年轻人，中等身材，说一口浓重的北方话。他是南下部队文工团的一名提琴手，是昨天才奉命脱下军装，冒雨赶来玉山当县委书记的。此刻他和县委办主任等人刚从乡下转回县城，会同等候在街口的街道工作人员，忍着饥肠辘辘的鸣叫，坚持查看水情。街道同志劝他们休息，先吃晚饭，但那领头汉子执意要大家坚持坚持，并说水情便是军情，等不得！这会儿那瓢泼的雨似乎要给这帮人行个方便，悄无声息地停了下来。这更增添了他们查看受淹区的狠劲。

淹没区巷口漂出一艘小船，上面坐了个迟迟不愿撤离的老太太，他儿子双手扶推着船身，身上背个旅行包。老太太肩上却绑着包袱，有棱有角，很是奇怪，问她才知是家谱。她说，水退了还得回来，家谱不能丢，抗战时期时都是她背着！

如此水情，玉山置县的历史上发生过多起，唐、宋、明皆有。其中严重的有康熙年间的灾害记载，彼时尚有城墙包裹的县城，无奈浸水月余，致使县城颓败，呈现了数十年的荒芜，居民逃走，地块无籍，庭院道路荒草萋萋，野狗游蛇出没。更悲惨的是灾后瘟疫——"大肚病"（血吸虫病）猖獗，既使得病者"头如苦楝，腹成筲箕"，还使原本兴旺的村落败落不堪，田地成了庄稼汉不敢接近的"棺材田"。尚可耕种的地块，也基本是"春种一大畈，秋收一箩筐"。官府行文中惊呼：敲哉玉邑也，民何以生乎？

可玉山终究是龙飞凤舞之宝地。数百年来，灾难锻造了玉山人百折不弯、不畏艰难的奋斗精神，凭借"两江锁钥，八省通衢"的地理优势,将玉山特优产品,如黑猪、大青豆、龙涎香、罗纹砚及实用物资交流出境,换回玉山民众所需的布料、盐、药材、燃油等货物,滋润和催生百姓企盼的生活香味与光鲜穿戴。物换星移,玉山的生活水准渐渐高于周边区域,属于江浙一带较为富庶的地方!

尽管如此,几乎年年光临的洪涝灾害,依旧或轻或重地袭击玉山,不仅给玉山民众酿成惨痛灾祸,亦给下游万千生灵制造了胆战心惊的梦魇。信江中游的弋阳,昔时就流传着"晴三天搬车,雨三天搬家"这句话。话里的"车",便是水车!

眼下的这场暴雨,旷日持久,百姓几乎已到了承受的极限,假如天公继续施展淫威,"民逃"的现象恐怕难以避免。

临河而立的官员们面面相觑!

河对面有栋翘角古建筑,有"江南第一楼"之称。虽然不及滕王阁、黄鹤楼、岳阳楼的名望,但在赣东这片地界上,确实有其古老和恢宏的声誉。想当年,它的跟前便是信江航路的终极码头,帆樯拥堵,商贾云集,其中不乏名人雅士,如阎立本、朱熹、汪应辰、陆九渊、陆游、徐霞客等,皆在此驻足。或许那时未见"江南第一楼",但以他们的阅历与文学想象力,必定从心底丰富出了一座可以吟诗作画、品茶听书的楼阁,进而投影般地将楼阁"射向"岸边,耸立于民居与帆樯之间,引骚人诗韵似江水映月,招商贾豪情如彩蝶飞花!那名扬天下的郁达夫,当年因火车受阻,便下车在玉山车站旁溜达,当来到此地,郁闷的心情烟消云散,及至隔河望见玉山城貌,大喜,赞玉山为"东方威尼斯",后成《冰川纪胜》美文。这看一眼便由想象写出玉山胜迹迷人的才气,大概也是"江南第一楼"的感应!

天完全黑了,河岸上有了零星的灯光。

此刻仍在河边站着的官员们,与以往郁达夫是相向而看。郁达夫看到的是快慰，官员们看到的是焦心。只见那领头的北方汉子，紧抿着嘴，时不时地轻晃一下头颅又挺一挺腰板。他有着青年学生难免的冲动，又有着历经磨炼趋向成熟的刚毅。他曾率领五百多名担架队员，随解放部队转战战场。在海阳包围战与莱阳战役间取得优异战绩并荣获二等功，受到朱总司令接见。此次，他没有想到，他来玉山会遇上如此沉重而特殊的欢迎仪式。它的"凶狠"，胜过枪林弹雨。他感到了山般的压力。不过，他没有抱怨，反而激发了他的斗志：我姓尉的，要与玉山人民一道，战胜灾害，让玉山更加妖娆，"胜"之又"胜"！

这当口儿，有哪个会想起玉山之"胜"而搜索文句加以颂扬的呢？估计只有站在旁边平常喜欢唠叨几句诗的汪秘书，此时此地可能正和着自己如鼓的腹鸣和水灾的感伤，在酝酿什么情景诗了。他捏着眼镜慢慢擦拭的动作透露了他的内心。

"汪秘书，你上午说陆游的诗怎么说的？"尉书记发话。

"啊？嗯……"汪秘书没缓过神。

"就那什么'春酿'？"

"安得此溪水，为我发春酿。"一声清脆的童音响起，尉书记转头观看，只见身后站满了趁雨歇出来查看水情的群众。那儿童七八岁，依偎在一位看不清装束及面容，二十五六岁模样的妇女身前。

"哈哈——小朋友厉害！"尉书记夸过小孩，随即转问众人："发春酿，能吗？"

众人无语。有人抬头仰望黑洞洞的天，有人举起"蛤蟆灯"（一种用玻璃瓶灌些煤油挂在小竹竿上的灯具）看水势。那围在尉书记身边的官员们，也一时语塞。新中国成立初期，人们充满着美好向往，都在兴致勃勃地为新生活奔忙。可在目下洪水围困的生死关头，有几个干部或群众会去浪漫地想"春酿"呢？那妇女将儿童拉向自己，护在腋下，示意别插嘴。不料儿童随口蹦出一个字："能！"

斩钉截铁，这分明不单是一声童声了！

二、贡口

玉山县建于唐朝，至今已历一千三百余年。玉山县城所在地原是一片沙砾河滩，因河岸码头便利，人口日益兴盛，而设"沙砾镇"。此名头欠吉，暗含洪水泛滥的迹象，有伤居民情感。由是，以傍镇南面而过、暑天尚浮一线冰块的冰溪（上接金沙溪）为名，改称"冰溪镇"，寄托了芸芸众生的美好向往。

逆冰溪、金沙溪而上，渐入山区，经四股桥、双明（少华）、紫湖、金沙等地，最后在怀玉山脉主峰三清山北麓的平家源窥见源头。一路上景色优美，高山、峡谷、险滩、陡崖、溶洞，目不暇接。离冰溪镇三十五里处有个隘口，金沙溪水由此奔出。清朝时太平军曾设军事关卡于此，控制了关卡内近八十里的水路及三百二十多平方公里的山林。该处名叫贡口，用胃与食道相连的部分命名，可见其位置的独特与紧要。

贡口有三百多户人家，小部分散落在隘口内，大部分相对集中在隘口外侧棠梨山脚，村内有条一百几十米长的街道，是个名副其实的小集镇。千百年来，人们关于水的故事，就像水一样滋润着人们生活。在贡口，就流传着一个既痛楚又充满渴望的传说——金沙溪里有黄、乌两条狂龙，它们常常为地盘争斗，使出吸水与吐水大法，吸水则旱见赤地，吐水则涝现浆田。尤其是吐水纷争暴起，金沙溪洪流滚滚，夹岸山林呼啸，桥路垮塌，田地冲毁，飞鸟走兽灭迹，鱼虾鳖獭奔逃，百姓哀声震天，路陈饿殍。太上老君见状，急变身为普通道士，来到贡口，轻挥拂尘，黄、乌两龙静伏洞中，天地清明。太上老君心想：黄、乌两龙现已受困，但洞穴窄小，天长日久，终生事端，不如让百姓送一块大场地给它们，让它们乐在其中，永不害民，才属良策！于是，太上老君手托一坨泥巴，对一衣衫褴褛的农夫问道："你看用此泥团堵住赉口，形成大湖，让黄龙与乌龙有个广阔的活动场所，消除争斗可好？"农夫满脸疑惑，说道："不可能，你这泥团堵蚁穴都无用，哪能堵得了赉口成大湖？神仙也做不到！"太上老君闻言极为失望，抛下泥团，驾起一朵祥云飘然而去。农夫见状顿觉失言，后悔不迭，欲抱泥团追赶，可怎么也抱不起泥团，只见泥团缓缓地化作一道金光，在农夫身前打着旋，渐渐旋成了一座小山。

光阴荏苒，终在一九五四年五月，因那场罕见的暴雨及连带产生的灾祸影响，赉口被一群人刻骨铭心地惦念上了。当地官员邀请上级派员进入赉口勘测地形，收集水文、地质资料，立志截断金沙溪，堵住赉口，化赤地为绿野，变浊浪为清流，让玉山及信江两岸成为真正的米粮仓。经过几年的勘察与审批，急切等待中的赉口，于一个秋后艳阳高照的早晨，迎来了第一支修建赉口水库的开路采石的队伍！

队伍有三十余人，落脚在赉口左侧的棠梨山。俗话说"兵马未动，粮草先行"，这里已搭建好了一个用作食堂的工棚，里面有厨师和帮厨在忙活。住宿则采取分散的办法，借住在附近的百姓家中。他们到达的当天上午整理大锤、钢钎、铁耙、畚箕等工具，铺设垫砖当床脚的地铺，下午便在食堂的工棚里召集了领受"战斗"任务的会议。

有位这几年都在此转悠的杨工，此时正坐在木板拼凑的桌子前听讲。他水利专业毕业，虽是毛头小子，可责任心强。有次踏勘失足，他从山顶翻至山脚，脸、背、膝盖多处鲜血淋淋，可怀中紧抱的测量仪器安然无恙。这次由他任副队长，具体负责规划测量勾图事宜。临行前，县领导拍着他的肩膀，重申修建贲口水库的意义。自出发到现在，半天多时间过去了，他依然觉得肩上隐隐地按着一只大手。他参与了新中国成立以来上饶地区修建的第一座示范性水利工程——和平水库的建设，有着比较丰富的实战经验。可他丝毫不敢懈怠，工作尚未真正开始，前两天才领到手的笔记本，已被他翻得起了毛边！

"同志们，修建贲口水库是我县的又一个大动作，我们是打前站，先头部队，打基础的，我们要打赢这个基础，一定要坚决！哎，明年的七月一号，建党日，水库全面开工，我们未拖后腿，就合格！"讲话的是从区长位置上调来的唐队长，他一边从篾壳的热水瓶里往搪瓷茶缸内倒开水，一边开始讲话。他土改时参加的工作，用本地话说即是"红脚肚"（意为种田出身）的干部。他未进过学堂门，文化程度低，在工作中扫的"盲"，传达上级精神和布置事情全凭记忆。刚才的几句"开场白"，他是用了一番遣词造句的功夫，听来文绉绉。杨工明白，"红脚肚"出身的干部，工作热情和干劲是无可比拟的。他们的两只脚，一只代表"荣誉"，一只代表"使命"，荣誉与使命结合在一起的力量，是能战胜任何艰难险阻的。跟着他们干，准备脱层皮。他拿出笔记本正要记几句，唐队长点了他的名："杨工杨工，今天汪秘书没来，你讲下那句诗，哎，尉书记讲我们是做春酿的，你读读，再解释解释，我们学学！"

杨工不慌不忙站起，向与会者弯了下腰说："我现学现卖，昨天才从汪秘书那里抄来！诗作者是宋代忧国忧民的诗人陆游。诗题目是《玉山县南楼晚望》，里面诗是这样写的——小楼在何许，正在南溪上。空蒙过钓船，断续闻渔唱。征途苦逼仄，舒啸喜清旷。安得此溪水，为我发春酿！"杨工读完，看了看场内神态不一的队友们，转头瞧唐队长："再解释下吗？"唐队长眨巴眨巴眼睛："哎，记不牢，这么长！我们这些大老粗文盲，照读还如嘴含芋头不清楚。你讲春酿！"

杨工清清嗓子："春酿就是春天做的酒。这诗是诗人的一种想象。那天他沿着信江往上游来，见两岸因缺水而颗粒无收的景象，心中很是难过。但他来到冰溪，见冰溪水美环境美，还听到抓鱼的人在唱歌，心情一下子就开朗起来。他在溪边的小楼上望着冰溪水，希望冰溪水都变成春天酿的酒。我们都知道，春天的酒质量好。酒是粮食酿的，没有粮就没有酒。所以陆游祝愿溪水全变酒，变作大家喜欢的春天的酒！"会场里一阵笑声，唐队长说："哈哈，我听懂了一点，这人是希望粮食丰收！"随即他又摆摆手，"哎，这诗是个小鬼头背给尉书记听的，三年了！这个小鬼现八岁。你们知道是谁的儿子？"大家顿露迷惑神态，唐队长慢悠悠地点燃一锅旱烟："是我们红军烈士的弟弟老鲁厨师的儿子！"

哗——真如热锅里倒进一盘青菜，群情热烈——"神童，厉害，看不出……"赞声连连，有人甚至要找老鲁师傅看小孩模样了。杨工挥挥笔记本："小孩去外婆家读书了！他外婆家就在我们玉山隔壁地方——常山球川。前几年，老鲁在玉山开了个小菜馆，那年涨水，他们全家都在县城，碰上了尉书记，才有那事，当时我在场！"有人问："哦，这小孩真强，不得了，谁教的？"杨工说："他妈妈，他妈妈文化高，有学问，见过世面！这次一起来帮厨的！""呀呀，这是要出汪状元了，贲口里面一点的凤叶村，就出了个汪应辰，他文化就是妈妈教的！"

"哎哎！"唐队长接话，"鲁师傅是贲口人。他哥哥是方志敏部队的，在开化牺牲了。这次我们来，鲁师傅菜馆懒得开，关了，老公老婆都来给我们当炊事员，尉书记同意的，鲁师傅是贲口水库第一炊！"会场里又是一阵喧嚷。鲁队长及时接话拦住杨工，是怕杨工顺嘴介绍鲁师傅老婆（曾是国民党兵），惹麻烦，他用老鲁哥哥的荣誉和尉书记的许可，肯定了鲁师傅夫妇，使在场的人滋生了一份敬意。

唐队长站起身，把旱烟杆往手掌上拍拍："哎——我看我们开路采石，就像砍柴的，要炊酒（即酿酒），叫春酿，没有柴不行，先要砍柴！把柴砍足了，是我们的责任！哎，我说下我们怎么砍柴！"

当天晚上，离他们住地不足两里地的鲁家，由鲁师傅亲自把灶，展示了一场原生态的炊酒过程！此过程原始古老，却在前来参观的老唐、杨工等队友的嬉闹声里融入了不一样的风味。

三、灯火星空

时间过得很快，转眼就到了贲口水库全面开工的那一天。

这天，是公元一九五八年七月一日！

棠梨山，彩旗飞扬，锣鼓喧天。既庆祝党的生日，又庆祝贲口水库命名为"七一水库"！

老杨与唐队长一样是新中国成立初期的土改运动吸纳的"红脚肚"干部，此时他是玉山县副县长，前几天从"玉山、广丰、上饶"大炼钢铁协作区奉调回玉，任七一水库工程指挥部主任。再过几日，他将根据县委县政府的决定，响应国家"大办民兵师"的号召，组建"七一水库民兵师"并担任师长（政委由另一位县委副书记兼任）。也就是说，当县属区、乡三万名民工集中之日，就是他挂帅指挥民工上阵开工之时！这会儿他不仅安顿好首批带来的四百多名民工的食宿，还以民兵营、连建制，召集大部人马，以猎猎战旗为先导，开赴五百米外的水库坝区，打响了破土清基的第一场战斗。

坝区在牛头山与棠梨山之间，两山海拔均在三百米左右，牛头山略高。它们成V字形相对而立，中间约有二百米的间隔。金沙溪靠右穿过，有近六十米宽的水面，深丈余。靠棠梨山一侧，敞露着上百米阔的河漫滩和台地，高出水面两至七米，上有杂草、树木、石埂、荒坟。清基队伍到达后，迅速分散至由杨工他们标定的约三百三十米的地段内，锄头、畚箕、弯刀、抬杠、撬棍、缆绳等工具齐舞动，霎时喧闹了坝区的边边角角，草根树兜老河堤，荒坟粪池水口庙，包括那沙石地上正在生长的高矮蔬菜，转眼间挪了位置……贲口，用前所未有的动静，向世人宣告了新纪元的开始！

老杨与杨工登上了棠梨山顶，他们要为日后大部队取土观察路径与位置。老杨三十出头，从他那布满风霜印痕的脸上，可看出他经历过太多的苦难。他父亲因血吸虫病命赴黄泉，母亲改嫁，丢下他成了孤儿，他四处流浪，吃百家饭长大。解放初随剿匪部队剿匪建功，升任县民兵剿匪大队长。后进京参加干部培训并学习文化，回乡任副县长，至今已有三个年头！他爱憎分明，立场坚定，工作热情高涨。他要是与谁对胃口，即使对方工作失误了，他亦会大包大揽，归责于己。要是他讨厌谁，他走路、吃饭也与那人远隔三丈。他不仅嗓门大，打呼噜也格外惊人，那房间的玻璃窗会随他的呼噜声相应颤动。他心胸坦荡，喜欢别人对他直呼其名，同事和乡村民众非常亲近他。这次修建七一水库由他指挥，对他来说，既是"合胃口"的众望所归，也是"正中下怀"的抚慰。

他随随便便地在草根上坐下，然后让小他七岁的杨工坐他旁边，并将草帽递给杨工垫屁股。杨工不要草帽，老杨说："你皮嫩，不垫扎坏了咋办？你看，我皮厚！"老杨伸手扯起裤脚，脚跟往草丛里一拖，鞋子便掉了，露出令小杨吃惊的脚板。脚板黄白色，包裹着一层纵横开裂的厚皮。老杨说："嘿嘿，我这脚难看，像'赶鸡仙'（农村赶鸡鸭的竹棍，一头成开裂状）。它省钱，好对付，不用穿袜，冬天也不要。鞋就解放鞋，布鞋皮鞋都不行！"

杨工刚想接话，表示脚皮与屁股皮不可同日而语，老杨自己开口道："我脚皮与屁股皮一样厚，就是脸皮薄！"杨工轻轻"哦"一声，望着老杨，静待下文。

棠梨山对面不远便是巍峨的太甲山，因"伊尹奉太甲巡于此"而得名。伊尹辅佐太甲灭夏建商，商主要活动区域在北方，太甲因何派伊尹不远千里来此巡视？而商初立，太甲图享乐，不思进取，反被伊尹关了禁闭，失去自由。从此，国之大事凭伊尹操持，伊尹因何听太甲安排？又何来闲暇南下？县志里仅此一句记载，着实令人费解。老杨问杨工："小杨，你知道太甲的故事吗？"杨工答："不太了解。只听说伊尹很厉害，上对天子负责，下保百姓安定！"老杨感叹一声："保百姓安定就够了！我们修水库，不说保百姓安定，最少是让百姓旱涝保收！"

老杨问起了宋朝的状元汪应辰，到底做了些什么，杨工明白老杨的意思，是指汪的历史功绩。杨工便将自己知道的说了说，并说汪状元与秦桧不合，差点被秦桧杀了。老杨即刻夸汪应辰像岳飞，是跟岳飞同路的英雄。

随即，老杨问杨工："我们水库要把汪应辰老家淹了？"

"他老家在凤岗岭脚汪坞，淹不了，进去的路淹了！"

"哦……"老杨若有所思。

山脚下紧张有序的清基场面，虽看得不太清楚，但人影憧憧的情景还有蛮有气势。老杨说："我现在考虑，除了这么多人在一起锄头弯刀的工伤安全以外，我还有一个事！"杨工轻声接话："工程投资？""哪里！"老杨大嗓门响起，树梢似乎都在摇动，"投资县委政府及上级部门会计划，我考虑的是这些人的报酬及个人开支！虽然报酬叫各区、乡自行解决，记工分，年终回去参加社队分红，但很难平衡，很难兑现。还有个人铺盖、工具、照明、轮休、来往车旅费……这是几万人马上来，比大炼钢铁的人马更集中，更复杂！想什么办法解决？"

"难度大……"杨工犹豫。他是指挥部成员。

"再大也必须解决，否则我真没脸皮见他们！"

杨工未作声，他清楚，此工程是在资金、设备、器材及技术人员奇缺的情况下"边设计边施工"的。虽是土坝，然初定坝高五十米，底长两百余米、底宽近三百米的规模，也是让人十分震惊的。工程初期造价达三百五十万元，未列入水电站投资，亦未列入围绕工程所需的人力、物力、资金等，这些投入同样不容小觑。地区、省里，甚至中央都极为重视，但国家初建，百废待兴，各项更大的工程，都有待国家支持。而水库工程，用尉书记的话说，绝不能等待和伸手，要走自力更生的道路，靠全县人民的力量，创水利建设的奇迹！开工伊始，水库指挥部收到的调拨资金仅为一万元！一万元，用到哪里好呢？

（那时物价低，猪肉卖七角二分一斤，大米卖一毛三分八一斤，洗脸巾一条两毛钱，勇士牌香烟八分钱一包……普通老师工资每月二十四元。）

夕阳西下，清基队伍歇工回营。连片的灯火亮起来，照美了棠梨山的夜空。

那两杨转了几个山头后，特意穿过树林，跨上一块山地，老杨脱下衬衫，铺在地上，随即用手扒拉了几捧黄泥（黏性黄土），放在衬衫内，熟练地把衬衫打成包裹，拎起，下了几道坡，便走进了灯光闪烁如星空的村庄。

民工们已吃过晚饭，都回各自住地了。老杨与杨工在食堂洗过脸，老杨光膀子，杨工着件背心，都拿起碗准备吃饭。食堂的饭桌上，鲁师傅早就给摆上了两大碗热腾腾的包菜豆腐和萝卜煮芋头，外加一小碟红红的豆腐乳。饭呢，在屋角需两人抬的大饭甑里。此饭有点特别，是水库工地的"专利"产品，它由生米稍洗洗便直接装甑开蒸，蒸出的饭颗粒分明，耐嚼禁饿，做水库的汉子们除少数人受不了以外，大部分都非常喜欢。汪秘书胃不好，他每餐用开水浸泡了吃。而老杨与杨工，牙好胃好，他俩掀开大饭甑的大盖子，盛满有点凉的大米饭，正欲开吃，外面却嚷起了紧张的救火之声。

原来是一民兵连长上茅坑，不小心打翻了三角灯（竹片绑成五六寸高的架子，上放置燃火油碟的灯具），将农户的猪栏披烧着了！猪栏披盖顶全是干稻草，虽价值不大，可火势若蔓延殃及正屋或邻居，那就吓人了。民工与农户们边嚷着边灭火，待老杨赶到，火已灭了！

"怎么烧的？人伤了吗？猪呢？"老杨连续发问，回答说失火连长抱猪出栏时手有点伤，无大碍，猪救出。老杨怒声如雷，骂连长道："抱猪受伤，哼，怎么没叫猪驮你逃命！今天第一天，喜气还没过，你就闯祸。哼，你笨到家了，要你来做水库，你来害人。你都生儿育女的人了，就这么笨，三角灯没用过？哼，今天要是烧了屋，死了人，看你怎么活？……"还骂了些难听的话，稍后，老杨喘口气，拿出二十元钱给低头挨骂的连长："拿去，明天买些木料帮人重新搭一个，我明天晚上没看见新的猪栏披，就埋了你！"连长接过钱："谢谢……""谢个屁，骂你，我喉咙都骂燥了，还不去倒碗滚汤（开水）来！"

连长如梦方醒，忙不迭地端来一碗茶，远远就闻着了浓浓的茶香。

四、钱塘潮

金沙溪左岸是七八百米的高山，连绵起伏，分别为凰岗岭、毛坞尖、少华山、箬皮尖，浙江常山县地界与箬皮尖相连。这道山脉的那边，便是有名的钱塘江上游新安江。玉山号称"两江锁钥"，是哪两江？一江为信江，另一江可笼统地认作钱塘江了。

钱塘江有钱塘江潮，号称"天下第一潮"，主要因其波涛汹涌，神奇壮阔，天下少见之故。史上多有赞词传世，如苏轼"八月十八潮，壮观天下无"，李白"海神来过恶风回，浪打天门石壁开"，王在晋"海阔天空浪若雷，钱塘潮涌自天来"等名句，世人代代传诵。我们的汪秘书，忽闪忽闪镜片后的眼睛，由衷敬服当代一位诗人给钱塘江潮写的诗。

千里波涛滚滚来，雪花飞向钓鱼台。
人山纷赞阵容阔，铁马从容杀敌回。

这首诗是毛泽东在一九五七年写的《七绝·观潮》，神情洒脱，气势如虹！该诗深得汪秘书喜欢，他现今是七一水库《工地快报》、工地广播负责人。七一水库全面开工后，民工们忘我奋战的精神风貌及"插红旗，树标兵"的竞赛状况，就主要由他的这张八开的油印小报来宣扬。他看到这首七绝，赞不绝口。他总觉得诗中场景，描写的就是七一水库当下的工地景象。他逮着机会就向人解说："千里波涛滚滚来"，指修水库的三万人马（不包括三千名解放军官兵）从四面八方奔向贡口！"雪花"在这里指捷报纷飞，"钓鱼台"指中南海，党中央所在地，代指党中央，表示我们向党中央报喜。"人山纷赞阵容阔"，是说修水库的人哪个不赞叹场面宏大，哪个不为自己置身其中而欢欣鼓舞？"铁马"句是指我们修水库的队伍，雄师劲旅，稳操胜券，一定能将水库建成，造福社会！他的宏论，常常得到听众喝彩，无形中听众亦树立了坚强的信念，获得了不竭的力量源泉！他将这首诗印上了《工地快报》，当作报眼。工地广播编成朗诵节目，一日五次面向全工地广播。尉书记夸奖汪秘书借用伟人的诗也借用得犹如"钱塘江潮"，气势迅猛，鼓励他要将快报办成"冲锋的号角"。

一时间，报潮涌起。自支援建库的中国人民解放军9305部队与0055部队开办《火箭传单》《火线传单》始，《飞马》《闪电》《先锋》《前线》《跃进》等各民兵团的报道组均创办了不定期的简报，及时报道军民并肩建库的战斗情谊和民兵团的先进事迹，使感人的故事得以在建库民兵班、组间和周边社会流传。

除此之外，水库民兵师师部开展了"竞赛台、孔明台、评比台、山歌台、卫星台"宣传，不定期地张贴施工进度、合理化建议、工地歌谣及突出战绩，极大地促进和推动了工程进度，彰显了积极进取、勇于创造的精神风貌。来自怀玉山仅有二十人的"方志敏突击排"，通过"五台"活动，在六百米的运距上，依仗手推车，创人均日运土六立方米的佳绩！（更神奇的是突击排排长为女性，时年九十一岁。我采访她时，她还兴高采烈地给我表演了推土的姿势呢。）

这些宣传，都由汪秘书负责，他忙得忘记自己姓什么，当有人问他贵姓，他回答：免汪，姓贵！

他主持展开了民工的扫盲活动。尽管大部分民工在家都进行过扫盲，但因用得少又忘记了，变为面熟却叫不上名的"熟人"，用民工自己的话说是"小生拜堂空欢喜"，认识的字全都归还了老师。汪秘书借来《识字课本》，按脱盲标准重新要求民工：识字一千五百个，会讲会读会用会写！老师不够，汪秘书请出既在食堂帮厨，又抽空给民工包扎小伤口的鲁师傅老婆助阵。鲁师傅老婆婀娜地往黑板前一站，刹那间聚焦了数百道兴奋的目光。当她教读生字声起，跟读者的喉咙里好似滴进了香甜的润滑油，那声浪可把工棚顶的油毛毡掀翻。汪秘书暗自欢喜，一喜扫盲工作顺利，二喜他请到了好老师。其实，汪秘书所请老师的"好"，不仅仅在于鲁师傅老婆有天生的亲和力，更在于她教出的儿子聪慧，令民工佩服。民工都喜欢跟她学。而汪秘书推动扫盲的举措，撇开弘扬民族文化不说，就水库发展而言，是后来兴起的民工学技术热潮的先导，有先见之明！

开工不久，为了保证质量，提高工效，加快施工进度，水库指挥部组织成立了近百所"红专学校"，利用雨天和晚上，群策群力，能者为师，针对性地培训出炮工、电工、电焊工、钻探工、造船工、翻砂工、混凝土工、拖拉机手、水利技术能手。同时，又根据实际情况，就地取材，创建木、篾、铁、火药、轴承等土工厂。整个工地，热闹非凡。这边自制出了一万六千多辆手推车，那边打造土篓、锄耙、钉纤、轴承用具数万件；昨天甲民兵营通过技术革新，配炼了大批火药，今天乙民兵团创制了数十辆运土木轨"土火车"；上午架成空中索道运土器，下午亮出自动装卸"土卡车"……竞赛是"浪追浪，潮赶潮"，气氛热烈，激情燃烧。既解决了目前施工的必需物资，节省了资金，达到办各类学校的预期目的，又为水库今后的发展壮大，培养和储备了大量的人才。

吴之云就是那时培养起来的技术员，他在专家指导下，同民工密切协作，土法上马，奋战两个月，建造成功了一座十二千瓦的简易水电站，较好地解决了水库初期施工用电的难题，得到了江西水利部门的推介和嘉奖。

水库的突出成绩，引起了中央水电部、中国人民解放军总参及省市各级领导高度重视，他们一拨接一拨地莅临工地现场视察督导，解决技术、资金等问题，极大地褒扬与激发了建库员工的干劲和热情。中央新闻纪录电影制片厂闻风而动，派出摄制组深入贯口，拍摄《掀起兴修水利的新高潮》纪录片，在全国播映！紧接着《人民日报》第三版,也推出了《玉山七一水库提高工程质量的经验》的文章。尉书记受中央表彰,于一九五九年五月,以县武装部第一政委的身份,出席在京召开的全国民兵先进代表大会,并在会上做了《民兵师大战金沙溪》的书面发言。

汪秘书有多首诗褒扬建库劳动场景之热烈动人,其中有首赞曰:

垒坝何惧北风啸,寒潮哪及热潮高。
汗水抛洒单衣厚,誓起宏图建功劳。

偌大的水库工地,建设热潮滚滚,捷报仿佛雪花飞扬。澎湃千百年的钱塘江潮,是否感受到了兄弟江河里的这阵特别类似的涌浪?

五、心墙

话分两头。老杨拎回的黄泥,是给负责挖取这种泥筑坝的队伍做标准的,他要把这种泥的形态、色泽,烙进取土人的头脑。这泥黄得有点发红,捧在手上细腻而沉重,新鲜潮润得让人想亲一口。水库的主体工程——大坝,由土构筑,其中轴线上、十五米底宽的填土,要求特高,容不得在黏性、杂质、含水量等方面有半点马虎,否则出现渗漏,后果是毁灭性的。用这种填土筑起的高墙,俗称"夹心墙"。它像巨人一般耸立在坝中,挽住伸展出各有一百几十米宽的内、外土坡,抱成一座钢铁般的平顶"山峰",稳稳地截断河流,蓄水成湖。先期进驻的所谓"砍柴"的杨工他们,就特别注意这种泥土的藏身位置。结果,在坝址附近就发现了它。七一水库第一炊鲁师傅说,这就是太上老君丢下的泥团。(若干年后探明,此泥中含金丰富!有人望着三清山方向推测,山那边的德兴金矿可能与之同脉。)

　　清基才结束，就开始了大坝夹心墙的建造。每日除了杨工督阵外，还有数位民工，对运来的黄泥专职"护理"：清捡植物根须，耙平、喷水，对不合格的泥土掘起重填，然后严格按二十厘米厚一层进行碾压。碾压工序由省里借调来的东方红牌履带式拖拉机进行。这庞然大物可是稀罕物，它呼呼走动的姿势，是当时大坝工地真正机械化的亮丽风景。那分布工地每个角落，靠人力拉动的石碌和石夯，在或近或远的拖拉机的碾压声中，露出害羞而羡慕的笑容。

　　内、外坡的进度，跟着"夹心墙"上升。

　　夹心墙是大坝的"标杆""主心骨"。

　　与夹心墙相配套的工程是黏土填筑的截水槽。它处于内坡基础的前方，深藏坝下，像牙齿保护舌头一样地挡在夹心墙前方约六十米处，与夹心墙构成H形，牢靠地截断集中渗漏。它开建时适逢寒冬，尽管是枯水时节，但金沙溪的渗水还是淹没了截水槽的基坑，加上坑内淤泥浮石遍布，无法回填。为了抢时间，赶进度，消灭"拦路虎"，在十余部水车排水的同时，民兵师政委李永龄，猛喝几口白酒，带领党团员组成的清基突击队，轮番跃入齐腰深的积水中，硬是用脚摸手扒筐抬的原始方式，在宽二十米、长二百多米的基坑内奋勇劳作，上演了一出时代赋予的"酒壮行色"的"动作"新剧。附近群众深受感动，半日之间送来两百多部传统木制水车，协同作业。随着蛟龙般的水车急促、古老的"吱呀"声，坑内渐渐裸露出了坚实的基岩。那清出的堆满基坑两旁的泥沙卵石，在寒风三两阵的吹拂下，凝结为冰堆！而当清基队员与群众完成任务，收拾"行头"踩过冰堆时，它们"咔嚓嚓"地发出了敬服的掌声。

　　像清基突击队的英勇表现，在民工队伍中不胜枚举。

　　翻开《七一水库志》，一股浓烈的英雄气息扑面而来，即使是建库技术性的介绍，也浸透着坚韧、智慧与赤诚。建库经历了"初建、加固、扩建"三个阶段。在三个阶段的施工中，共有十六位民工牺牲，两千四百余名先进人物受中央及地方各级表彰。他们都上了七一水库英雄榜，是载入水库史册的英雄。他们为建设家乡勇于奉献的信念与行动，铸就了水库的辉煌！

有这样几位人物，同样很值得我们敬重和铭记。

在此，摘录一段《工地简报》上的记载——

远在贵州省凯里工地赶来支援隧洞施工的两位隧洞专业班长黄提水和张成然，在进洞之前，解下手表交给指挥部负责人，说："如我们被塌方压死了，请把手表交给党，作为我们最后一次党费吧！"

这两位贵州的朋友，是奉水电部、交通部之命来协助解决压力隧洞塌方险情的，之前已有多人在隧洞塌方时受伤、牺牲。虽然他们最终采用"钉柱打桩，抬料铺板，抢浇洞壁"的办法，成功地治服了塌方，回到了地面，但他们的感人故事，却永远深深地埋进了玉山人民的心坎！

有一位女性，简报、广播上不见踪影，但她却流传在百姓口中，她就是鲁师傅的老婆于碧莲。

谁也想不到她曾是抗日战士！

她弃书包，挎药箱，参加长沙会战，死里逃生。

她随转移部队翻越独山时收获了爱情。

她告别丈夫，独自乘船从重庆返回浙江老家生养，时逢解放战争前夕。

因父母重病，她携子留下。丈夫音讯全无。

解放了，她受聘球川乡政府当文书。该乡乡长逼婚不成，欲灭口，打斗之际她被鲁师傅救下。鲁师傅带她母子移居玉山。

她成了鲁记菜馆的老板娘。

水库开工，她一身多职，春风般地在水库工地穿行。引得附近妇女羡慕，纷纷入水库指挥部，请缨参战：洗衣、扫地、送菜、帮厨、养猪……

一位允许来洗衣的妇女问于碧莲："你干这么多活，不觉累吗？"

她答："在老鲁家乡搞建设，我也算贲口人，累点应该的！何况我球川老家还受益呢！"

"你饭店不开，怎么舍得？"这位洗衣员又问。

"舍得！大家一起干活热闹！"

于碧莲的报酬是多少呢？每天记十二分工分，合一元二角人民币（算高工资了。男工每天十八至二十分。可后来的结算，往往是兑现其中部分，剩余的结转下年）。

整个工地，在生活方面，据《水库志》载：建库初，凡来工地的民工全部自带粮菜。所带的菜，多半是干菜（萝卜、芋头、霉干菜之类），生活十分艰苦。十二月始，水库指挥部决定每个民工每天补贴米一斤二两、食油四钱、食盐五钱、大豆三两。当年冬，指挥部发给每个民工绒衣一件！

没有谁计较报酬、补贴，因为这里有希望，有荣誉，有支持，有关心，还有爱情！

来自公社、区、大队不知名的群众团体，带着家信、衣裤、慰问品，甚至现宰的猪和鸡，有的还带着文艺节目，给工地民工送上温情脉脉的"食粮"。

提起猪，那送来水库工地的可都是玉山特有的"玉山黑猪"。那会儿人们生活水准普遍低下，饮食里作兴"油水"多。"玉山黑猪"脂肉各半。它皮薄脂厚，且肉质鲜嫩，口感独特，是调往北京和中央重大会议的指定肉类。后来人们口味改变，瘦肉型猪才开始受欢迎，致使玉山黑猪濒临消亡，靠国家拨款保持物种。如今又有反转，玉山黑猪的优势正在全面复苏。二十一世纪初，玉山黑猪成为国家农产品地理标志产品，受到联合国粮农组织重视。而在当年，玉山黑猪还没有这么高的声誉，但在玉山百姓心中却是兴农持家的宝贝。他们为了早日建成水库，将宝贝献出，希望建库健儿们油水更足，身板更壮！

在水库结婚的民工有数十对。他们大部分因家庭穷困等原因娶不上老婆，却在水库建设的突出表现中，分别赢得了姑娘们的芳心！

驻扎在大徐村的六都民工小陈，被房东姑娘看中。结婚前三天，小陈在大坝抢险，被巨石砸中双腿，无法回家举行婚礼。姑娘不改婚期，到医院与小陈拜堂成亲！

这里的人很"英雄"，这里的事很传情，这里的阳光特明媚，这里的米饭虽硬却很香……

大坝日日稳步增高！

心墙已不再是大坝中间的那道墙了，它已演化成整座大坝，是千万民心的聚合！是水库金光闪耀，青春永驻的象征！

六、大叶

大叶这个地名，来得有些奇葩，据传是出生于此的汪状元，为了宣称家乡山水奇特，出产的茅竹粗大到一人抱不过来。皇帝稀奇，要汪状元运来京城看看。这可难坏了汪状元，无奈之下，汪状元采了一捆"箬叶"（状如竹叶，可包粽子）进见，皇帝见"竹叶"有一尺多长，且巴掌阔，龙颜大悦，赐地名"大叶"！——此地水灵，称大叶确非浪得虚名。该地盛产茅竹，口径一尺大小、锯下一截便可直接做小饭甑的茅竹比比皆是。如此茅竹，叶何小乎？其叶蓁蓁，灼灼魁星。汪状元之所以十八岁殿试夺魁，除天资聪慧外，与其生于斯得其灵气是分不开的。否则，古时读书人为何钟情于"门对千杆竹，家藏万卷书"的居所呢？

　　大叶四周高山，处金沙溪中段，金沙溪穿村而过。谷地里有三百余户人家，主要有四大姓：吴姓专门从事纸业；蒋姓经商；程姓与尤姓，基本种田、种山。另有肖、周、汪等小姓间杂其间，经营手工业和撑船放排，构成了相对完善的以竹木为主的生活空间。明时，这里与干坑出产的各档次纸品，种类之多曾一度胜过铅山石塘。新中国成立初始，大叶与凤岗岭合并，组成新的基层机构——凤叶村，村部设在大叶。就地理位置而言，此处上通紫湖、三清山；左则经干坑达南山、樟村、怀玉山；右则越凤岗岭进入开化桐村、杨林。若不是稍嫌逼仄，结合"状元地"的名声，大叶被辟为大的集镇也未尝没有可能。

　　二十世纪六十年代伊始的一天，水库指挥部安排了多组人员，进行水库蓄水前的走访。老杨走访凤叶。他特地邀上杨工，带了个移民组人员，一大早便离开棠梨山驻地，踏上了曲曲弯弯的山道。

　　山道不宽不窄，掩藏在茂林之中。老杨他们就像走进了翠枝绿叶覆盖又渗漏出阳光的隧道。金沙溪就在山道下方，可听见潺潺的水声，却看不见水花的奔涌。知了懒洋洋地叫着，偶有"吱呀呀"的急切声响起，可以想见是哪只知了被鸟儿啄了背颈而惊叫逃逸的情形。

　　移民组员已先行打前站去了。老杨和杨工不紧不慢地在密林中穿行，汗珠已如玉米粒般滚下了脸颊。他们经过了溶洞群，桃源，来到了老虎滩。老虎滩是金沙溪里最险峻的河段，溪面巨石交错，水流湍急，船工至此都格外小心。

　　"小杨，水库水满到这里有多深？"老杨用草帽指着脚底的巨石问道。

"有二十米!"杨工弯腰在石下洗脸,清清的水滴挂在了他的鼻尖。

"哦,那以后河面就平了!"

"大旱季节,这里估计还有十米!"

"老虎发不了威,就变成兔子了!"

被称作"老虎""兔子"的石头,大部分是青灰色的花岗岩,其中有些石头的表面覆着白色的斑点,很像撒了一层密密的米粒。传说是孙悟空大闹天庭那会儿,撞翻了天庭的米缸而给凡间留下的遗存。这遗存,仅限于三清山周边区域,他处难寻影踪。到了当今时代,米粒石已成为玩石者们追捧的稀有石种。

老杨两人无心欣赏米粒石,他们只瞭望着河面。

一只木排顺水而来,撑排的汉子站在排头,握着竹篙,警惕地注视着水面杂乱的巨石阵。一会儿工夫,木排便穿过了老虎滩,留下他们矫健的背影。

一位乡间邮递员赶了上来,杨工认得,向老杨做了介绍,并说邮递员是汪应辰的族人。老杨乐呵呵地与他握手,请他讲讲汪应辰。

邮递员简单地介绍了汪状元的生平,说他在此生活到五岁,然后入县府学,十二岁去南昌读书,十八岁中状元,五十八岁去世。当过尚书,为人正直,关心百姓,喜欢办教育,玉山端明书院就是他办的。老杨听得很认真。这让杨工很是纳闷,前几天老杨在乡下灭钉螺,他边铲草边说读书人了不起,有知识。他没读书命,宁可挑着一百斤担走十里路,也不想坐下来读几页书。可今天怎么啦?待老杨帮助凤叶里面办起了小学,调进了老师,杨工才恍然大悟。

临近中午,老杨和杨工来到大叶。大叶的大部分房屋已搬空,门窗、屋架能拆的拆走了,不方便拆的权当纪念留下。现场显得凌乱不堪。有几名村干部在给猪栏、水沟撒石灰防疫,为水库蓄水做准备。老杨与村干部老吴熟悉,隔老远就亮开了嗓门,说老吴撒石灰内行。老吴会意地笑笑,回答道,那行当干不了啦。这话杨工听得明白,他们在说做纸。做纸有道工序,是向沤茅竹的水池里撒石灰,加速茅竹腐烂。建水库了,不要说沤茅竹的水池,就是田地都淹进水里了。种田的,做纸的,撑排的……都得改行。走近了,老杨掏出庐山牌香烟给老吴,待老吴点燃后,问:"这里群众有什么问题?"老吴回:"没问题,就盼着'楼上楼下,电灯电话'呢!"老杨又问:"凤岗岭脚淹不着的几百户村民怎么样?"老吴说:"大家考虑除了通电,主要是交通。有的说修路,有的讲做船。"老杨又问老吴本人什么意见,老吴回答说:"修路随便往左边,还是往右边都有几十里远,工程量大,太难。目前还是砍些树,增加几条船方便!"老杨给予充分肯定,说:"做船师傅水库给你派,每天每人补贴你村七毛钱、一斤二两粮票!"老吴连说感谢,但补贴不要。老杨说:"别坏了水库规定。你不接受,是要做船的师傅自己做饭?"

中午饭安排在凤岗岭脚的妇女主任家。他们有说有笑地往凤岗岭脚走去。

山风微拂,竹林沙沙。一只苍鹰在他们头顶滑翔。

七、常青藤

大坝历时三年竣工。坝高五十四米,顶长四百三十米,顶宽十二米。有控来水五亿立方米与蓄水三亿立方米的能力,可抵御与历史上相当的最大洪水之袭击。大坝有效地减除了信江中、下游七县市百万亩良田受洪灾的威胁。整个水库以灌溉为主,兼容防洪、发电、养鱼(今自然天养)、航运、旅游等项目,属国家大(二)型水利工程。

从大坝及副坝引出三条干渠，分别以东、中、西命名。干渠采用"长藤结瓜"方式，将沿线山塘、渡槽、支渠、斗（山垄水库）、涵洞、电站连通，总长约二百公里。加上深入沟垄田块的毛渠、农渠，则难以里程计算，它如蛛网似的铺展开来，滋养了四十万亩农田，基本实现了农田灌溉自流化。由副坝放水涵出口的东干渠还跨省东流，始创玉山水向东的历史，将碧波荡漾进了常山球川的地界，浇灌耕地一万两千多亩。此之前，常山主动安置接纳水库移民四十二户；假如原规划内用水库水由玉山太平桥至常山球川的人工运河贯通，那于当时年代来说，必是玉、常间经济建设相互协作的又一个"甜瓜"。

干渠就像一条结瓜的长藤。

若将一九六二年唱遍大江南北的一首歌曲，拿来比喻干渠流经区域环境改善、民众受益的情形，我想也是十分妥帖的。

请看其中这段歌词：

公社是棵常青藤，社员都是藤上的瓜，瓜儿连着藤，藤儿连着瓜，藤儿越肥瓜儿越甜，藤儿越壮瓜儿越大。

歌词有几段，整体表达的是群众对"公社"的信赖。现今早就不叫"公社"了，改称乡或镇，社员称村民。可这"常青藤"和"藤上瓜"的形容，放在现时基层政府与群众关系上，还是能体现较紧密的状态。否则现在村民就不会唱这首歌，唱时更不会喜气洋洋的了。而水库干渠沿线的村庄，尤其是依据干渠形成的移民新村，更如"藤"与"瓜"，由紧密而亲密，由相依而难离了。

紧随水库的全面开工，移民安置落实工作便紧锣密鼓地开始了。

先期，由水库指挥部抽九人组建移民科；后期，相隔不到一年，改移民科为移民委员会，调财政局、森林工业局、粮食局、民政局等县直单位十六人组成。先期，党员干部带头搬迁；后期，才是故土难离的住户。

先期，根据水位淹没高度，工作由地势低住户开始，逐步向地势高住户过渡，搬迁一千四百多户；后期，按住址位置先近后远，再搬迁千余户。

先期，安置采取"插队落户"方式；后期，采取集体建队，以移民为主体，划出地块安置，形成移民新村。

先期，移民各项补偿由县自筹经费垫付；后期，移民经费由国家下拨，专款专用。

先期……后期……有多少繁复的移民工作，在此四个字内起步，延伸，拐弯，加速，最终一家一户，一草一木，桩桩件件，丝丝缕缕，无不取得顺利进展，得以携手言欢。此过程，财产折算，损失补偿都有"比对"，能笔笔厘清。最不易的是故土情怀，它无斤无两却千钧难计，毅然别离却情思绵绵！

凤叶有户林姓业主，先辈是三百多年前清朝海禁时从福建内迁来玉的。他非常支持水库建设，一直在水库工地做木工。他家就在金沙溪边，第一批搬迁大军中就有他。可他年迈的父母难舍故地，邻居都搬迁了，二老不搬，每日除了村前村后地盘桓，就在自家菜园里料理了又料理，有时还对着屋旁的古树呢喃自语，树下埋着他们的祖先。有人催搬，二老说要见到水上来淹屋了再搬。他理解父母情感，而自己也想在老地方多待一些时日，便由着父母。他将屋内家什搬走大部，留下少许生活必需品，并让怀孕的妻子陪伴父母。当水库开始蓄水，他赶回家动员老父母离开，很是凑巧，天降大雨，妻子又突然腹痛，全家便决定待分娩后再走。可水淹到门前水口林了，他们没走，干脆等待。他们想让胎儿诞生在这块住了三百多年的宝地上。当水一分分跃升，产妇腹痛一阵阵加剧，邻村请来的接生婆既心绪渐宽又神色慌乱，时不时瞅向窗外。林老汉穿着蓑衣坐在门前石基上，背对窗静静地看着碧水朝他的脚尖靠近。

水库指挥部派来应急抢险的木船。

龙凤胎出世了。

库水刚淹过石基。

他们辞谢了木船，顺后门的山道，冒雨撤离了。

林木匠给婴儿取得名字很有意思：一个叫波喜，一个叫波建！

他们安置的新居在东干渠近旁的上洋畈。

上洋畈曾因血吸虫病肆虐，有"寡妇村"的痛苦名号。新中国成立不久，国家便展开了血吸虫病流行区域的认真治理，获得了巨大成果。一九五八年六月底，《人民日报》向世界宣布我国江西省余江县已消灭了血吸虫病！毛泽东见报后"浮想联翩，夜不能寐"，欣然写下《七律二首·送瘟神》，如今上了年纪的人们都记得其中"绿水青山枉自多，华佗无奈小虫何！千村薜荔人遗矢，万户萧疏鬼唱歌"的诗句。上洋畈随之获得翻身，终止了"鬼唱歌"的历史！"寡妇村"出现了"春风杨柳万千条"的勃勃生机。

林木匠他们（十五户移民）落户上洋畈，除自身具有无畏的勇气外，更重要的是基于对政府的充分信任！他们组建生产队，在齐心协力创业的同时，享用东干渠稳定的水源，注重血吸虫病的防治，改造烂泥田……村庄呈现六畜兴旺的景象，生活水准逐年上升。曾经几乎在上洋畈绝迹的盖新房、婚庆、青年应征入伍等喜事，在那定居后的春去秋来中，连连发生。因此，他们的新村同其他几个移民新村一样，得到上级政府表彰，并上了县里主办的长廊式宣传窗！

波喜、波建，今已花甲，分别在城里的子女家做义务保姆。他们常结伴回上洋畈看看，偶尔住上几天。当二人行走在东干渠边的时候，会想起七一水库，会想起父母亲常念叨的老屋和他们常挂在嘴边的歌：公社是棵常青藤，社员都是藤上的瓜，瓜儿连着藤，藤儿连着瓜……

八、心潮逐浪

今天，菜市场里有点奇怪，早起便上市场买菜的杨工，却没有遇见几个买菜或卖菜的人。他自退休以来，几乎天天进出这个菜场，对菜场里既安静又吵闹的情景，是熟得不能再熟。今天怎么了？怎么就剩安静了？他正欲问一个骑着摩托从菜场里面匆匆而来的卖猪肉师傅是什么原因，那师傅却开口喊他："杨工快逃，七一水库倒了，大家都逃山上去了！"话未完，车已越过他，那绑在后座上的猪腿，抖了一下，像是与杨工打了声招呼，便跟着主人跑得无影无踪了！

杨工六十有五，除了有点耳背外，身体康健。陡然间听此消息，他吃了一惊，胸腔内怦怦直跳，似乎心脏要跳出来探个究竟一般。但他站着未动，自言自语道："七一水库倒了？"这一问，使他瞬间镇定，他大吼一声："不可能！我逃什么?!"他扶起几只零乱倒地的塑料凳，捡其中一只坐下，稳稳的样子，大有泰山崩于前而面不改色之豪迈，亦有"我不入地狱，谁入地狱"之气度！

这是二十世纪末发生在玉山县城的惊魂事件！

坐在菜场里的杨工，他的思绪，却跳到了比此事件还要早约三十年的岁月……

水库建成十多年来，基本按设计蓝图运营，达到了预期目的！中央、省里常有领导莅临视察，给予很高评价！可天有不测风云，突然一阵平地惊雷，打乱了水库运行秩序，水库领导被夺权，机构瘫痪，取而代之的是"七一水库管理局革命委员会"的成立。原本"合理冷静"的工作方式被"狂热冒进"所排斥。在开挖发电引水隧洞时，未安装闸门而有效控制出水，造成水库水位骤降，引起大坝内坡长度达两百余米的大面积塌方，大坝危在旦夕！

中央水电部闻讯，急派工作组与省、地专家深入现场，指导排险。

双明、三湖、古城等乡、镇民兵营急速赶到。

县四千民兵坝上誓师：战胜大滑坡！

附近百姓无惧倒坝，涌向现场，随时准备参战。

老天爷感动了，开始的几天无风无雨，阳光普照。于是，滑坡表层稀软泥土被搬开，大量块石、风化石倾下。民兵民工混同，汗水泥水裹身。手脚遭锋利的石头划破，亦无人后退……

大滑坡被战胜了。大坝巍然屹立，重新载满希望！

九、酒香

自那次惊魂事件过去，至今可算有三十年了。杨工呢，孙子都已大学毕业。可他仍然坚持到菜场买菜，每餐半杯谷烧，生活优哉游哉，波澜不惊。三十年来，杨工总在考虑几个想不透的问题：为何说水库垮坝了，会出现"勇往直前"和"望风而逃"的两种情形？人随社会而动，是本性吗？

"人之初，性本善"，仅仅是"善"吗？难道就没有超过"善"的"性"了吗？

四千民兵坝上誓师，壮怀激烈，震人心魄，每当念及，杨工都会热血奔涌；而那"望风而逃"的镜头，杨工想起了真是寒彻心扉。

杨工喜爱喝酒，是鲁师傅、唐队长他们带出来的。当年打前站，工作相对要轻松些。遇上雨天，手上正有野味或鱼虾，会酿酒的鲁师傅便按唐队长安排，从家里拎一竹筒自酿的谷烧来，然后想方设法再弄几大盘菜，给队员们既改善了伙食又解了馋。杨工由开始抿一口，到渐渐也能半斤下肚，与酒也就成了好友。

尉得知此事，把唐、杨叫去"刮"了一顿，严令他们注意影响，不得重犯。临别时，尉一面说着"你们都是实在人，可我们要为国家着想，要对得起组织"的话，一面拿出一桶自配的祖传冻疮膏，叫他俩带给工地民工，并特意交代给老杨留点涂"烂"脚！

他俩心暖暖地回到工地，果真半年多未再在工地喝酒。

当大坝合龙堵口的头天晚上，尉来检查准备工作，他走进指挥部食堂，见桌上摆着两竹筒满满的谷烧，火冒三丈，当场要唐、杨停职检查。鲁师傅急忙解释："不关他俩事，是老杨叫我拎来的，准备明天堵口下水喝的。天太冷了！"尉"哦"一声，看着唐、杨："我错怪你们了！"鲁师傅又说："这是春酿，很带劲的！"尉又"哦"一声，这声"哦"，恐怕是人间感情最深厚的了！

酒在水库工地屡建奇功！

大坝竣工之日，尉赠唐、杨各一只系着红绸的写有"春酿"两字的酒葫芦，里面盛满了谷烧。

若干年后，身为副专员的尉德山来水库视察，邀了老杨和杨工两位老朋友上坝，面对绿水青山，他们坐在坝顶草地上，水库的沧桑往事，热血人物，都从他们眼前广阔的水面掠过。那天，尉既像自我追述又像与老友交谈——

"老唐老汪老鲁，他们都归西了。老唐死得格外冤枉，据说死时怀抱春酿的酒葫芦！他们走了，留下回忆，我觉得他们还活着。真是'死而不亡者寿'！我呢，到走那会儿，不求什么寿不寿，我只求水库长生。当时，幸亏老杨你后勤工作也抓得相当好，种菜养猪，解决了民工大部分支出，那时火柴虽便宜，也要两分钱一盒呢！我今生有个大遗憾，就是修水库拖欠的民工工资。日月轮转，风烟起伏，这些账目落在各乡镇可能都无从查找了。我们的老百姓是伟大的，他们无私奉献，不求回报。还记得欠紫湖的一张条子，我亲笔所写，借紫湖茅竹两百万根。水库修好了他们也没找我们还。这是紫湖人民的贡献啊。

"前几天反映这里出了船难，是凤叶村民运建筑材料时出的事。随着改革开放的深入，里面群众的生活自然会越来越改善，建新房、修路等会越来越多，不说靠载几吨重的船运输量小时间长，就是上船下船也麻烦呀！现时旅游业渐渐升温，凤叶又是汪状元故里，这个矛盾会越来越突出。应该修条路或架座桥！当时，我们修水库考虑不周，缺乏眼光，只想着尽快消除洪灾旱灾。后来水库建好了，凤叶的这件事又由于种种原因未落实。现在，陆游那句诗的忧愁、向往，解除了，实现了。可这个矛盾也应该提上议事日程！

"安得此溪水，为我发春酿。"尉抑扬顿挫地朗诵了这句诗后，突然站起，伸伸手，端了个拉手提琴的架势，嘴中流淌出了乐曲，细听，是《中国人民解放军军歌》："向前向前向前，我们的队伍向太阳……"老杨与杨工随之站起，陪着老领导哼唱，他们苍老的声音和形象，给大坝留下了青春永驻、壮怀激烈的记忆。

尉送给杨工的酒葫芦，磨损老旧得不能再装酒了，但杨工依旧带着它，将它挂在墙上。曾经他把酒葫芦藏进老鲁的柴火间。后来才取出挂上墙，直到退休。

离开七一水库那天，他带的唯一行李就是这只酒葫芦！

前面说到的二十世纪末的那场惊魂，他回到家首先看的就是这只酒葫芦。明知里面没酒，他还捧起摇了摇。葫芦上的"春酿"两字，已经依稀不清了。

他口味未改，还是谷烧。并且要鲁师傅儿子炊的。小鲁爱好文学，在当地小有名气。他空余时酿些酒，除分享给亲朋好友，以续鲁家情义外，还邀些文友欢聚，交流些文字经。杨工喜欢小鲁文采，又恋旧，加上父辈情谊，他便认准了鲁家酒而初衷不改。晚辈给他买几百上千元的酒，他不要，他理由充分地说，《诗经》云："十月获稻，为此春酒，以介眉寿！"（春酒长寿的意思）晚辈只有顺从。他清楚地记得，数年前，七一水库管理局领导约他去上饶探望病瘫在床的尉德山，他面对失去意识半年多的老领导，泪水夺眶而出，哽咽着说："尉书记，您的老朋友来了呀！"尉无反映，只有呼吸机在工作。杨工拿出那个陈旧的酒葫芦，塞进尉的手掌，并拉起尉的手在葫芦上触摸，嘴里念叨着"春酿"两个字，顷刻间，一滴清亮的泪珠溢出了尉的眼角！

这是心灵的认知，友情的契合，情志的感应，理想的通达，信念的撞击！

其实，"春酿"是每个水库人的魂魄，它根植于赣东大地！

七一水库现改称三清湖了。近几年来，水库在经历了"转型"（改制）的风风雨雨后，日趋平稳，发展重点放在了保护饮用水源与灌溉之上，新招迭出，其"放鱼养水"之法，促水更纯，水质更好，是我们这些外行人难得一见的妙招了。

难怪三清湖的自然生态鱼，是玉山美食的一大品牌，吸引了到三清山游玩的游客，他们为了品尝这一美味，大部分愿在玉山稍事停留！

一些国际尖端的新型监测设备，组装上了修整得酷似花园的大坝，使大坝像座休闲观光的平台，耸立在信江的上游。

杨工有个心愿：在耄耋之年，协助三清湖管理局建立"修建水库工具博物馆"！馆内应藏有老鲁的那套炊酒家什。同时，他希望看到通往凤叶的路或桥能在近年贯通，以臻完美！

他还想，小鲁给水库写的歌词要配上曲。

我们就用小鲁的歌词，作为本篇的收尾吧——

春　酿

曾经是神仙难治的狂龙，
曾经是华佗无奈的小虫，
曾经是旱妖逞威的旷野，
曾经是涝魔横行的天空。

曾经是俊才诗醉人未醉
曾经是月伴烛光泪千重
曾经是三清山下无秀湖，
曾经是碧浪滔滔不往东。

哎嗨，
激情写人生，
汗水润初衷。
运土的人流虽远去，
天湖的波光绕梦中。
安得溪水闻渔唱啊，
酿得春色哎满赣东。

二〇一九年十月改

龙虎光华

　　坐上了去鹰潭的火车，我的思绪便如滚滚车轮飞旋，呼隆隆地浮想联翩。我已经是第三次经鹰潭去龙虎山了，前两次所间隔时间，分别有三十几与二十几年了。来去匆匆，只留下丹崖碧水的总体印象，没有深入其悠久厚重的文化领地，如正一观、无蚊村、仙人城等，虽然上清宫、天师府也去过，但浮光掠影，觉得其宏大威严罢了。那些世界级的专业头衔，什么世界自然遗产，世界地质公园等，我不知轻重，亦未放在心上。这次去，我是下定决心要深度"潜水"，细细品一番龙虎山神奇的前世今生与"道"的内涵了。

　　在奔腾不息的历史长河中，有多少非凡的人物深深地铭记进国人的心坎，像秦始皇嬴政，像汉武帝刘彻，像汉高祖刘邦……可他们身边的高参，却没几个被日月的交替折射出多彩的波光。在这寥若晨星的高参队列里，有个张良，却是亘古至今、璀璨耀眼的天罡。我不仅敬仰他"运筹帷幄，决胜千里"的才干，我还由衷叹服其家族子嗣的卓越超群，他的第八世（有说第十世）后裔，便是个光芒万丈、影响千载的人物。

　　他是谁呢？

　　我抬头观看旁边的乘客，与我同椅而坐的是两个年轻人，他们低头玩手机，对面是对夫妻带着三个孩子。大孩子是个小姑娘，侧睡椅上，小的两个可能是双胞胎，分别被父母抱着，静静地聆听父母的催眠曲。过道那边的乘客在围观扑克大战，不时爆发出嬉闹声，整个车厢里流动着安详热烈的气氛。我收回目光，轻轻地吐口气，闭目继续游荡在我自设的问题里。

他是张道陵（34—156），东汉沛国丰邑（今江苏丰县）人，自幼聪慧，曾入太学，熟读《道德经》等四书五经，精通天文地理。二十五岁时被朝廷授江州（今重庆）令。因他特立独行，看不惯地方强权横征暴敛，百姓怨声载道而辞官，隐居北邙山中，怀抱救助生民之梦想，潜心修习黄老长生之道。数年后，朝廷征召其为太傅，但张道陵视功名利禄如粪土，三诏而不就。为觅清幽之地，避开俗务缠绕，他开始了云游名山大川，访求仙术的历程。起初，他居桐柏太平山，后与弟子王长揣信念，背行囊，渡江南下，到达鄱阳湖，又溯信江而上，进入贵溪云锦山，结庐筑坛炼丹。三年丹成，山现龙虎，即改云锦山为龙虎山。此时，张道陵已近六十甲子，他那承载弘道之梦的航船，已在风雨飘摇中由溪涧拐入了大江！

近两千年前，群雄争霸，战乱此起彼伏，血雨腥风，整个社会处于急剧变革的状态，人们苦于生命、财产的朝不保夕，企盼稳定的生活环境。一些智者能人成家立派，道家、儒家、墨家、法家等百余"家"横空出世，你方唱罢我登场，纷纷抛出各自的思想学说，并四方游说、求证，希望能恢复社会秩序，减少战乱的祸害，在思想界及民众生活中掀起了一浪高过一浪的狂潮。其中道家，以老子、庄子为代表人物，著作有《道德经》《庄子》《黄帝内经》等，史称黄老学，主张知足寡欲、柔弱不争、顺应自然、无为而治，获得了广泛的群众认可与依从。

张道陵趁势而上，为更好地广传道术，他不顾九十高龄，离开龙虎山，辗转数千里，来到蜀郡鹤鸣山布道，教化民众，始称"五斗米道",尊奉老子为教祖,以《道德经》为主要经典,著书二十四卷,又作《老子想尔注》,宣传用"道意"来治国,国则太平,循"道意"而爱民,民即寿考。人法道义,积德行善,"各美其美,美人之美,美美与共,天下大同",并以"佑国扶命,养育群生"为最高的追求目标。他将黄老学与神仙方术结合,授民凿井取盐,金丹健体,药酒祛瘟方法,百姓受其益,感其恩,奉之为天师,加之朝廷命名扶持,终于在神秘化、宗教化的氛围里,张道陵集智显慧,仗剑弘法,擎起了道教大旗。"五斗米道"成天师道,道的教义得到了迅速传播。由此,道教风靡四方,大行天下,天师梦的缕缕情思获得了几何级的扩展与升腾!

"哇……哇……"对面的双胞胎之一突然哭闹,急坏了年轻的父亲,只见他赶忙拿起奶瓶,将奶嘴塞了过去,小孩含着奶嘴,"呜"一声吐出,继续哇哇,车厢里顿时传遍了透着奶香的哭音。

我静静地看着车厢内的众人。旁边的扑克后生们,专注着眼前的即时"赚钱",对孩子的哭闹无动于衷,也无须顾及其他乘客的安静,依然大呼小叫在尺把见方的桌面上奋勇搏杀。我想,假如张道陵天师转世,能将他们手中的扑克换作拂尘吗?

我想能,因为他是天师。

有这样一个故事,话说张天师与其母路过泸溪河畔的小山村,张天师被丹霞美景吸引而落在了后边,张母与随侍丫鬟走在了山道的前头,对面过来一个瘦骨嶙峋的提篮老太,将近张母时,侧身倒地,硬说张母撞倒了她。张母惊怒万分,但见其年老体弱,十分可怜的样子,隐忍着上前搀扶,老太一把握住张母手掌,片刻没有松开。待老太在边上石头坐稳后,张母松了一口气,却觉手掌奇痒,即刻红肿,张天师近前察看,便吩咐其母与丫鬟先走。这时,那老太从篮中扯出两朵蘑菇,说是感谢搀扶之恩,硬塞给张母,张母一阵眩晕，险些跌倒。此刻，张天师忍无可忍，拔出桃木剑，顿喝一声："大胆妖孽，还不收敛，竟又用毒菇害人，拿命来！"老太惊退八步，扑地求饶，现出蚊精模样，张天师手指轻弹，一张降妖符飞将过去，盖在了蚊精身上，蚊精顿时变作一顶轿子，那两蘑菇也袅袅婷婷地变成了立在轿边的两个美女。张天师请母上轿，两美女抬起轿子，晃晃悠悠地继续赶路。

如此了得的本领，还治不了眼前几个"好赌"嬉闹的后生吗？眼下懒散的后生随处可见，上年纪的父辈爷辈们，拎着保温杯参加麻将大军的人数，也蔚为大观！假如将天师的功夫真正纳入社会治理规范，估计当今还有不少"恶习""肿毒"可得到消解。

我参加工作时，社会环境相对纯净，我踌躇满志，满脑袋都是那代青年共有的宏愿，干事不计严寒酷暑，全身心投入火热的工作。那时对"道"没有接触，没见过什么《道德经》，更未见过《老子想尔注》，可源于道的"利民知足"观念，却在上一辈人的言传身教中，被我囫囵接受。所以，尽管经历曲折，但我信心满满，一路走来，终究是社会口碑上乘，阳光灿烂。

那时的宏愿或梦想，是得到组织的表扬取得仕途的进步，表扬几乎不断，甚至立功，可仕途的进展，却不是表扬或立功的叠加！看那古戏中择夫的绣球，会被立在河中与滚在田里满身汗泥的汉子获得吗？

人应该有梦想，更应该在实现梦想的进程中坚韧不拔、义无反顾，这或许是天师在道的王国里得以驰骋而威望震天的秘诀！

可我有点困惑，在道的重要理论体系——洞天福地中，龙虎山排在七十二福地中的第三十二福地，既不在十大洞天最高层，也未在三十六小洞天中间位，而在普通的福地序列里，是什么原因呢？可与龙虎山近在咫尺，规模小得不可比拟的云梦山鬼谷洞，却位列第十五小洞天，叫人难解其间玄妙。

鬼谷洞主人叫王诩，春秋战国时楚人，一生好隐居，不仅懂养生长寿之法，且身怀纵横捭阖、兵谋、术数、商道、仙道之术，被后人尊为"智圣"。当时名人如孙膑、庞涓、苏秦、张仪等均为其弟子。

我曾慕名寻上了峰峦下茂林翠竹间的鬼谷洞，见那高约三米、宽深六米的洞厅没有什么遗存，只有洞底一小香案上摆着神像，估计是鬼谷子。我环顾四周，近旁没有人为的建筑，唯有洞口一人高的石块垒叠的院墙，显示出了人世的沧桑。这就是鬼谷洞？这就是几乎集结了当时所有俊杰的鬼谷洞？

与龙虎山为何排在福地的谜题一样，鬼谷洞的真伪亦成了我心中飘忽不定的疑团。（洞天与福地，有区别但都属于仙境，令人向往。当代人们常说的和谐社会、生态环境等词意，均与"洞天福地"理论相符，或许其源头生发于洞天福地。）

为了深入探究洞天福地，鹰潭政府于去年倡导、发起了对洞天福地的甄别、核实工作。这很有意义，因为随着时光流转，洞天福地的环境已发生了变化，有些甚至难觅踪迹了。

火车在奔驰，离鹰潭越来越近了。

卖贵溪灯芯糕的人出现在车厢里，他身穿列车员服装，提着篮边走边吆喝："江西名产，贵溪灯芯糕。"我买了一盒，抓了一把给对面的小女孩，自己含了两根在嘴里，那特有的甜香令我神清气爽。

我转头望着窗外，那能代表国家元素被称作经济基础的载体，不断掠过眼帘，山脉、河流、村庄，还有那泛绿的森林与泛黄的稻田，高高矮矮，远远近近，组成壮观迷彩的飞动画面。在它们的波峰浪谷里，我实实在在感受了经济基础的磅礴伟力。

《道德经》中说："治大国，若烹小鲜。"意为治理国家的"技巧"，像烹调小鱼一样。我国幅员辽阔，人口众多，要使国力强盛，人民幸福，确实不易。老子倡导"以道莅天下"，泽被所有生民，这与当今政府的追求是合拍一致的，可在几十年前，乡野村镇，令人啼笑皆非的闹剧层出不穷。我老家有块山场，三五百亩样子，开始是改梯田，后因缺水灌溉放弃，再后来是李书记种李，陶书记种桃，尤书记觉得还是油茶好，于是山场又披上了油茶的"盛装"。可多少年斗转星移，风水轮换，那片山依然是荒草萋萋。直到二十世纪八十年代初实施二次分田到户，山场才渐渐有了迎风招展的喜人绿意。

在天师府后面，我记得有片板栗林，传说是张道陵所植，经历代天师接力护育，现今依然枝繁叶茂。每到金秋十月，累累硕果缀满枝头，给当地百姓与前来观赏的人们，献上了满含"道"韵的香甜。现在的龙虎山人，又在泸溪河谷的褶皱间，新植三万亩板栗，延续着"天师板栗"的不老传承。

是啊，传承是个充满希望的字眼，它来自执着、自信、坚韧、顽强。它不仅属于睿智发达的头脑，还属于信仰坚定的团队。天师尊位的传承，即是最好的明证。虽然其间充满艰辛，兴衰莫测，但脉络清晰，世系畅达。现今大陆天师府主持张金涛（国家道协副会长）承先启后，呕心沥血，延护得法，道统弘开。

我想起了天师府，想起了天师府前那条碧绿的泸溪河。

三十多年前，上饶地区文联组织采风活动，到泸溪河漂流是活动内容之一。我是初次到龙虎山，也是初次尝试漂流，一切都显得新鲜而稀奇。刚进入龙虎山地界，那二三百米高矮，形如馒头的红褐色山峰，分散在泸溪河沿岸，让我这个在怀玉山、三清山下长大的人，体验到了别样的风景。怀玉山、三清山总体巍峨雄壮，而龙虎山则是娇小妩媚了。泸溪河在其童话般的世界里蜿蜒。它从福建光泽原始森林而来，流经百公里，在天师府所在地形成了百余米宽的河面。漂流即从此处开始。我坐在竹排上，碧青的河水，漾进竹排缝隙，发出唰唰的响声，仿佛在唱着欢快的歌谣。

河旁峭壁间，接二连三显露悬棺奇观。此奇观是如何形成，如何将棺木放置进峭壁岩洞的，据说成了世界性谜团。我当时幼稚地想，真有这么难吗？放置者不可以先将棺料零星地搬进岩洞，而后组装吗？

我问撑排师傅究竟怎么放置进去？师傅说是张天师画符飘上去的。我不置可否，话题转到泸溪河的美，张天师选这里建立基业，真不愧是眼光独到的非凡人！

可二十一世纪初，听说泸溪河污水滚滚，上游的纸厂把污浊之水排进了泸溪河，使"胜似漓江"的泸溪河受到了严重的伤害。

我的思绪又跳到无蚊村了。蚊精被张天师教化改造之后，这小山村就成了无蚊虫滋扰的清幽之地。依村而过的泸溪河，因上游纸厂的关闭而恢复了往日"可鉴毛发"的清澈。前几天，我朋友邀我时电话介绍说，泸溪河化作了灯光的河流，无蚊村列入了"梦幻龙虎山"的大型山水灯光表演区，变为新的"梦幻"分子了，这恰到好处地对接了"梦"的渊源，给"梦"融入了一抹现代科技的光辉！

张天师的弘道梦，汇入时代洪流，吸纳九州灵气，穿越时空，与时俱进，在天地间不息铺展。

倘若没有龙虎山升腾的祥云，就不会有鹤鸣山飘扬的大旗；没有鹤鸣山飘扬的大旗，就不会有回环千里的脚印；没有回环千里的脚印，就不会有太极灵动的光华；没有太极灵动的光华，就不会有民族文化的弘扬。纵观华夏大地，"道"无所不在，印证了中国文化之根底的久远深厚，它已经不是一个梦，而是一种习俗，一种自觉，一种注入血脉的宏博气韵！在浩荡的江河里，在纵横的阡陌间，在百姓的餐桌上,在学者的笔墨中,甚至是婴儿的啼哭里,还跃动着生命长久的欢歌呢!

泱泱大国,道意绵绵昭日月。

浩浩华夏,民心殷殷润河山。

火车缓缓进站了,我从遐想中回过神来,背起行李准备下车。看那哄抚孩子的夫妇,仍在为承载着美好希望的孩子们忙碌,他们还没到站,他们的路还很长。

二〇一七年十月

青城探幽

汉字,的确很神奇。当你描摹事物时,增加一两个字,就能将你描摹的事物变得形神兼具,生动斐然。比如雄、奇、险、秀、幽,用在泰山、黄山、华山、峨眉山、青城山后面,你便不由得赞叹汉字的奇妙无比了。

就拿"青城天下幽"来说,仅一幽字,青城山的青翠苍茫,静谧安详的"个性",就勾魂摄魄般令你折服迷醉了。

青城山,道教第五大洞天,国家AAAAA级旅游景区。坐落于成都平原西北部,距古代著名的水利工程都江堰十公里。本名"清城山",亦名"丈人山",因其地形半封闭,常年青烟缭绕,周边有三十六座山峰环立,状如城郭,又名青城山。唐朝时,因佛道两家争占地盘,闹上朝廷,朝廷公断后,将此山划归道家。但朝廷诏书将"清"字写作"青",故青城山名得以固定而沿用至今。

遥想当年天师张道陵,以九十(有说近六十)高龄,从江西龙虎山出发,跋涉千余里,不知翻越多少座山,蹚过多少条河,最终入蜀,选定青城山安营扎寨,布道修身,祈福禳灾。细算,这可能是张天师第三次入蜀了。第一次来重庆做县官,因与权贵信念不合遂弃官归隐学道;第二次由洛阳入蜀,踏勘巴山蜀水,寄情炼丹修道,先后在鹤鸣山、青城山、瓦屋山等十多处盘桓,将道之种子洒向了更广阔的深壑峰巅；第三次离龙虎山再入巴蜀，创道教于鹤鸣山中，壮大了绵延不绝的民族文化基业，让道之信仰融入了炎黄子孙的血脉。三次入蜀，到驻足青城山，均为弘扬道之乾坤。不提布道教化之艰辛，单就"三次入蜀"而言，就在后人眼中横卧一座无法逾越的高山。当诗仙李白惊呼"蜀道难，难于上青天"时，张道陵天师已于数百年前往返蜀道三趟了。

张天师为何如此不遗余力地"打造"青城山呢？传说，当时他忧愁于蜀西平原妖魔造孽、民众受难的现状，发誓入蜀降妖除魔，他运用道教法术，最终战胜了青城山的六大鬼王、八部鬼帅，民得安乐。一座山有如此之多的"鬼王鬼帅"，这在道教的山野中是十分罕见的，由此，青城山又被称作鬼山。张道陵天师降伏这些魔鬼的艰难经历，令张道陵自身刻骨铭心，他唯有竭尽心智，才抚慰得了追捧他的万千子民，还青城山一方清净祥和的天地。这是带有神话色彩的传说，而当时的实际状况是：青城山一带有着比"鬼"还恐怖的瘟疫流行，百姓性命危在旦夕，生活于水深火热之中。张天师符箓禁咒、施药治病一齐上，救一方百姓于太平。百姓信服，奉张道陵为天师，天师道随之诞生。于是，青城山变作了天师道的传教地，张道陵也渐渐为民众拥戴。

渐渐地，青城山特有的风光：幽美、幽峻、幽翠、空幽，也顺带着被人们越传越远了。今人依据青城山特"幽"环境，总结引申出了三个特征：一是藏，二是雅，三是静。

——藏：青城山古木高大连片，遮天蔽日，弯弯的路径，怡神的亭阁，肃穆的宫观，基本都深藏绿荫之腹。那近年修建的索道，除可见悬在高空的吊篮以外，硕大的索道房，也需近前才豁然开朗见其身影，大有惊现的感觉。

——雅：青城山建筑用材，绝大部分是取之当地。道路用的是红石铺砌,亭阁枯藤树杈做梁成柱,有的梁柱上树皮还未剥下,木的围栏、藤的椅凳,隔不远便可见其身影,而宫观大多幽深,有的依岩洞筑砌,饰以诗文刻图,进入其中,顿尝清雅滋味。

——静:青城山背靠邛崃雪山,最高峰仅为邛崃雪山的四分之一,且深伏岷江峡谷,如封似闭,远离尘嚣,加之岚雾缭绕,翠绿苍苍,沟壑悠长,身处其间若无偶尔闻山鸟由近及远地鸣叫,真以为此地无任何尘嚣。

我了解青城山,是通过朋友的介绍。这次未到青城山之前,我又查看了青城山的相关资料,颇觉"藏、雅、静"三字的概括,合乎青城山实况,此三字能将"幽"之表象与内涵表现出来。但现实毕竟与图册文字有较大差距,我在冥冥中似乎觉得青城山之幽没有这么简单。所以,我一到青城山,便即刻拽着接我的朋友,不顾已是下午四点多钟,如饥汉觅食般一头扎进了青城山。

青城山果然不同凡响。入口处有座顶上覆盖着杉树皮的灰褐色门亭,瘦瘦高高地夹在几棵笔直的大树中间,似乎是被大树夹住了而升高的。"西蜀第一山"的金色横匾挂在正上方,数根遒劲的老藤弯弯曲曲地绕在上面,结合两侧夹着的大树,活脱脱一个特大的幽字耸立面前,生生让我刚进门就体会到了幽意的轻抚。

在入口右侧,庄严气派的建福宫一字列开,像条彩龙贴伏在巍峨的丈人峰下,领悟着青城山的往昔与未来。据说,建福宫后殿挂有中国第三长联,三百九十四字,气势浩荡,可我时间紧,登山心切,只有藏着留待下回拜访了。

突然,一阵节奏感很强的吆喝声传来:"你一捶,我一捶,捶捶增年岁,道家核桃酥,香甜又酥脆……"哦,在这森森林荫下,静静曲溪旁,我想到了南朝诗人王籍的名句:"蝉噪林逾静,鸟鸣山更幽。"这乒乒的核桃酥捶打声,与"蝉噪鸟鸣"确有异曲同工之妙啊!

搥核桃酥的店铺在小街尽头,两个年轻人挂着敞开式口罩,脸红红的,相向弯着腰,对着一圆墩,你来我往地喊一声,搥一下:"你不买,我也搥,搥出千般福,搥出万般贵……"我驻足欣赏,这道家核桃酥,原是在运动中产生的,难怪益寿延年。

朋友催我前行,说是天晚了,到前面三岔路口便折回,明天再探访天师洞、上清宫、老君阁等景观,那里有大量的历史遗迹与人文典故,更精彩。我应声"好的",跟着移步,眼睛却还看那搥打的年轻人,那声声喊,裹着原始的活力。

越往里走,越觉得幽静,各色巨大古老的林木,迎面挪过。我对树木终究外行,叫不出它们的名称,只知其中有种树叫水杉。见它们列着队欢迎我,漾着既遥远又亲近的神韵。我内心有点忐忑,记起刚在景区门口下车时,我头晕脚麻地一个踉跄,随手将矿泉水瓶扔出,正巧砸在花圃内的花枝上,那个悔呀,真恨不得罚自己八百个俯卧撑!而现在面对身前的树们,我能做点什么呢?

我原是个比较称职的林业公安干警,对树有感情,尤其是那些稀有名贵的树种,如银杏、罗汉松、红豆杉、几人合抱的桂花树,我心怀敬意与怜惜,每次到达这类树生长的区域,我都会去探望,向它们行注目礼。遇上乱砍滥伐,我更会无名火万丈,恨不得将每棵树上都拴只老虎。而这里的树生长茂密,看不着一个被偷砍抛弃的树兜,可见该地的林业工作者是何等尽心尽责。

景区门口的花圃,茫茫连片数十亩,各色鲜花摇曳,招人喜欢。可我却扔进矿泉水瓶,砸坏了花枝,尽管属疏忽失手,也是一种破坏,生出了一种自己要几天才能消除的愧疚。

我用手抚摸树干,似乎在抚摸折断的花枝。

一个背着大筐的人,低头上来了。筐里满满当当,通过背筐人的脚步,我知道了筐的分量不轻。朋友告诉我,这里人习惯背,能背一百多斤。正说话间,那背筐人背过身,将筐放在高一级的台阶上,喘口气友善地瞧我们一眼。我靠近几步,举起手机准备拍照,他转过脸背起筐,又扑扑地踏响了上行的石阶。手中的撑棍,此时成了指挥棒,一级一级地指挥着双脚,引出一串艰辛而快乐,沉重而流畅的送货曲。

我对朋友说,这人五十多岁了吧?朋友说不止,前天他过六十岁生日呢!我目瞪口呆。朋友接着说:我们这里长寿人多,很健壮,九十多岁了还上山采药、扯猪草呢!我们这里呀,六十不算老,七十比较小,八十满街跑,九十随便找,百岁精神好得不得了。

或许,这是青城山"幽"的又一特征——寿!

是吗?

假如将"寿"看作一道亮丽的风景,让"寿"进入青城山景的行列,那么,这道景必是人们爱之又爱的啊!

古书说:寿,久也;寿者,期之远耳。这表明寿自古以来就是人们长久的期望!在青城山,寿是独特而神秘的生命体征。开启了道教闸门的天师张道陵,于两千年前,在青城山的怀抱里,就活了一百二十三岁。这是赫赫在册、独步天下的实名人物,无须虚夸!

大家都知道著名画家张大千吧,他是青城山居士,皈依了道教,青城山顶的道观里不仅有他住了两年的卧室,还有三大间他的展画厅,他活了八十四岁,但他的画必定是流传千古的!

坐落在离青城山仅几步之遥的都江堰,建于战国时期,历经两千余年风雨,至今仍然发挥着水利枢纽的巨大作用,活力超强,享誉世界,二十一世纪初入选世界自然文化遗产名录。它的"长寿",与青城山的不老紧密相连!

据说青城山年均气温十六点八摄氏度,空气中负氧离子含量高达百分之九十一，极宜人类生活，确为洞天福地。当年张天师来此布道，可能也相中了这里的气候环境。加上天师们重视医药养生和饮食，注重武功强健筋骨，还创编音乐，使身心轻松愉悦。他们留下的养生、饮食、武术、音乐等，成了人类宝贵的文化遗产。养生有导引按摩、吐纳行气、辟谷断食等；饮食方面，堪称美食四绝的有洞天贡茶、白果炖鸡、青城泡菜、洞天乳酒；武术有青城剑法、气功等；音乐兼有南北风韵，洋洋大观六十余首，音调庄严婉转，清幽恬静，动人心魄。

前几天，我在龙虎山就听到类似的天籁之音。青城山与龙虎山，毕竟是传承与发扬光大、相互影响的兄弟。瞧这铺路的石块可能就从龙虎山搬来，尽是霞色印染。

到岔路口了，一边通往索道房，一边通往天师洞。青城山景区分前、后山，精华在前山，而天师洞以上景区是精华中的精华。然暮色将至，我与朋友不能继续前行，只得回头。路过核桃酥店时，那里已亮起了灯光，整个靠山一侧修建的小街都浸在既黄又青的朦胧光晕里，悄悄的，几乎没有声响。那两个年轻人坐着，手上不见了木槌，却多了手机与茶杯，一副悠然自得的神态。

我却不感轻松，有点遗憾有点闷，似乎是被青城山的"幽"装进了麻袋，来这里仅仅两个多小时，却被"幽"腻腻地粘住了，嘴唇喃喃地动，竟吟出一首充满盼意欲即刻登山的诗来：

    峰拥青城隐万象，
    雅藏静寿添幽情。
    自古仙影烟岚处，
    丹霞掌灯龙虎行。

二〇一七年十月初稿

武当山的"当"

（一）

辞别武汉，我终于来到了武当山景区售票大厅，同行的年轻人小饶去买票了，我将登上武当山了！

武当山是当代道教四大名山（武当山、青城山、龙虎山、齐云山）之一。登武当山的想法，恐怕有半个世纪了。七八岁时，就听大人说武当山人武功高强，那张三丰拳脚一动，几十人倒地喊饶命，根本不用枪炮。每当有这样的神奇故事开讲，我那野蛮（调皮）的神情，即刻便严肃起来，扶着挂在胸前的长凳腿（冲锋枪），聆听大人们云山雾罩地忽悠，而恰在这时，却又见父母说我，哈，读书上课有这么认真就好了！

后来，稍大点，邻居教了我几招三脚猫；参加工作后，在一个乡镇的墟市里，我也曾一拳惊退欺民的九个"罗汉"。可张三丰的神勇，我自知是下辈子才能掌握的事了。再后来，虽懂得张三丰的拳脚并非乱动，而是坚守"非遇困危不发，发则必胜"的宗旨，但我年纪渐渐大了，白发不客气地钻出头皮，那"武功"也随着肚皮的鼓起而反向快速增长，弄得现今稍稍跃动躯体，就要表演大频率的呼气之功了。虽如此,张三丰依然是我偶像,只不过渐次疏淡了而已。

前几年,中央台一则广告词,轻轻地激活了我那登武当山的夙愿,"问道武当山,养生太极湖",说得太精彩了,弄得我内心痒痒的。前两天看电视,见经典电影《风暴》,颂扬的是我幼时佩服的大律师施洋,他反对军阀压迫,为工人阶级谋生存,在一九二三年举行的"京汉铁路大罢工"中英勇牺牲,再次激起了我去登武当山的念头,若不去,大有寝食不安的趋势,我能再耽搁几十年而促使心愿落空吗?

再轻轻地呢喃一句,这两年我在搜寻"洞天福地"的确切位置,武当山在"七十二福地"里位列第九,这第九福地我能不探望吗?

不能——我来了!

小饶买来了全程票,我急忙往入口走,小饶说,别急,变天了,我买件衣上山。是呀,秋末了,昨天还是短袖,今天可能就得长衫加厚了。到服装店一看,防冻衣服可租可买,租一件一百元,买一件一百五,干脆买一件吧。小饶挑了件薄薄的羽绒衣,没砍价,估计砍也没用,谁不知"天上九头鸟,地下湖北佬"的精明呢?

外面有雾,湿度很大,我顺手拿了顶在我们老家五六元便可买的帽子,要店主赠送,店主说送不了,这帽子要二十元呢。我放回架子上,店主说,你们买了衣服,再要买帽子,就十五元吧。我付了钱,拿着帽子朝店外看看,心想,被忽悠了还买,我这脑壳真是进"雾"了,可转念一想,若受冻生病,十五元买药吃还不一定能痊愈呢!

景区的大巴车将我们拉到了一个停车场,说是到了,下车吧。我们跟着一帮人下得车来,只见四处雾气茫茫,能见度极低,这是哪呀?怎么游览呀?我与小饶后悔没请个导游,哈哈,这下好了,真叫"如堕五里雾中"了。

原来是太子坡，走路与乘索道的分岔点。我们选择乘索道上山，认为下山再走路会轻松一点。于是，我们又上了另外一部大巴车，往索道站奔去。

索道站的进口曲曲弯弯，由多条围栏通道组合而成。可大家都站在一条通道上，旁边通道空着，我正奇怪，空着的通道进来一位胖胖的女士，她晃到前面出口，却又退了回来，原因是太胖了，过不去。那大概是儿童通道，不适宜大人。

索道吊厢乘坐了六人，那胖女士与我们同行。吊厢出了索道房，一改慢悠悠的神态，唰地钻进了浓雾，除了同行的人能看清楚彼此外，其余什么东西均被浓雾遮挡了。同行的几位老者，胸前挂着相机，无奈地叹气，显然是因看不清外面的景色而抱憾了。胖女士挥着手开口道：哈，我们几个当神仙了，腾云驾雾了。我笑笑，心里却七上八下，胖女士的挥手带来吊厢的震颤，我担心掉下去，下面肯定深不可测。我真希望自己长出一双翅膀，也希望同行的每人都长。

尽管索道的设计符合科学原理，据说安全性能不低于飞机级别。但对于我们游客来说，不坠落才是最放心的，可如此要求是不科学的，因为有故障，有意外，有最不愿见到的万一。

我想起了保险，索道票不知含保险没有？可保险保的不是不掉下去，而是掉下去后的补偿，是掉下去了才会有的安慰，是家人漫漫长夜里的一缕灯光——还是挂牢别掉吧！

哎哎，胖女士前倾身躯，指着对面兴奋地嚷，快看，云，云！我惊恐中偏头看了一眼吊厢下方，好大一片起起伏伏的云呀。原来，吊厢冲出浓雾的包围，跃升到雾上方来了，视野顿时开阔。但我依然紧张，盼望着胖女士别动，我看外面的雅兴全仗胖女士安静了。

旁边的老年摄影师们，稳稳地坐着，脸上虽然有笑意，却也不见其举起相机拍几下。

老者甲说，上头不知怎样？老者乙回答，说不定拍不了，还是雾。老者丙说，有机会，这次拍不了就下回再来。胖女士插话，你们都是本地人？老者乙说，我是，他俩不是。没问题，拍不着重来就是。胖女士说，我云南的，可远了，来趟不容易，本来见大雾不想上，可到武当山了，怎能耽搁不上呢？老者乙说，你不会一个人吧？胖女士说，还有女儿女婿，在后面呢。他们慢吞吞，不当回事，我等来等去，兴致都快等没了，所以我先上，我先烧香求神！

老者乙问，替晚辈求子吗？这里很灵的。胖女士答，是，尽尽心意！

爽快，符合道的精神，顺其自然，无争无藏，真性情。这时胖女士拿出手机，脚一移，吊厢依然颤，但较之先前，我担心的程度减缓了许多。

什么原因呢？我问小饶。小饶分析是没被包裹在浓雾里，不闷了。我感觉可能是聊天氛围道意浓郁，深深感染了我而获得安定，就像烦躁的人，骤然间走进香烟缭绕的神殿一般。

吊厢越升越高，陡陡地滑进了索道房。我们下到地面，从索道房鱼贯而出，不约而同地站到了索道房旁的弧形平台上，举目四望，不仅雾气氤氲，还夹带着雨点，凉飕飕地告诉你，此处为天界，离武当山最高的天柱峰上的金殿不远了。

三个老者的相机摇摆在胸前，但他们的脸上没有郁闷，满是仔细搜寻的神情，仿佛要从那翻滚的雾团里揪出太阳，从而欢欣地咔嚓一番。胖女士许有张三丰遗风，仙踪飘忽不定，转眼间已不见了身影。

小饶幸亏买了羽绒服，否则必定受冻。我正想夸他几句，他却嘿嘿一笑，说衣服破了。破了？我说那就找那店换。小饶摇摇头，算了，口袋沿脱了半边线，无大碍。在这地方，我们向张三丰学，人家是困危了才出手，这困危可能指生命危险。我这点破，小事一桩。

张三丰，字君宝，辽东懿州人，生活在元末明初。他若遇上这种衣破事，会怎么处理呢？按当下思维，是非换不可的，因为不换，吃亏受欺不说，助长了欺蒙拐骗之歪风，今后还有人受害呀。可是，去换了又怎样呢？

在武当山，真武太帝的名望自然高过张三丰，张三丰是武当派祖师，而真武大帝是武当山开山始祖，是武当道教的最高尊神。当时，武当山尚称太和山，因真武大帝在此修仙悟道，得道飞天。玉帝知后发话：非玄武不足以当之。遂改山名为武当。查"当"字，康熙字典竟有十五种解释，诸如担任、承受、适当、面对、忍受等等，应有尽有。其中担当、承受、面对均直观地合乎"道"的理念。面对破衣事，真武大帝与张三丰可能都会一笑而过做冷处理，随即在更广阔的空间，将"道"的真谛像春风化雨般地播撒，其中"担当、诚实"的品性与精神，会适当地在某家衣店或类似的店门前飘飞。

攀登金殿的石阶曲折陡峻。几个年轻的道士，腿上扎着白布袜，在上上下下地忙碌，手里提着两只装满淡黄色液体的塑料壶，汗水在脸颊上奔涌。但他们容光焕发，步伐矫健，带着风从我身边掠过。他们这是干吗？在练什么功吗？少林寺和尚提水桶走山路，武当山道士提塑料壶攀石阶，估计方式不同功相同，倒也相映生趣。

金殿又称金顶，金碧辉煌，虽在雾夹雨的笼罩下，也不失亮丽与威仪。整个殿宇五米见方，全部铜铸镏金，真武大帝坐在殿内，旁边金童玉女侍立，两只同样镏金的仙鹤忠诚地护卫在殿外台阶下，祝福着无数的善男信女和天南海北的游客。据说，金殿是明朝廷由京城走水路运来安上，历六百年的沧桑岁月，不仅增添了神秘的故事性，而且彰显了"道"的高贵与力量。

金殿后方有块石碑，一人多高，"大岳武当"四字格外醒目，我与小饶分别在侧照了相，虽不清晰，但这照片笃定会有沉甸甸的分量。

武当山不在五岳之列，五岳中泰山独尊，可为何称大岳呢？大，与"小"相对，强调范围、数量等方面超越所比较的对象；岳，即高山峻岭，且相对独立，不与周边山脉相连。那么，武当山在形态上可与"大岳"匹配，但似乎堂而皇之地立碑宣扬，在有些人看来就显得自夸而骄傲了。我不这样认为，我觉得这恰是武当山的自信，何况古语"大"与"泰"相通，称"大岳"正表明了武当山是百姓心目中的另一座泰山，这泰山就是道的化身，比拟泰山！

从金殿下来，我忽觉得满足了，半个世纪的梦想，总算实现了。其实，游武当山只是游了一半，还有很多的名胜古迹，比如南岩宫、紫霄宫、太极湖、九曲黄河墙、太子读书殿，还有那八仙观，不仅是道家故事里的八仙聚会的场所，还是那位在青城山采药、在武当山采茶的药王孙思邈待过的地方。今天，我肯定到不全。因为下山的路在等着我，我将随着忽而下降忽而上升、连绵不绝的青石台阶迈步，领略迎面拂来的饱含道韵的绵绵雾雨。

（二）

江西上饶铅山有座葛仙山，是道教灵宝派始祖葛玄羽化飞升的地方。登这座山，真可谓考验了。一色的青灰色石块砌成的石阶，不见头尾，你不断登不断抬头，石阶还是不断地叠在你头前，像是自己从草丛里扯出却永远扯不完的尼龙线一样，让你上气不接下气地汗如涌泉。而在武当山，我顺阶往下走了不到一刻钟，就小腿肚打战，若没护边的铁链扶一下，我可就要屁股擦地了。

因历史等原因，葛仙山的石阶比之武当山石阶，那模样是小字辈了，无论从石质、形状、长宽度，武当山的石阶路不由得不让你赞叹这是皇家气派了。石质，天然凿成的部分除外，现代人工的部分全是青石，估计能做文人喜爱的砚台，大块铺设，规整光滑；形状，中间成阶状，两旁条石纵向镶砌，恰如一副对联夹着中堂画一般；阶面长宽，都在两米乘三十厘米左右，直通金顶。从整条石阶路的长度而言，遥遥五千米，俨然一条青色长龙，裹着悠久而浓重的文化色彩。它摇头摆尾于沟壑，起伏蜿蜒于密林，听山风传讯，看溪涧弹琴，请雾雨润泽，采霞辉梳妆，无论春夏秋冬，无论朝代更替，它——武当山的青石路，都在迎送着数不清的各色脚步，为自己"清静无为"的修行，增添着非比寻常的功力。

对于我这个爱好文学创作和永远是"未来文学家"的人而言，眼前的事物，还是会多一层观察与体会的。尤其今天，雾携雨与我亲近，不让我视线超出三十米，自然就更加关注于脚下的路了。我撑着伞，忍着腿肚的疼痛，快速上坡，快速下坡，因为太和宫旁卖饮食的姑娘说，我和小饶的文弱样子，至少要两个半小时才能赶到有车乘的南岩，不快点就到不了久仰的紫霄宫，还有可能要留宿青石路旁的民宿。所以我们不敢停步歇憩，一个劲地提脚落脚，长长的青石路上，不时有迎面上行的人擦肩而过，偶尔也有从后面赶上我与小饶的，令我们更加心慌。

幸亏没雨了，雾在远处晃悠。在下移过一段似乎没有底的坡路后，我们在一座石桥边，看到了一排架着大伞的饮食摊位，却没有摊主，只有两个年轻恋人坐着。男青年急切地问我们到金顶还有多远，我回他多远不清楚，走了一个多小时，没停的。女青年一听，立刻哭丧着脸，随手一拳打在男青年肩上：你背我。男青年反应较快，急说，我们上去坐索道。于是，男青年搀着女青年往上登了，那样子虽然艰难，但"望梅止渴"的鼓舞，还是起作用的。

曹操用"望梅止渴"激励队伍奋勇向前，取得了行军的胜利。男青年无意识地也用了这一招，在此时此地是何等恰到好处和相得益彰啊。

这会儿男的能挨，女的听劝，以后一起生活了，是否也能担当呢？小饶在旁嘟哝，他想得真远。

我估计他们会在金顶旁的铁链上挂把铜锁，锁住他们的情爱，锁住他们的幸福。

我们不敢多停，继续抬脚赶路。路边的一些宫观我们也无暇顾及，只是顺着青石板路扑扑前挪，三天门、二天门早就过了，现在将一天门也丢在了后边。我小腿肚是越来越痛，真想找个地方坐坐，却见坡度平缓了，光滑的石板路牵引着我们走过一段再走一段，心想着前面也许就到南岩了，就赶上乘车去紫霄宫了。可是，拐过一处小店后，坡度突然陡了，斜斜地伸向半空，咦，怎往上爬如此长，走错了？看看边上又没旁的路，便硬着头皮跨上了有点积水的台阶。

台阶两旁的条石此刻更似对联竖起，稳稳地抬着我和小饶。天湿湿的，欲雨，山风吹拂着衣裳，很亲热，路上只有我们两个行人，静悄悄。这时，只见小饶瞻前顾后，忘却了快要痉挛的腿肚疼痛，随口诵出一首诗，啊——前不见古人，后不见来者，念天地之悠悠，独怆然而涕下。我觉得悲情太浓，那一声他加的"啊"也不见得使诗开怀多少，倒不如说"好风凭借力，送我上青云"呢！我说，我们能弄副对联吗？否则对不起这青石板路。怎么写呢？我们一时也凑不出来。

上得坡，却见一块平地，停着多部大巴，还有小车，周边房屋环立，哦——到南岩了。

南岩有个乌鸦的传说，当年真武帝上武当山修行，至此气馁欲返，忽闻乌鸦鸣叫，见一妇人磨杵，妇曰："日复一日，铁杵成针。"真武顿悟，继续进山修行，终于得道成仙。故此乌鸦，在武当山成了吉祥神鸟，而"只要功夫深，铁杵磨成针"的俗语，亦与"矢志不渝"相映生辉！

南岩有点集镇的味道。右手靠山见庙宇恢宏，恐怕就是南岩宫吧，反正没导游，自寻过去必定耽误时间，就留点念想以后再来吧！于是，我们坐上了开往紫霄宫的大巴。

下午四点钟，我们到达了依着山势布局、巍峨壮观、古老庄严的紫霄宫。

紫霄宫建于明代，坐落在武当山天柱峰东北的展旗峰下，周边山峦拱卫，前有香炉峰，左有禹迹池、宝珠峰，右有雷神洞，被风水捧为绝佳的二龙戏珠状态，是道教信徒心目中的紫霄福地，桃源洞天。

待我们忍着脚痛登上十多米陡峭的石阶，欲进大门时，却被拦住了，要凭票入。我看买票处在石阶下边，还要过石桥，少说三十米，这不要我命吗？疼痛将我的一声怒喊推出了喉咙。可我马上闭嘴强忍了。无奈转身，看着小饶一瘸一拐地下行至售票处购票。在金顶，我们另买门票攀登尚可，因为旁边正在修缮，买票当作捐助吧，而这里又算咋回事呢？仔细看看在景区门口买的所谓全程票，确实标明了金顶与紫霄宫要另买票的小字，只是我们心急未看清。误会了，买吧！

票尽管买了，但颇有纠结，并非花了冤枉钱，而是卖票、守门的全是道士，这似乎与道家轻利无争的思想相违背，让道士们直面金钱行使权力，遇无钱者则举手拦阻而不得入内"朝拜"，委实不是妥帖的做法。玄武帝本是净乐国太子，若他贪恋王位，能上武当山修仙悟道，发誓灭尽天下妖魔？若他非经四十二年艰苦修行，得道飞天，能赢得玉帝赞赏，而改山名为"武当"？假如张三丰当年注重金钱，还会身穿百衲衣，被人称作"张邋遢"？还能获创武学派别至少十七支之成就？能被民众颂扬数百年而芳流不衰？

如此这些，能在权钱的诱惑下做到吗？为此，武当山道士亲手收费的瑕疵，应考虑改进完善！

进得大门，迎面宽阔的石阶高耸，两旁护以石柱围栏，承接着上方气势雄伟的紫霄宫。那"紫霄宫"三字大匾，金碧辉煌，镶嵌在正门上方，两只大红灯笼分立，好一派富丽堂皇、威仪无限的景象。我摘帽仰视，那在青石板路上欲写未成的对联，此时跃入脑海。

念天地悠悠，何怆然涕下，凝神悟真谛
数世事茫茫，宜奋勇向前，借道上青云

格式不太工整，却是心境写照。虽不想什么展翅青云，但需老有所乐或老有所为吧？这次，我与小饶决定游历以四大道教名山为中心的道教圣地，写写与道有关的文字，一方面是出于对道文化的敬重与认同；另一方面受鲁迅"中国文化根底在道教"的论述影响，无论其是批评还是赞扬，我们都应该审视道教，自觉掂掂道教在中国文化中的分量；再一方面是当今有人指出汉语趋向下流，一些低俗用语肆无忌惮，不仅在网络中泛滥成灾，在报纸杂志里也屡见身影，三俗现象严重，亦令我辈忧心。所以，我此为或许离正本清源十万八千里，但能正儿八经说汉语，为汉语的"清纯"献以微力，添点砖，加点瓦，不辱没五千年的祖宗颜面，就心存欣慰了。这次到武当山,是我们走了龙虎山、青城山后的第三站,过一天就去齐云山了。到一地,码些字,不计辛劳,仅聊慰初衷。

一位年轻漂亮的道姑在石阶中段的香炉内烧香纸,她一边投纸一边盯着火苗,神情庄重,她是在例行某种仪式还是在祈祷火的热烈呢?

我越过她来到玉皇、真武神像前,唠叨起上面我游历心迹的那段话,也算是我的祈福语吧!

紫霄殿后面,有座同样辉煌的父母殿,供奉的是真武父母、观音、三霄娘娘,专为善男信女求子降福,延续中国人极看重的孝文化脉络。

紫霄宫前有块大空场,几个影视演员可能受剧情的驱使,在那搂搂抱抱、搔首弄姿地拍摄,引来众多的游客围观,给这个肃穆之地,溢出了一丝滑稽。

一位外国教父,身着黑色长袍,在几个随从的簇拥下,目不斜视地经过演戏场地,来到放生池前,向池内那体现华夏文明、象征好运与长寿的龟蛇石雕,释放出虔诚的笑意。

放生池水面很低,一群红色鲤鱼排着队浮在水面,浩浩荡荡地围着那龟蛇石雕转悠,好似龟蛇石雕跳舞而旋飞的裙子,多么和美的场景啊!

我见着胖女士了,她依在水池边,看那鲤鱼的群舞,一副若有所思的样儿。她身后跟着两个年轻人,估计是怀孕困难的女儿女婿。她抬头朝我手一挥,又差点让我有了吊厢里的感觉。不过,此时我稳稳地立在地面上,纵使胖女士跺脚,我也不会震颤,更何况我是从紫霄宫沐浴了神韵出来呢!

我的脚疼减轻了,可能是在空场平地上走了一遭的缘故,也可能是马上要登车回程了的心理作用,更可能是某种精神的激励!

会是什么精神呢?

天行健,君子以自强不息!

(三)

前两节写了我与武当山的缘和我在武当山的切肤感受,这节应该写武当山的"当"了。

我来武当山时,在武当山火车站旁买了个充电宝,结果充不了多少电就没用了。当我回程再次来到武当山车站,找摊主退货时,摊主不在,她儿子当班。我迟疑地拿出充电宝,他详细询问了购买经过后,爽快地退了货,并说对不起,我老妈眼花拿错了!

起初以为原摊主不在,我又无票据,可能退不成,未曾想竟顺利办妥。联想到小饶那破衣,我说如果去换,说不定也成!小饶笑道,看来湖北人硬朗,不是我们想象的!

硬朗,除了强健有力的含意外,在我们上饶这边,更多的是敢于担当,其反面,则是取巧油滑了。我所举的硬朗例子,可能在湖北是普遍现象,因为,这里毕竟有武当山!

武当山雄峙九州腹地,其名称的由来,无外乎三个方面,一是神话传说,玉帝嘉奖玄武真诚修道,终得正果;二是现代推测,取近旁的巫山与丹江谐音;三是风水寓意,武当山群峰簇拥似火,玄武居北属水,水火既济,平衡和谐。这三方面,除第二方面是客观理性的分析外,一、三方面均借助了神的力量,且第三方面的风水呈祥,既为神话传说做了注解,亦迎合百姓对传统文化的认可心理。我喜欢来自远古的声音:"非玄武不足以当之"!

毋庸置疑,武当山确实能当,当之无愧!

首先,看天柱峰,它海拔一千六百一十二米有余,孤峰峭立,周边空空无靠,恍如苍穹立柱,古人用"北斗原来近可扪"的诗句形容它的孤高,大有"天塌由我擎"之势。

其次,看它的两个大宫殿,太和宫与紫霄宫,太和宫位于天柱峰顶端,承托金殿,结构奇巧,工艺精湛,集人文景观与自然景观于一身,是古代的建筑杰作。紫霄宫,上节已叙,不再赘述,一句话,如此令我仰视而震撼的紫霄宫,我生平初见。

武当山的物件,很多都有担当、承当的寓意,如剑河桥、太子坡、大碑亭、磨针井、太子读书殿等,不胜枚举。其中人物作为有担当的,大家都知道真武修仙,可我要告诉诸位,在武当山,还有位英雄,堪与玄武齐名。

他就是后羿。

传说上古时代,天上出了十个太阳,灼烤得河干草枯,百业颓废。后羿仗义搭箭开弓,逐一射坠太阳,当射下最后一个太阳时,天地顿失光亮,黑暗降临,百姓刹那间慌乱,恐怖充满四野。后羿见状大惊,悔己毛躁,急速上马追赶坠日,追至武当山,马乏力倒地,喷沫而死。后羿伤心痛哭,但未歇息疲惫的身躯,继续翻山越涧,终于在剑河之畔发现了周身血染的坠日,后羿拔下坠日的箭镞,敷药治伤,又飞快地将坠日搭在箭上射向天空,天空重获亮堂。从此,人间有了温暖的太阳。而武当山的日出,不仅出得早还格外壮观绚丽!

类似这样的英雄人物,后世出了不少。远的不说,近代的徐本善,即为佼佼者之一。当年,他是武当山道总,他不仅将贺龙的红三军迎进武当山,空出紫霄宫部分房屋安置红军医院与红军司令部,还带领宫中道士截获敌军两船枪弹。平日里他们为红军打探情报,献医送药,关键时刻为支持帮助红军,不惜牺牲生命,徐本善道总就是为保护红军财物而捐躯的!近年里出现的道派传人,如游玄德、钟云龙等，不仅弘扬了道法武技，还为武当山编纂历史资料和武功典籍，亦是武当山的骄傲！武当山因有名道辈出，才兴盛不衰，冠绝天下。

　　让武当山冠绝天下的，还有其更多的独特文化。世界上各路专家，遗产、植物、医学、空间学、建筑等方面，都有过极高的赞誉。联合国曾有两位官员做了代表性的评价："武当山是世界上最美的地方之一，因为这里融汇了古代智慧、历史建筑和自然的美。""中国伟大的历史，依然存留在武当山！"前位官员论述了美的文化，后位官员则指出了历史的担当，合在一起，即可认为大美的武当山文化是充满担当的文化！

　　如此说似乎有点武断，为了直观简要地讲述武当山的担当文化，我想用武当山在全国范围内的"第一"来"显摆"。

　　武当山自汉朝始，就由帝王颁旨营建宫观，以至后来出现"北建故宫，南修武当"的格局，享受皇宫的同等待遇！

　　武当山山顶金殿，端坐一千六百多米高处，立面空间有一百六十多平方米，铜铸镏金，绝无仅有，堪称铸造建筑史典范。

　　武当山医学，汇集手法医学、外内药学、能量医学、药膳学、运动医学等学科为一体，曾有华佗、孙思邈、张仲景、傅青主等大医家行医传技，授经成篇。

　　武当山道教音乐，延续千年，曾集中全国宫观四百多位音乐高手汇聚一堂，研讨音韵乐律，使道教音乐既有个性又有共性，优美恬静，缥缈雄浑。

　　二〇一二年，经国家宗教局批准的"罗天大醮"，在武当山举行，规模是六百年来之最，有万名道士诵经，百万信众朝拜，弘道扬法，奉天祀神，祈祷国泰民安，世界和平。

　　还有那榔梅，是中国国家地理标志产品，金相玉质，酸甜适度，

"只出均州太和山"。

还有广水滑肉,油而不腻,养颜健生,美味"滑"了一千多年,入选湖北省非物质文化遗产名录。

还有……

这些"第一",被武当山所拥抱,是武当山的底气,充满着"舍我其谁,当仁不让"的大丈夫气概!

假如从上面列举的事例里,能看出武当山担当文化的大致构架,那支撑它的两根柱子,自然是仙道与武功了。

武当山素有"中国第一仙山"的美称,尊玄武为最高神,是我国道教四大名山之首,古称"太和山",即"道山"的意思,在我国直接称"道山"的只有此一处!武功由张三丰开创,高妙精深,与少林功夫齐名,奉行"道理为指导""养生为宗旨""技击为末学""道德为门风""自然为神韵"的理念,惩恶扬善,扶众生树正义,威名远播!道和武功撑起了武当山,众多的"第一"丰满了武当山,武当山不仅受历代皇家的推崇,也受生生不息的百姓信赖。我从小有登武当山的愿望,为的就是亲近武当山,体验武当山,从武当山的体态神韵中,吸纳撑起人生的正能量。

在这里,我讲述一起自己的亲历事件,与"一拳惊退九罗汉"相比,是要正宗得多的担当。那时我在林业公安工作,一天中午,我正拿碗吃饭,电话突响,告知我的干警被邻县群众围攻,情势危急。我立即放下饭碗,钻进吉普车,奔往六十公里外的事发地点。到达后,我邀上报告事件的民兵营长,他是本县人,与那事发村交界,一个半小时前被对方"释放"回家,他不顾老婆的阻拦,坚决陪我前去。我将车停在邻县村口,让民兵营长与司机守车,而后只身进入。现场人山人海,我清楚闹事起哄的就是那几个林木贩子,这几人此刻肯定躲在哪个角落里煽风。

找干警是来处理盗伐案的，邻县李所长带队配合，不料被村民围堵在屋内，锁了屋门。我明白如不尽快将干警带出，夜幕降临，凶险倍增！邻县李所长未受困，站在门口劝说群众，声音有些嘶哑。我与李所长熟悉，招呼过后便迅速对群众请求放人。

"咚"，一块石头随着我的话音砸在身前，我不为所动，一面看这村我熟悉的人是否也在人堆里，希望帮忙，一面继续请求群众开门。终于，钥匙丢出了人群，我捡起开了门，招出被关的两名干警，群众一阵骚动，一块瓦片呼地飞来，擦着我的脸颊，砸在了被关干警的头上，鲜血直流。我哗一声拔出手枪，说时迟，那时快，只见李所长早已举枪在手，朝天打出一枪，厉声高叫：别扔石头，别太过分，政府发的枪不是绣花针！有事冲我来！冲我来！……

惊心动魄啊，李所长令我敬佩。虽事隔二十几年，还历历在目。当时全社会人人搞经济，树贩子利用山民赚钱的迫切心理，唆使了砍伐偷盗的行为。而我们林业公安，除了制裁偷盗，也没有什么办法让山民的经济活起来，生活富起来。所以，我们与山民及树贩子的矛盾日益尖锐，以至时常对峙。倘若我那时真的枪伤袭警者或普通群众，很难说我会是什么结局呢！

在武当山想起此事，尽管心有余悸，但似乎腰杆不会那么佝偻，肩膀不会那么软塌，有股凛然正气在心底回荡，假如我们的公仆都获得这种担当的正能量，还会有老虎的咆哮和苍蝇的嗡嗡吗？

我与徐本善、施洋相比，是小石子比泰山，在大武汉，二十世纪九十年代末的那场洪水，曾令多少敢于担当的英雄涌现……

如今，人们生活在了崭新的时代，在奔小康实现中国梦的浪潮中，搞活市场经济，尤其是国家展开"一带一路"极有远见的战略布局，经济的发展有了明确方向，凸显了我国能够屹立于世界东方的深远意义！二〇一七年，在达沃斯国际经济会议上，我国领导人对世界做出庄严承诺,要应势而为,勇于担当,共促全球发展!

话语掷地有声,气魄如鲲鹏搏击长空,其境界是任何担当都不可比拟的!

通过这些担当,我似乎看到了一句话:全球发展,非中国不足以当!

特以十六字令记之:

一

当
闪展腾挪我最强
儿时愿
浓情绕武当

二

当
翅展轻云意正酣
心怀道
和花满天香

三

当
四海浮沉我主张
中国梦
昂首挂风帆

我游武当山的感悟，用这三首小令作为结尾，意为担当文化如古诗词绵绵不绝，时时为人吟诵！

拥抱你，武当山！

二〇一七年一月

小小齐云山

下午一点多钟,我与杨到达黄山北站,去黄山游览是来不及了,只有等明天了。可下午不能虚度呀,于是,在旅行社的建议下,我们决定先随团去宏村看看,以消磨等待的时光。

从宏村出来,我与杨都有了莫大的失落感,宏村没啥看的呀,除了一栋栋祖宗留下的徽派房屋外,没有啥"稀奇"的东西。我本来对古建筑兴趣不浓,加上我的注意力不在这里,本想听听导游女孩解说,但那女孩的喇叭贴在嘴上,只听见哇啦哇啦声响,却听不清什么来龙去脉,偶尔听明白一两句,又不连贯,徒添郁闷而已。我将目光投向小商店,希望能买到宏村的简介或游览活页,却未有踪影,更使我兴味索然了。

第二天一早,我们便来到了黄山。刚下车,便像在武当山一样,被浓湿的大雾包裹了。糟糕,这个名闻遐迩的黄山,要让我雾中行而不识真面目了。

来黄山的路上,我问起怎么去齐云山的事,导游不以为然,说你看过黄山,齐云山就不值得看了,所谓"黄山归来不看山"嘛。我不敢苟同,因为我家乡的三清山,知情的人都说黄山的景色不如三清山,可我还来黄山游呢!

游过后,我产生失落感了。远处的山色,在雾里看不清,给漂亮的黄山大打折扣；而近身的景色，除了黄山松，除了飞来石，除了悬崖，我真没察觉出黄山的绝色之美呢。

幸亏，我还将游齐云山！

齐云山与我有缘。首先是地缘，齐云山地处绵延三百多公里的怀玉山脉尾部，而我生活在怀玉山脉的起始端三清山脚下。三清山与齐云山同是旅游名山，是当代旅游界的"绝代双骄"。其次是文缘，去年，我来齐云山游玩，巧遇齐云山亭阁征联。那日我们一行五人，买票乘景交车从后山隧道上的山。下车后，原以为要开始登山游览了，没想到出了隧道，就到月华街了，经受美的沐浴快之又快，一点准备欣赏的情愫还没积聚充分，就穿过月华街开始下山了。好在天气晴朗，大部分需要游览感受的古老亭阁，全似一串珠子般撒在路旁，我们一边顺石阶往下走，一边观景拍照，丹霞地貌的奇特俊秀与各具特色的门楼亭阁，相依相望，巧妙和谐，秀丽而不失端庄，威严而不失灵动，惹得同行的摄影师们，忽登高，忽临渊，数次涉险而不顾。

我凑趣搞文学的，自然对亭阁上的字匾、楹联特别留心，突然一块云水亭的小篆体横匾映入眼帘，我下意识地觉得在征联通告中没有此亭名。打开手机一查，只有冷水亭而无云水亭，我立即拨通征联联系人陈老师电话询问，果然是疏忽印错了。

也就奇了，后来我撰了二十多条楹联应征，获奖的仅一联，恰巧是云水亭的，还是银奖呢！

所以，齐云山与我有文缘，是我的"福地"。

齐云山地处安徽省黄山市休宁境内，紧邻黄山，最高峰廊崖，海拔五百八十五米，区域面积一百一十平方千米，内多断崖深壑，属峰丛式丹霞地貌，气候温润宜人。古时，齐云山有白岳美称，民间流传"黄山白岳甲江南"的赞词。因山峰突兀，崖壁高耸，与空中飘荡的白云齐肩,故被后人形象化地誉为齐云山。自唐朝道士龚栖霞入山修道伊始,齐云山就成了名人朝拜、游历的道教圣地与心仪留痕的去处,香火旺盛,声名远播,至今不仅赫然置身中国道教四大名山的行列,成为全真道圣地,而且成了中国悠久历史文化阶段性最集中体现的胜境。

可齐云山不在道教洞天福地谱系之内,与三清山一样。三清山因地处偏僻,交通阻塞,当时不为外界所知,情有可原。齐云山靠近黄山,无偏僻阻塞之艰难,怎会无缘洞天福地家族呢?若换作今日,还能不在册吗?

我这次重游齐云山,有三个目的,一是来看看我那对联是否上柱镌刻,享受一下"成功"的喜悦;二是了解中国状元第一县休宁的状元故事及村落风光;三是看看紫霄崖下的唐寅碑究竟说了些什么。

这是个初冬的上午,天阴阴的,有点寒冷。我与杨、当地文联的陈老师三个老头却早早地赶到了齐云山入口,经朋友帮助,我们免费乘上了今年新修的索道。索道下方是平坦的田野和黑白错落的村庄,灰绿色的横江静静地从中划过,白云飞絮般在远处曼舞。我意识到我是在古老而时尚的水墨画上空飘飞。我乘坐的索道,犹如琴弦,吊厢是滑动的音符,在与脚下的万物生机合奏着亘古的田园牧歌。我的心颤动了,为齐云山的灵秀而颤动。

从索道房出来,拐过一道斜坡,望仙楼耸立在眼前。望仙楼是徒步攀登齐云山需经过的"九里十三亭"的最后一亭。红墙黛瓦,飞檐翘角,华丽典雅。门洞两旁有乾隆题联:"天下无双胜境,江南第一名山。"彰显着齐云山的独特与尊贵。到此处的人都会照相,一方面是"登顶"了,拍个照体现喜悦心情;另一方面是绝佳风景赶跑了疲劳,激发出极高兴致,摆个姿势,亮个神采。陈老师与杨都留了影,而我却郁郁寡欢,一丝念想溜出脑壳,飞到了云水亭间。

云水亭在徒步上山的山道上。该山道有九里路长,分置十三座路亭。故称"九里十三亭"。云水亭处该山道中段,只有徒步上山才能与其亲近。我因不了解而乘了索道,云水亭便在我的企盼里错过了。我问陈老师征联是否挂上了亭柱,陈答没有,等经费!我无语,想起我的云水亭对联:"云水一滴清浮躁,道香三根醒迷津。"我总被失落感缠绕,是否因我"浮躁"呢?

穿过望仙楼,齐云山的丹霞样的崖壁,掩映在峰峦茂林间,几栋白墙黑脊的房舍,靠崖边立着,展示出诱人的神奇。往前虽是平展展的红石路,但曲曲弯弯,带着你在高低差百米的峰头崖缝下穿行。在被称为"洞天福地"的空坪上,平躺着断墙残基,但荒废的规模告诉我,这里曾有过辉煌的年月。上方崖缝里,据说藏有张三丰墓。张三丰"日行武当,夜宿齐云",在此羽化,实有几分可信的依据。然留存下红石块包裹的圆形坟墓,却让人认为与张三丰"来去无影踪"的特性相左了。但这并不妨碍民众对张三丰的崇拜,更不影响人们对齐云山的认同。

踏足齐云山的人群里,有不少贤人雅士,文化名家,如李白、朱熹、海瑞、曾国藩、徐霞客、戚继光、郑板桥等,数不胜数,甚至还有当朝皇帝特使的亲临。他们每到齐云山除烧香敬神外,大多挥毫泼墨,留诗赠文,将自己的感悟诉诸笔端。据传那"难得糊涂"的名言,还是郑板桥游过齐云山后所悟出的道道呢!

真可谓:小小齐云山,大大福瑞地!

一天门有白岳碑林奇观,是齐云山碑刻最集中的地方。据史料记载:齐云山原有一千四百多块大小不一,字体各异的石碑崖刻,因风雨侵蚀,年久失修,齐云山碑刻损失一半有余,现仅存五百三十八件(其中有件在天门岩,宽高均超出三米的明代刻石,是我们上饶玉山人明代书法家程福生书写）！森森石刻碑林的悲怆往事，掩藏在齐云山深厚的文化底蕴里！

月华街依然静悄悄。我们三人顺着街巷一路行进，没见几家开门，可能是"冬藏"了。这个中国道教第一村，怎么如此懂得道教"藏"的精义呢？路上遇着一位身披军大衣的精壮汉子，与陈老师熟悉，陈老师与他寒暄过后，向我与杨介绍说，他是这里的村民组长，认识他的人都称他为"寨主"，姓程，村民很信任他。我问他，月华街住户不都姓汪吗？寨主说百分之九十是，都是婺源来的，他自己也是婺源人，来这里几代了。提起婺源，程寨主一脸自豪，明嘉靖年间，京官汪宏（徽州婺源人）替嘉靖帝到齐云山求子，获得巨大成功。嘉靖帝封汪宏为天官，掌管齐云山。从此，婺源人便在齐云山繁衍生息了。我又问，怎么这么静，大部分房舍关门？他说，冬天了，客人少了，他们便下山住了，留守的是些老人。再说，这块是齐云山核心区，玄帝的香火，日在武当，夜在齐云。晚间宫观里人多。

我等不了晚间人多的热闹，我要即刻去看唐寅碑了。

唐寅碑在紫霄宫西头，与紫霄宫同处高耸入云的紫霄崖下，显得单薄、清瘦。其实，唐寅碑在齐云山所有碑中是最高大的，有碑王之称。它高七百六十厘米，宽一百四十厘米，厚二十厘米，由红色石块凿出磨成，底座配以石龟，整个碑放置崖下凹陷处，离丈许围以栏杆，人靠近不了。碑的正、反面均有文字，可惜看不清。问陈老师，他也说不具体。大概是歌颂了玄天大帝，描述自己遭受命运捉弄的心态在齐云山的风光中得到舒展。

唐寅，即唐伯虎，我是从儿时看的《唐伯虎点秋香》电影里知道他的。电影里他风流倜傥，才气横溢，与秋香有一段佳话。其实，唐寅命运坎坷，考功名得中解元（离状元隔两名），却遇科场舞弊案，受牵连下狱，待一年后无罪释放，他的"欲以功名命世"的人生理想就彻底改变了，转而寄情于山水，偶乐于书画，在道的教化中，求得心灵的空明宁静，寻找到了自我的精神超越和释然。

面前这块碑铭，是他出狱后游历至齐云山而写的，据说是为紫霄宫道长的仗义之作，难道全文仅是对皇帝的颂扬和赞美齐云山风光的灵性吗？就没有些许对人生的抱怨或愤慨？难道"寄情于山水"，就"空明宁静"到了超然？

当时，紫霄宫落成，道长欲竖碑庆贺，恭请当地一位名士题记碑文，该名士索要高额酬金，道长缺资，无奈作罢。眼见得一场好事即将化为泡影，唐寅飘然而至，提笔撰文千余言，成其美谈。唐寅自身枉受牢狱之灾，难免沮丧怨恨，但却在此当口为道长解忧，着实令我佩服！

我退居二线时，虽非"狱"情，但心中大为不快，工作正顺风顺水，经验人脉口碑身体，无不"优秀"，却被一张薄纸切离岗位，痛之惜之，意冷心灰。和我同命运者多数扑克麻将度日。更有甚者，终日足不出户，在家闷烟闷酒，引恶病缠身，无半年便命赴黄泉。我庆幸自己会爬点格子，喜欢运动，才不至于郁闷伤身！但于社情世风，已生漠然。近几年，看书上网读报，屡见催祖宗滴泪的"新词"泛滥，便思撰文斥骂，终因倦懒而未动手。去年齐云山亭阁征联，我试着应征却中，激起了我动笔写点正文的念头，于是，有了现在的名山访道的历程。

我望着碑发呆，碑也安然地望着我，它有字而看不清，在这模糊中，能给人什么启示呢？

这时，我想起休宁的那十九位状元的事来，便问陈老师，陈老师说那些状元的故事还在收集，状元的村庄难确定，状元老屋就更难寻了。我问琅斯状元村，有琅斯这人吗？陈答：琅斯是地名，近年来,这村经济进步,建了些有关状元的设施,打出了广告,就成琅斯状元村了,为旅游呢!

哦,开发旅游搞经济,无可厚非,问题是开发开发,开了能发,让人见到时代精神,民族希望,开发就有现实意义。休宁十九位状元的故事若加以"开发",肯定给人教益,肯定能成为齐云山区域旅游的又一特色!而唐寅"到此一游"的故事,必是齐云山故事里的励志、养性的经典之一!

近年来,休宁出了一位农民红学家,他根据《红楼梦》里的方言,考证出是休宁的腔口,又进一步考证出"宁国府""荣国府"就在休宁。不论考证是否切实,对一位作田的农民来说,需要克服多大的困难,在掘地的同时,拿出热情和毅力,掘一把"红楼"的土块来。

我浑身燥热,精神振奋,连日来的多重失落一扫而光,因为——无须失落,活在当下,开步爬山,乐在心中。

我环顾四周,雾气蒙蒙,林木葱葱,远处还有独耸峰方腊寨哩。当年方腊起义曾屯兵其巅,上有洞厅、天池、石臼等胜迹。因路滑攀爬危险,改为去探小壶天。

小壶天是齐云山中有较重分量的所在,曾差点被毁,因月华街居民奋勇拦阻,将垃圾堆满崖前小路,使前来捣毁者难以通过才得以保全,否则,今天的我们就体会不了"壶"中味了。

顺着陡峭石阶,下行二十余米,露一石窟,窟前竖立一扇长着青苔的红色石门,形若葫芦,显示"壶"(葫)的含义。葛洪《神仙传》载:有老翁卖药,总悬壶于街市,他壶中药非常灵验,病人吃后便康复如初。而他又将所得钱财分给穷人,自留少许。待收场人散后便跃入壶中,旁人奇怪而随入,只见内里金碧辉煌,美酒佳肴应有尽有。后人多有赞诗,白居易"谁知市南地,转作壶中天";

元稹"壶中天地乾坤外,梦里身名旦暮间";李白诗句最为著名,充分张扬了洒脱疏狂的个性——"何当脱屣谢时去,壶中别有日月天"!由此,"悬壶"成行医代名词,"壶"则是道家生活别有风味的隐语!

面前的"壶"内又有何"日月天"呢?进得洞门,顿觉险峻,只见"壶"似陡崖张开的嘴,洞门就在"嘴"的右角。里面宽高各两米略余,长(深)二十米左右,临渊一侧完全敞开,且地面斜向外沿,给人稍不留意便有滑跌深渊的错觉。我浏览石窟,内有石隙清泉印迹,还有灶台,飞升所,"退思岩"石刻……

"退思岩"三字颇含深意,是劝导忍让,还是推崇反省?抑或是寻求心无旁骛的轻松?

这会是谁刻的呢?是海瑞,唐寅,方腊,还是休宁的哪位状元看破红尘在此悟道?

石窟顶部凸印三十多只恐龙脚爪,透露着齐云山洪荒古老而又沧海桑田的信息!

这时山风拂来,团团白云从渊底升起,掠过小壶天,涌向更陡峭宽阔的丹岩。我和陈老师、杨三人望着一团强过一团的雾岚,内心都有无限的感慨。我从这白雾间,仿佛触悟到了齐云山里"逆境化解、度己度人、逍遥仗义、流水无争"的神奇、神秘与神圣!

齐云山虽小,壶内自有日月天!

二〇一七年十一月

云端里的磁场

用"一步一景,景随步移"来形容三清山的美景变化之快及举不胜举,丝毫不显夸张,大凡到过三清山的人都有此感受。倘若遇上云奔雾涌,景色的变幻更在眨眼之间:如那"巨蟒出山",前一秒它为你展示凌空跃起一百二十八米高的雄姿,后一秒在云雾的缠绕下,巨蟒露出的头颅,就像关羽搅动风云的大刀了(当地人称此景为"关刀石");还有那"司春女神",正当你极力透过云团,欲睹女神娴静秀美的身姿而不得见时,她却悄然拨开云层,与你合上一张真正的云里雾里的春情靓影;再看那"观音听琵琶",惟妙惟肖,似乎还有琵琶的叮咚声,当你拐过一段山道,观音亭亭地立在了你面前,双手合十,没有了听的神态,却有了诵经的姿势,而那琵琶则靠在远远的石峰下,像一支硕大的现代冰糕,向游人输送出沁着美的清凉……

然而,三清山的美景,近些年来有部分已难觅踪影,随着索道的开通,本在徒步中可见的景观,如黑黢黢的神牛背脊,如在沟壑里引吭高歌的鸡冠石,如大过八仙桌恰似人工雕琢的木鱼石,等等,全在发展的取舍里重归寂寞,再一次埋下了"期盼开发"的诱惑!

三清山的开发,离不开一群曾为其探路普查、拍照取名的人们,如汪维炎、邱炳炎、游云谷等,他们为全面系统地梳理、推介三清山，做出了他人不可比肩的巨大贡献。

譬如汪维炎——

一九三八年三月里，汪维炎在南山乡的一户农民家庭出生，他家"开门见山"的山，便是三清山。汪维炎以他特有的聪慧，十七岁便师范毕业，旋即又进入美术学校学习美术，随后便一直从事美术、摄影的教学工作。一九七〇年，三十二岁的汪维炎，担任了县文化馆馆长的职务，从此他"情注三清山"，将拍摄三清山美景作为自己毕生的事业。一九七二年，他由南山乡政府派武装民兵"护驾"，会同美术、摄影、文学等方面人员，自带粮食、雨具，从枫林村出发，经汾水上山，对三清山进行了为期一星期的艰难考察。这是有史以来的第一次，真可谓"开天辟地"！他们走的是野兽出没和采药者攀缘的道路，歇在树下，吃在涧边，住在岩底，那日晒、雨淋、风吹、寒侵的天气变化，使他们一日如历四季，但一路上的野藤奇花、怪岩秀石、浓雾密林、险峰幽涧，消除了"四季"赐予的烦恼，使人沉浸在发现和享受的快乐之中！下山后，他们编写出了考察报告，初次撩开了三清山不为人知的神秘面纱。国内各大报刊随之出现了汪维炎拍摄的三清山风光照。一九七九年，汪维炎的三清山摄影专题被中国新闻社采用。一九八二年，汪维炎出版了三清山第一本画册《江南一秀三清山》。

汪维炎在宣传三清山的过程中，得到中国摄影家协会会员认证，受中国摄影家协会多次表彰。他发表三清山摄影作品两千多幅，获得国家"群星奖"等各类大奖四十多项。他是三清山赤子，享有三清山管委会颁发的"三清山荣誉山民"证书的荣光。

三清山沟壑纵横，峰峦陡峭，古之名人如旅行家徐霞客，途经驻足，望山兴叹，尽管三清山一千八百多米高的主峰在云端里向他招手，他亦不得不带着旷世遗憾改赴他途。所以，三清山"藏在深闺人未识",媒体发布图片或文章时总带着"恐人不知"的半截"尾巴"——三清山又名少华山,这"又名少华山"一直延续到二十世纪八十年代初,才渐渐隐去。

一九八三年,发行国内外的上海《旅游天地》刊物,刊发了一组《雄奇险秀三清山》照片,随即香港《大公报》予以转载,极大地激起了世人关注:在江西玉山与德兴交界的山林间,有座人间仙境,其稀世之美让人醉得透不过气来。该组雄奇险秀的照片面世,引爆了旅游界,三清山悠然进入了人们的视野!

拍摄这组照片的摄影家叫刘鹏飞,他是一九五八年(这年我才出生),由上海下放至江西大茅山(三清山脚)的知识青年,他酷爱文学、摄影艺术,见三清山美得如此动人心魄,庆幸自己拥有了亲近三清山的天赐良机,于是,他常常背着简陋的摄影器材,独自上山,不惧风霜雨雪、猛兽虫蛇,将自己最美好的青春年华,"咔嚓"进了三清山"探美、品美、扬美"的全过程,并于一九九二年编著、出版《三清山》《三清山传奇故事》,进一步介绍了三清山历史概貌与人文风情。是他参与发现了三清山,是他首次将三清山推向世界引起轰动。他现已年届耄耋,虽已挂杖,但他精神镬烁、雄心不减,定居玉山,开办"三清山书画院",与"仙风道骨画派"代表人物、已出版七本图书及画册的画家伴侣杨七芝一道,在三清山的画廊里,踏舞出"两对半"果敢坚毅、充满浪漫诗情的脚印!

我听说三清山,是从大人们教育"顽童"的训导中得知的,肯定比媒体的介绍要早很多。童稚的我向往远处半空中的三清山,主要是将葛洪的炼丹炉与太上老君炼孙悟空的炼丹炉混为了一谈,梦想着登上山找到炉子钻进去,然后一个筋斗翻将出来,变成谁都欺负不了的"齐天大圣"!这种荒唐的想法,一直伴随我长大,尽管明白那是不搭界的两个神话,但在客观上去探访炼丹炉,却成为我登山的原动力!

　　我登三清山,少说登过三十回,除了第一回是自己要上以外,其余全是陪朋友、陪领导、陪客商,或是什么会议期间带路游玩,因为我工作的地方就在三清山底下,是个不折不扣的东道主,为尽地主之谊,我自然要陪游山陪喝酒,天长日久,酒量增大不说,我的小腿肚也异样粗圆,仿佛是树瘤长错了地方,弄得冬天的裤脚撸不上膝盖!

　　每次攀爬,我都想写点游记类的东西赞美三清山,可终没写成。第一次我与同学两人,意气风发又不计后果地带着文学青年的梦想,设定了估计是初次登山者无先例的计划,徒步翻越三清山抵达怀玉山,将三清山美景与方志敏突围区域一次走完。我们头天晚上到达金沙,在小卖部买了手电和饼干后倒头便睡。次日凌晨四点,从金沙上山,晚上八点到达怀玉山场部。六十多里的路程,基本在原始森林间穿行,到达时又冷又饿,步履蹒跚,像两只落汤鸡,虽来了个漂亮却至今想来有些背脊发毛的徒步穿越,但一路上的大雨,把我们浇成了真正的"发烧"友,欲写散文的念头,便在四五天感冒发烧与一星期多的腿肚痛的夹击下,灰飞烟灭了!

　　而后的系列登攀,是我调到山脚下(紫湖)工作逐年实施的结果。说来也怪,陆续登了那么多趟,景观熟之又熟,可为何就写不出些许像样的文字呢?有次我陪二十世纪七十年代电影《决裂》的编剧胡春潮游山,心想这下机会难得,可要好好听听写作诀窍,没想到一天下来什么没学到,连请他讲创作故事的机会也丧失了,因他在自己感叹三清山美的啊啊声里扭伤了脚,疼得咧嘴,我还能让他讲故事吗?当我背扶着他下山回到住处,等他吃的饭菜都凉了又热两回了!当晚我对抗着疲惫,试着写了一段与大编剧登山的经过,但不满意放弃了。现今揣摩缘由,这可能与那平常的"二陪"有关,我本来就少得可怜的文学素养，在"酒精"加"久经"的考验下，怎能不麻木而"赔"个精光呢？

不过，我在三清山脚下的工作经历，加深了我对三清山的传说故事及三清山周边的一些文化现象的了解。例如：怀玉山是赣剧发源地的证据，灵山与三清山的"恩怨"，罗纹砚与玉琊溪的因果，樟村的板灯典故，紫湖的闽南迁居史，横街的茅楂会与朱熹的关系，阎立本为何落脚玉山，等等，都是我与朋友滔滔不绝聊天的资本。可我从来没想过要将这些内容汇聚笔端形成文章。

倒是现在退休了，写写家乡三清山的文学冲动，愈来愈强烈，俨然是三清山上缥缈的云端间有个强力磁场，分分秒秒地拉着我向它靠近！

三清山，今天我又来了，但不陪谁，就陪我自己，陪我与三清山不解的缘！

三清山方圆二百三十平方千米，与武夷山靠近，处于黄山、武夷山南北走向仅三百千米的直线上，人们说北纬三十度线区域，神秘、奇妙的现象多如牛毛，三清山就处在这样的地段内。据地质资料介绍，亿万年间，三清山曾经历三次海侵，随着造山运动的山体隆起，海水退去下切，又经数万余年的风化及重力崩解，渐渐呈现出纵横交错的峰峦沟壑和峭壁断崖，而这种状态，又得益于第四纪冰川的不曾覆盖，否则冰川的覆盖于退去时，犹如扫帚清扫，内藏的一切千奇百怪的石峰，都会失去棱角，齐刷刷地幻化成浑圆的石块岩壁了。倘若如此，威猛的巨蟒、温柔的女神、娴静的观音、虔诚的老道等大型景观都将不属于三清山，那小巧精致而活灵活现的玉女开怀、仙人指道、神龟探海、仙姑晒鞋也同样难觅踪影了！（黄山就遭第四纪冰川的"侵害"，虽遗存有飞来石和神笔峰等，可巍然屹立又千变万化的象形石景终是不多，但话说回来，黄山有黄山的美,它以气势恢宏的峭壁深渊和扬名宇内的黄山松而独具魅力!)

三清山雨量丰沛,滋养了数万公顷的森林资源,动植物品种繁多,动物属国家一级保护的有云豹、黑麂、金斑喙凤蝶、白颈长尾雉等,二级的数不胜数,不再赘述;植物更是体系庞大,被学术界誉为"天然植物园",不仅有红豆杉、白豆杉、南方铁杉这些六千五百万年前的孑遗植物,还有国内其他地方仅存数株的华东黄杉,在此连片生长上千亩,聚成三清山"杉"的军团!

我能如此地了解三清山,地质方面得益于我的高中同学姜玉良,他是赣东北地质大队高级工程师。二十世纪八十年代初,他所在小组十多人领受了对三清山地质状况的普查任务,他们将三清山从山脚到山顶,网格似的划成区块,然后沿线条逐段勘查,越岭翻坡,攀岩穿壑,对岩石品种、成因年代、矿物组成等情况,一一取样记录,收进地质包,再形成文图。其艰辛危险程度是所有普查中首屈一指的,最考验人的体力、毅力和胆魄。他们多次遇险,一次因悬崖阻挡,三位组员靠绳索前行,耽误了下山时间,只得留宿岩穴。夜里风雨交加,寒冷刺骨,又遇大蛇袭扰,令三人在寒冷惊吓中犹如做了一场噩梦;一次是他自己遭五步蛇咬,幸亏地质包里的德胜蛇药救了他,那遍布全身的剧痛与伤口流出的紫色血滴,至今想及犹感战栗。

人文方面要感谢我的山上朋友鲍缨来,他十几岁上山,是三清山初始带团旅游的"开山祖师",从落榜书生到励志青年再到旅游大家,从稚嫩"先导"到熟练"国导"再到资深"名导",从四面漏风的家庭土屋到手触顶棚的"云中园"木房再到占地近百亩的"锦绣山庄",鲍缨来一路攀登,披荆斩棘,历尽艰辛,经受住了一次次的人生考验,获得了一次次的华丽转身,用他自己的话说:我生在三清山,是三清山的"雄"给了我力量,是三清山的"奇"给了我灵感，是三清山的"险"给了我鼓舞，是三清山的"秀"给了我坚定！我翻越每道"坎"得以前行，都似乎有三清山的"仙气"在推举着我！

梳理鲍缨来创业成长史，他遇到的刻骨铭心的一道坎是让出亲手创建的"云中园"，当时他觉得自己发展现有事业的力量不够，毅然将云中园转给更具发展实力的方家（此举颇有"管鲍之交"中的鲍祖遗风），自己再次从导游做起，积累经验，广交人脉，终于在三管委与亲朋好友的支持下（这恐怕便是他所说的"仙气"），于二十一世纪初成立三清国际旅行社，数年后置下地块，紧接着富丽堂皇的"锦绣山庄"便耸立在三清山入口的大道旁，奏响了"雄关漫道真如铁，而今迈步从头越"及"两岸猿声啼不住，轻舟已过万重山"的嘹亮凯歌！如今他又分兵广东梅州，开辟新景区，开创新事业！

三清山因其巅云雾缭绕，有玉京、玉虚、玉华三峰偶露峥嵘，好似道教尊神玉清、上清、太清三位飘然其间，故名三清山。此名仙风道韵，清静、清心、清雅，听后如饮甘霖，适应社会各阶层人士，难怪三清山四季游客蜂拥……

三清山的道教遗存有二百三十多处，建筑、石雕、题刻、摆件随处可见，功能品种齐全，典故传说繁多，被业内专家誉为"道教博物馆"。进入三清福地，你若认真观看，细心体会，你便会被道教部分配置文化所包围。在周边三五百米的范围内，按八卦方位，以三清宫为中心，依次呈放射状地分布着天一水池、九天应元府、龙虎殿、涵星池、纠察府、演教殿、风雷塔、飞仙台等。明代三清山道教建筑创建者王祜与礼聘来实施规划建设的全真道士詹碧云墓间处其中，风格另类，造型独特，活跃了整个布局。这种结合四周山势景物，别开生面地以八卦方位设点的建筑格局，更蕴含了深厚的道教文化的精义,"不争无藏,道法自然",在全国范围内确属罕见!

假如三清山一路上的自然景观,让你目不暇接,眼珠、脖子转酸,那么到了此处——三清山道教建筑集中地,你就可以放慢节奏,甚至眯起眼,一边细看一边品味思考了:为什么葛洪在一千七百多年前的东晋就来到此地,开创三清山炼丹修道的历史,五年后去了罗浮山?为什么道教洞天福地体系中没有三清山,难道真是建立该体系的高道大师不敢擅作主张?为什么唐朝时王祐的祖辈就看中三清山,以信州太守的身份,舍弃山西太原老家而将新家安置在三清山脚下的隐将村?为什么三清山道教建筑兴盛在明朝,布点依据八卦方位,且多隐去实用功能而采用象征方式?其内为什么增设了全国独此一家的纠察府?它要纠察的对象是什么?……不一而足,够我们花上大块时间去探究的了!

在这里,我给大家提供一个更大的谜题,先请看这副对联:

清绝尘嚣天下无双福地
高凌云汉江南第一仙峰

再看两句诗:

断绝红尘守法宗,清高不与世人同。

对联是三清山天门两侧石柱题刻,诗是贵州广顺"潜龙佛殿"所留,初看联与诗远隔千里,毫无关联,但玉山隐谜方家官涛,历十余载,越百道岭,考千种谜,阅万章书,另辟蹊径,竭尽心智,硬是从这联、诗里觅得共亲同宗之源流,原是明代建文帝的手笔。众所周知,明朝开国皇帝朱元璋将皇位传给孙子朱允炆,其子朱棣不服，起兵"靖难"，待攻入皇城，见宫中火起，预知朱允炆（建文帝）已自焚，然只有皇后尸而无建文帝尸。朱棣疑建文帝逃逸，便下令追杀，于是朱允炆四处奔命，先后藏身于云南、贵州、江苏、江西等十多个省份，现这些省份均言之凿凿地举证遗迹，或诗或联或物或坟，上面涉及的诗即建文帝避难时在"潜龙佛殿"所作，联据官涛多方考证，是建文帝晚年隐匿三清山所拟，不仅"清高""绝尘"语同，且诗、联立意接近！

类似这样的联、物，在三清山信手拈来，若欲系统性地了解，可阅读官涛著《三清山文化隐谜》一书，该书情趣盎然，探谜多多，不论其中考证是否缜密，论据是否充分，建文帝是否真的藏身三清山，均可作为三清山文化"云雾"的一大景观，其著作者的探求精神和丰富了三清山人文内涵的价值，是不可贬低和轻看的，值得钦佩与肯定！

三清山充满了吸引力，它的未知度不会随着开发的深入而降低，相反会随着人们的物质、精神生活的提高而备受青睐。记得二十多年前的南部索道，刚建成时号称"亚洲第一跨度"，吸引了足够的眼球，令三清山的客流量一夜之间由两万飙升至百万，游客原先的"见美景心颤，见石阶腿颤"的状况，就在这人文美景中云消雾散！后来勇敢的三清人，又探索铺设水泥栈道，结果在高达一千五百多米的悬崖峭壁上架通二十二公里，大获成功，轻巧地赢得了"世界第一高空栈道"的美誉，进入吉尼斯世界纪录，再次震惊旅游界，给游人送上"优哉半空当神仙"的享受！同时，栈道的修建，培养与锻造了建设栈道的三清山"蜘蛛人"，如今他们的身影，已在全国各地的名山大川的陡崖峭壁间飘飞！

建设性的探索值得褒奖。可是，二〇一七年四月十五日清晨，三个浙江台州青年，两男一女，借助无人机勘测，用手钻钻洞，凭绳索攀上了三清山景区的标志性景观——巨蟒出山，并在蟒顶并不宽敞的平面上跳起了只有神仙才敢为的庆贺舞蹈。

他们是满足、快乐了，我们的巨蟒可能在抽泣。

三清山山体基本由花岗岩构成，但花岗岩的构成颗粒有粗细，成分有不同，质地相对有软硬，在漫长的自然演化中，软的部分风化崩塌了，留下硬的耸立成景！巨蟒出山属于板柱状结构，蟒身并非整体，有数条细晶岩脉侵入，正常情况下，许是屹立千万年不倒，但受到伤害，如钻洞，引起石体内部进水，加速风化崩解就难料子丑寅卯了！

三个台州人最后被警察带走了。他们不畏艰难的拼搏精神（仅就攀岩而言）是可赞扬的，但如此鲁莽地为一己私欲，伤害世界绝景，必将受到自身理性与自然造化的谴责，或许，他们还将遭到法律的审判，为未来的"崩解"付出现时的代价！

著名诗人桂向明老师对巨蟒感悟深刻：

不是鬼斧神工！
是一个躁动的灵魂，冲破千年禁锢，
腾身而起。
黑暗与光明，构筑两个世界。
忧郁早已风干。
它袒露自己，摄取日月精华，
却又苦恋大地——
把游人看成风景。

我站在巨蟒下的栈道上，仰望嗖嗖山风中的巨蟒，似乎听到巨蟒的安慰声：朋友们，别担心，你们发现了我，提升了我，我会为你们永远挺立,"摄取日月精华""苦恋大地",风干忧郁,永远散发强大的磁性!

啊,这是三清山所有美景的共同心声!

前几天,听说有关部门正在努力,向联合国教科文组织申请三清山世界地质公园扩园,怀玉山、紫湖等自然或人文景观分布区及其周边社区,都将纳入地质公园范围,既增加了三清山的景区面积,又在世界级的评定中争得一席之地,更好地保护、宣传和发展了三清山。

三清山正发生着日新月异的变化!

一队游客从我身边经过,他们都穿黄色马夹,背上写有"澳门寻根团"字样,我猜测他们可能是从哪处祖宗发祥地而来,但瞧他们的兴奋神态和频频举起相机、手机,嘴里还"哇、啊"不停的姿态,我真认定他们是来三清山寻根的——三清山是一切美的源头!

一团云雾飞来,四周渐渐漫起了水汽,淅淅沥沥的雨点随即柔柔地落到了我身上,我裹紧衣衫,目光却依然在努力搜寻那藏进雾霭中的美。是啊,三清山的美,我看不够,在我眼里,三清山美得忘乎所以,美得润物无声而又惊心动魄!

我向三清山致敬!

我向创造、发掘了三清山文化之美的人们致敬!

二〇一七年七月

穿越时空的炼丹炉

有人曾说"黄山归来不看山",意为黄山太美了,看过黄山,其他山不用再看了。三清山是黄山姐妹山,与黄山齐名,那么,是否可以说"三清山归来不看山"了呢?我说"不可以,得再看",因为山与山不同,每座山都有其独特而令人流连的灵气。

葛仙山就很值得再看。

我多次到铅山,都因种种原因,看过河口老街遗存的古民居,品过青石板路间深深的车辙印,摸过温婉秀气、穿城而出的惠济渠石栏,还站在浩荡的信江河畔,聆听过其深远的历史回音,却总是未能登攀葛仙山。遗憾之余,眺望远处莽莽山峦,默念着深藏其中的向往——葛仙山,我何日才能投入你的怀抱?

今天终于如愿。

我随着人群拾级而上,不一会儿便气喘吁吁、汗流浃背了。我停下来,望着巍峨起伏、连绵苍翠的山体,不由得感叹:真高真难爬,难怪早先称云岗山,云中山岗啊!当年葛仙翁是怎么找到这里,又靠什么穿越密林?想必那时根本无路,且有虎豹虫蛇出没呀!

我家住在三清山脚下。小时候,仰望三清山嵯峨的山峰,常常思忖那里会住什么人呢?又会有些什么故事呢?后来,我慢慢知道了山上很多虚无缥缈的传说,全觉乏味,唯对葛洪炼丹情有独钟。

一方面是葛洪炼丹确有其人其事,距今两千年左右;另一方面《西游记》里"俺老孙"在那炉中练就了非凡的火眼金睛,令一切妖魔鬼怪无处遁逃。虽然,我那时并不明白炼丹为长寿能长到几何? 更不知炼丹炉功力为何如此巨大,能让"俺老孙"的筋斗云失效? 但小儿好玩的天性浓郁难抑,总梦想着自己有朝一日倏地钻进去一探究竟。

当真正见到葛洪炼丹遗址时,我怅然若失:没有炉了,只有石块铺砌的炼丹井张着口朝我陈述往事了。

葛仙山上,会有炼丹炉吗?

与我同行的是曾经的同事小饶,还有位房产开发商小张。小饶对儒释道三教都有研究。葛仙山"两教并存,道释双修",他来葛仙山,真可谓是适得其所。我问这几家的宗旨或文化,是否可浓缩为"三治",即治世、治身、治心,他答:"应该可以。儒家治世,'顺乎天而应乎人',强调在现实生活过程中实现自我价值;佛家治心,讲究慈悲为怀,普度众生,以爱心追求来生幸福,体现个人价值最大化;道家治身,注重人格修为,以自我完善促进社会和谐,奉行顺其自然,天人合一的宗旨。""能做到吗?""这就用到屈原的话了,路漫漫其修远兮,吾将上下而求索。"稍停,他举起手中矿泉水瓶:"上善若水。"这两句常听却未深懂的话,掠过耳边,像风一样轻轻融进了路旁的树丛。

说话间,我们来到了娘娘殿。据说娘娘殿供奉的是葛仙翁葛玄的母亲。葛玄母亲为寻儿,拄着杖,背着包,历尽千辛万苦,最终在这近在咫尺的山腰间病倒,驾鹤西去。遥想当时母子相对却阴阳相隔的情景,纵使是铁石硬汉,也会为之动容,潸然泪下。

此事件,或许更加坚定了葛玄修道炼丹的决心!

历史上,家族修道的例子大概很多,然如葛氏一门执着坚毅、名闻遐迩的可能就不多了。葛玄,江苏句容人,一生飘然六合,云游四方,治病制药,施德于民,集道佛文化、民俗文化于一身;葛洪是葛玄的侄孙,擅长医道,并是道教理论的拓展深化者,撰《金匮药方》《肘后要急方》《抱朴子》等书传世;还有在四川彭州的葛永,其修道弘法处亦被后人称作"葛仙山"。他们前仆后继,修道于深山峻岭,却行医于百姓乡村,著书立说,创立并弘扬了"天人合一"社会和谐之思想体系,令后世代代敬仰膜拜!

前面出现一座气势恢宏的牌楼,原来是接官亭。我前观后察,甚觉纳闷,既是接官亭,则应光明正大,怎能将"接官亭"三字匾额藏挂于后呢?细细想来,或许是竖牌道士心存芥蒂,你官来游览则游览,拜山则拜山,何必扰我清静,烦我趋步至此恭迎呢?故作这般安排,预示所接之官为下山之官也。不过,此安排恐怕正显竖牌道士的聪明,万一遭怪罪,可变作恭喜之布局:"下山"之官有人接,表明是好官嘛!当为官者卸任返乡时,有人躬身迎接于道旁,恰是为官者孜孜以求的荣光啊!

明朝宰相费宏,河口当地人,他修惠济渠,从狮江引水进城,方便了居民的日常生活,积聚了功德,那跨渠而建的座座石拱桥,恰如百姓津津乐道而伸出的拇指!

这样的官,百姓欢迎!

我从政三十多年,全在农村。刚起步时,适逢实施生产责任制而二次分田,生产队集体劳作的热闹景观变成了各自为战的奋发气象,旋即进入市场经济,天地间洋溢着一派"搏击商海"的滚滚浪潮,而后"私企"异军突起,人们在开放的关头迎来了"转型"的前程。我在此环境的"熔炼"下,怀揣为人民服务的准则,忽而兴奋,忽而困惑,忽而抱怨,忽而无奈,反复无常,茫然失意。因此我被群众嫌弃,买个土鸡蛋都无人帮忙。"危难"之际,我终究被

"准则"召唤,希望的太阳自心底升起:噫吁嚱,蜀道之难,难退前进之脚步乎?

于是,我振奋精神,践行准则,重又在乡野的清风中找回了群众的信任和赞赏!

往上继续登攀,眼前突然开阔,可能已到葛仙山玄妙之处。果然,葛仙祠巍然屹立,四周峰峦逶迤,环抱成谷,足有数千亩空旷,深达百丈,云烟缥缈,肃穆恬静中给人震撼,隐隐有雷霆万钧之力盘旋其间。

一阵噼里啪啦的鞭炮,在祠前炉内响起,报告着善男信女的诚意。我站在炉后不远处观看:这是炼丹炉吗?或者与炼丹炉相仿?那炉内蹦跳的鞭炮,是为了驱灾、求子,还是祝福某位老人的长寿?

我环顾着神秘的山谷,陷入沉思。

铅山河口古镇,文化积淀深厚。古时是闽浙皖赣川广荆苏等地货物集散地,有茶行、药铺、银楼等各色商铺两千余家,民间称之为"买不尽的河口,装不完的汉口",舟船如蚁,帆樯蔽江。古镇格局"九弄十三街",多有名流骚客盘桓驻足。抗金英雄辛弃疾,长期活动于此,写出了不少慷慨悲壮的词篇。等到了近几年,古镇青春焕发,又有了"修复明清古街,打造万里茶道第一镇"之豪迈气概……林林总总,抑或均得益于谷中灵宝之气,氤氲激荡,滔滔蔓延,向着江南大地生发开来,蔚为大观。

此历程,是否可看作一方山水蕴藉磨炼、创造演绎的历程呢?如可,眼前的环形峡谷,便是高深伟岸、神奇有序的炼丹炉了,它里面笃定滚动着一颗丹丸!

我似乎看到了一根红线,一根血脉样的红线,在空中飘飘袅袅,我想起鲁迅先生的一句话来:"中国文化的根底在道教……"

夜幕低垂,文友叫吃饭了。我走进饭堂,里面熙熙攘攘,人头攒动，估计有几百人就餐。我们采风的队伍赶上香客集会了。

饭毕，我听到祠内大厅里响起了悠扬的曲调，便好奇地挨了进去，只见三三两两的香客已陆续站成一排排的，双手合在胸前，跟着上方灯光下的几位道士喃喃发声。今晚这里将非常热闹，那些在饭堂吃完饭的香客，都要在此祈祷诵经。我待了片刻，觉得心神特别宁静，意识特别清醒，鼻孔内拂过似乎香甜的味道。哦——周边的人也有此感觉和心境吗？瞧着他们虔诚的样子，我认为他们的内心已经得到了净化！

难道这仪仗庄严的庙堂是炼丹炉吗？那丹丸呢？

饭后，我们在庙外随意逛，路上遇着几拨上山的香客，男男女女，有的还带着小孩。我告诉他们"山上人多住不下"，他们说"不要紧"，继续打着手电往上赶，俨然是被山顶无形的气场牵引了一般。

我工作伊始，带我的是临近退休的土改干部，他是个言行一致的人，平日手里拿个宽长不盈尺的单层人造革袋，里面放着没写多少字的笔记本和旱烟杆，走村串户，到了夏收夏种大忙季节，他便头戴斗笠，撸袖子挽裤腿，钻进农民伯伯的田垄里挥汗干活了。他常说的话是"人要吃得苦，不怕上夹板，不图享受，要努力工作"。所谓上夹板，即指用组织纪律约束自己，现今的表达便是"将权力关进笼子"，这话很有震慑力，若真关住了，先是老虎，后是豺狼，再往后可能连苍蝇都没有了！

我心头一震，笼子，笼子就是我所寻找的炼丹炉，就是当今的法规和信仰！它顶天立地，恢恢无边，穿越时空，历久弥坚，其中闪烁着金光四射的丹丸——民心！正是：

法护长寿促长久国泰民安天作喜

信凭丹丸映丹心风和日丽地生辉

　　下了山，脚疼痛，一瘸瘸地站不稳，但我回望黑蒙蒙的葛仙山，脱口说道："我会来，我还会再来！"

二〇一九年九月改

捣药鸟

> 绿壁苍岩绀石平，
> 披云丹臼采精英。
> 灵禽飞过前峰月，
> 犹作仙家捣药声。

樟树市编撰的阁皂山旅游资料选载了这首古人的诗，说的是葛玄在一个石窝里捣药，遗留的药末被群鸟啄食而鸟便有了灵性。从此葛仙翁捣药时，这些鸟便会飞来唱歌跳舞，陪伴葛仙翁，给寂静的山林添加了欢乐。而在葛仙翁羽化升天后，鸟依旧前来，可已不见了葛仙翁的身影。于是，每当月朗风清之夜，它们便会在丛林中鸣叫，发出"笃笃笃"的声响，类似葛仙翁的捣药声。

多么动人的故事，群鸟对葛仙翁情深意长。当它们没见着仙翁的时候，心里是多么焦急，它们必定四处寻找，只要听到"笃笃笃"的声音传来，就快速飞去查看：

草庵前传来，它们飞去，原来是其他道徒在敲门；溪涧旁传来，它们飞去，只见来拜访的和尚敲木鱼；山道上传来，它们飞去，却有拄杖的老翁来给孙子求接骨……

鸟飞累了，听顺耳了，在月下静夜里的思念更强烈了。于是，鸟的嗓音变了，天长日久，世上便有了独特的鸣叫，便有了"捣药鸟"。

我小时候养过一只布谷鸟。我放学回家的第一件事就是陪它玩，喂它吃菜籽。开始时它的身体毛茸茸的，不出半个月，它渐渐地长出了灰色的羽毛，我们称是"老毛"，叫声也由"吱吱吱"变成了喉咙里的"咕咕"声，一天比一天重。我盼着它展翅飞翔，能在春天来临之际呼唤人们耕种。当它真会飞了，飞了却不回来了，我又万般伤心，好长时间望着空空的鸟笼叹息。后来，有人告诉我，那并非布谷鸟，是斑鸠，"鸠占鹊巢"说的就是它。可我依然相信那是布谷鸟，它肯定在哪个地方呼唤春天来临呢！

捣药鸟是种什么鸟呢？它也呼唤春天吗？怎会有如此宏大的嗓门？现今的鸣叫是表示感恩，还是表示怀念？抑或是告诉世人，葛仙翁没有离开阁皂山！它被诗人赋予了灵性，成就了葛仙翁采药济世的优美故事，千百年来传颂着葛仙翁行医治病的善行。

相传一千八百多年前，玉帝一声命令，使得葛玄、张道陵、许真君、浮屠和尚等神仙不再认为自己更适合在龙虎山发展，分头各自另选修行福地。葛玄二话没说，背起行囊，日夜兼程，登上了赣江边这座秀丽的小山，百分之百地服从了玉皇大帝的安排。或许，当时该山还没有正式名称，葛玄踏勘后发出一番感慨："形阁色皂，土良水清，此真仙之住宅，吾金丹之地得矣。"这才有了"阁皂"之山名。葛玄住下后，即"筑坛立灶，谢绝人事"，专心采药炼丹，运用多种手段，反复合炼，三年后成功炼出了九转金丹，人食之，可祛病延年。因此，阁皂山自然而然地声名大振，戴上了"豫章十景""三大名山"的桂冠。

"山不在高，有仙则名"，阁皂山绵延两百千米，属武夷山支脉，最高峰为凌云峰，高八百余米，自葛仙翁来此后，这里的山水灵性得到了空前彰显，正如汉乐府《长歌行》所说："阳春布德泽，万物生光辉。"虽然葛仙翁"谢绝人事"，潜心炼丹，但他终需上山采药，由此也给附近的百姓带去了医病的方便。在阁皂山，葛仙翁以其初始三十余岁的强健体魄和旺盛精力，一边炼丹，一边行医，一边布道，经数十年的努力，不仅炼成了金丹，还行医治病无数，同时，增删灵宝诰经，撰写道教文献，最终创道教灵宝派于阁皂山，成一代宗师，被后世尊称为"太极仙翁"。

葛玄靠着执着坚毅的精神，开启了阁皂山道教"重视众生性命，以济世度人为宗旨"的灵宝派的辉煌源头。麾下有道徒五百余人，宫观殿宇一千五百余间，为后者获得了与茅山、龙虎山并驾齐驱的资格授录，奠定了基础。授录，用今天的话简要地说，即是对道士从业资格的认证，尽管后来这一认证资格的荣耀统归了龙虎山，由龙虎山总领符录，但阁皂山依然是道众们心仪崇敬的"圣地"。

能成为"圣地"必然有其尊贵的"法宝"和巨大的磁性。假如是金丹在握，使人们无性命之忧，人们追随葛玄，向往阁皂山尚在情理之中，可现今市面上已无金丹，不见了泽惠百姓的宝物，人们却因何依然向往？假如是灵宝派在此发端，尤其是葛洪的传承与陆修静的拓展，使道教不仅进一步明确了宗旨，而且有了丰富的理论提升，可后来灵宝派、上清派（茅山）、太清派（龙虎山）并入正一派（龙虎山）了，由正一派统领，为何阁皂山依然是响当当、充满魅力的道山呢？这可能不是一种虚空摸不着的信仰皈依，而是一种贴近百姓、融入日常生活的文化归属。

我就是奔这种文化而来，我刚游罢茅山下来，就惦记着上阁皂山，由于家事耽搁，在家滞留十多天，终于在家事忙毕的一个上午，我顶着三九寒流，跨进了阁皂山。

阁皂山异常冷清，整个景区仅我一个游客，这或许是新开发的原因。我拿着导游图,边走边看,那古旧的一天门,平整的御修道,静谧的鸣水桥,还有那松,那广场,那崭新的万寿崇真宫,那丹井,那银杏,很快就落在了身后,它们没有激起我的心绪波澜。当我返回再次驻足照门松下的水坝时,一股莫名的失望涌上心头,这就是名震天下的阁皂山?

照门松有三五株之多,每株均需合抱,森森然地立在水坝右头。这里是阁皂山的"水口",入山的路径,就在照门松下穿过,伸向亦真亦幻、道气缭绕的腹地。我猛然觉得照门松的名称取得不俗,有很深邃的含意。可它的"照"是"光照"还是"照看",还是"朝着"呢?我想它应该都有。

一只水禽哗地飞起,紧接着又飞起一只,箭一般全部扑进了上一级水面。我眼一亮,水禽飞跃钻进的水面上方是百草园,葛仙翁曾经种植草药的地方,刚才我经过时还感叹它的荒草萋萋呢。百草园旁边,有片树木栽种出巷道,供游人玩耍的迷宫,倒也颇有新意,可与百草园摆在了一起,就像古老的青铜器旁摆了一柄西餐的刀叉,显得极不协调,假如那迷宫是尊葛仙翁植药类的塑像该有多美,眼前这两只飞动的水禽,是否在告知我百草园值得关注,百草园是会兴旺的,它扑进的地方还是葛仙翁的洗药池呢!

我想起了美丽的捣药鸟,我没有见过它的长相,只能凭捣药鸟的动人故事赞扬它的美丽了,即使在皎洁的月光下,估计也是闻其声而难见其形。当年它们唱歌跳舞,倘若没银铃般的嗓音和爽心悦目的舞姿,葛仙翁会让它们在"炼丹重地"施展才艺吗?它们的才艺,给金丹揉进了听觉与视觉的灵妙。我突然感悟,阁皂山的美丽,就像捣药鸟,它为炼丹修仙示形。而我于阁皂山,是走马观花的书呆子,除了欣赏自然景观,更深一点的灵魂是挖掘不了的。我感到阁皂山被一层岁月的绒布遮盖住,需要细心掀起,才能审视与领略它的旖旎。

阁皂山的旖旎,裹着历史的厚重。自汉(建安七年)葛玄入山伊始,阁皂山便与道结缘,历经唐宋元明清各朝代,阁皂山都受到推崇,特别是士绅庶子、骚人墨客,更是"川浮陆走,莫不迂途而至",莫不以一睹阁皂风光,为其写诗填词为快。虽然在元代的某个阶段,阁皂山惨遭焚毁,几近灭顶。但后继统治者还是褒奖了阁皂山,命使臣持香亲临山中,设醮祭拜,并敕画崇真宫主持像。清初统治者提倡喇嘛教,全国道派均失去扶持、重视,风光不再。然道教是本土固有宗教,承载了本民族的民俗文化,在民间有广泛的认同基础,所以,阁皂山的道教香火仍旧绵延不辍。时至民国,阁皂山道长在全国道教方丈考试中,独占鳌头,将世人的目光再次聚焦,阁皂山声名鹊起,响遍了中华道坛。光阴荏苒,到了今日,宗教受到了国家保护,政府倡导宗教自由,肯定宗教在民众间的作用,道教又获得了前所未有的发展机遇。阁皂山的恢复营建,如新建的崇真万寿宫的巍然屹立,则是道业兴盛的最好证明。

为何阁皂山的道业如此顽强有韧性呢?

我似乎看到了照门松下历代道徒们前赴后继的伟岸身影,我也似乎听到了洗药池里翻动叶茎草根的漂洗声,我更隐隐闻到了百姓锅内溢出的"师承《肘后》"的炮制香岚……

道祖葛玄,你知道你的衣钵会得以传承,传人中会有葛洪这样的佼佼者出现,可你知道这些悲欢交融、跌宕起伏的故事吗?

你知道的,你有知恩图报的捣药鸟,它是你称职的信使!

可我还是要问葛仙翁,你捣药的石窝成了捣药臼,它会长大的传奇,你称职的信使告诉你了吗?

阁皂山是"清江碧嶂",清江处樟树域内。捣药臼在阁皂山的怀抱里,随着时光的流转,它逐年挪动长大,变成了几层楼高的碾槽,像船帆似的挺立在樟树街头，成了樟树的一大景观。那车轮般的药碾子倚靠在槽底，仿佛在等待哪位神人前来将它荡秋千似的舞动，而先前"笃笃笃"的捣捶声，便随着药师双脚的飘甩变成了"咣当咣当"的悦耳声音，我前后左右对碾槽拍照，深感碾槽就是个惊喜和充满豪气的感叹号！

"药不到樟树不齐，药不到樟树不灵"，樟树从一千八百多年前，通过葛玄葛洪的导引践行，就有了药业的经营，后经隋唐医学家、药物学家孙思邈的定居传技，樟树的药业更是风生水起，方兴未艾。由药摊到药圩，由药市到药码头，到南北川广药材总汇，再到如今的药都，樟树挤进了中国四大药都的行列。这种由小变大的过程，凝聚了樟树人的智慧和辛劳。可近年来，随着电子商务的日益壮大，影响了药业实地交易的模式，使药交会的现买现卖功能失常，药交会成了一些人口中渐渐沉降的"泰坦尼克号"。然而，樟树人与时俱进，及时调整思路，仍然保持住了樟树药都的王者之风，乘上了集药品、信息交流、宣传新产品、树立药企形象为一体的"航空母舰"。

药与酒，是孪生兄弟，有谁不知"清香醇纯"的四特酒呢？它来自阁皂山，是阁皂山的九龙泉酿造而成。

酒与武功又是伴侣，而清江人就有"点穴"的本领，"点穴"是武术界人人追捧的奇功，此奇功与阁皂山道士的气功，有割不断的渊源。

如此，药香扬名，酒香振奋，武功奇技，让经络更畅通！

还有更多的神奇，在这块土地上演绎！

"笃、笃笃、笃笃笃"，这缓慢而急迫、古老而时尚的声响，既是捣药鸟的感恩，也是捣药鸟的怀念，更是捣药鸟在宣扬阁皂山人的笃行致远，志高云霞！

有《七绝·阁皂笃情》为证：

千年阁皂蕴奇葩
又闻浓香润彩霞
仙祖抚须询信使
笃情犹绽报春花

二〇一八年元月改

百姓的逍遥

一

新邻居许仙,真有点"仙"味,前几年从糖厂下岗,现快五十岁了,没有老婆,有个老母,还有个偏瘫的儿子,可他踩辆三轮车满世界载客,脸上带着笑,嘴里吱吱呀呀小调不停,一天忙下来,还得伴着月色,做饭、洗衣服、侍老母与儿子,常常是黑白电视机在哇哇地响,他却坐在木沙发上呼呼地睡着了。

第二天,他依旧拎着个大玻璃茶杯,优哉游哉上班,拉着顾客,在他的小调声中,快乐地前奔。倘若遇上坎坷路,他车上的雨棚震荡响起,咣咣地合着他的小调,那真是一段免费的《伏尔加河纤夫曲》的合奏!

而他呢?却说是仙乐《逍遥游》!

我曾问他为何说是仙乐,他答他姓许,来自仙人许逊的家乡!

二

众所周知,道教净明派祖师许逊(239—374)修道在西山(古时属洪州），准确说是南昌西山旁的逍遥山。眯眼细瞧，在道教洞天福地庞大的"家族"里，西山位列十二洞天，逍遥山位列三十四（有列三十八、四十）福地，均属声名赫赫的绝妙去处。换句话说，西山兼有洞天福地之形胜，龙翔凤舞，紫气灵光！更有音律之源，天籁漫溢，摇曳心旌。

相传黄帝时，乐臣伶伦为创制音律，游历天下名山，至西山洪崖，听叮咚泉音悦耳，欣然"断竹拟音"，只见韵律升起，越过西山，漫过逍遥山，流向了更广阔的空间，当时想必是霞光里风泉相激，鸟兽和鸣。从此，苍茫世界便有了"声分高低远近怡心性，音辨轻重缓急醉情怀"的滋润精神层面的逍遥神方。

待到东晋后期，社会动荡，民众处于战争、饥饿、疾病等多重灾难之中，而在南方，更有水患频发的痛苦，吞噬着百姓的生命。此关头，异人许逊，慨然东归，辞去蜀郡旌阳（今四川德阳）县令（此弃官经历，类似于同时代的天师张道陵，他辞的是江州令），重入道门，以儒家的"孝悌"与道家的方术为宗旨和手段，仗剑斩除水害之蛟蟒，献丹救扶病痛于社稷，恩施八方，赢得万千民众的爱戴与崇敬。

许逊，祖籍河南，出生于南昌长定乡益塘坡，其家族在当地很有威望，邻里乡亲关系融洽。自他本人建观（太极观）立派（净明）传经（太上灵宝净明法）以来，许家在当地更有了民众的向心力！所以，在他"举家四十余口，拔宅飞升，得道成仙"后，道界尊其为道教四大天师之一。后世百姓为他竖碑建祠，载歌载舞纪念他，祭祀他，自觉而虔诚，宏大而持久！

唐朝中期，道士胡慧超写成《洪州西山十二真君内传》，将以许逊为中心的当地道教名士，从文字传记上加以肯定和弘扬，并不辞辛劳，多方奔走，终得皇室"赍赠甚厚"，得以重修由许逊祠改称的游帷观，终使西山游帷观，在形式与内容方面，都获得了空前提高与充实，为后来的民众朝奉活动及至南宋（距中唐三百余年）确立净明忠孝道（净明宗），铸下了坚实的基础！

净明忠孝道，由元初道人刘玉开创，奉"忠孝神仙"许逊为祖师，以西山玉隆万寿宫（前身游帷观）为祖庭，力主忠孝为大道之本，融合儒（忠孝）、释（心性净明）、道（清虚、修仙度人）三家主旨特色，以"本净元明，真忠至正"为教义，以"忠、孝、廉、慎、宽、裕、容、忍"为"垂世八法"（即准则），修身正心，教化乡民。

何谓净明？净即不染物，明即不触物，无幽不烛，纤尘不染，倡导"正心诚意，清欲寡欢"；忠孝则是忠君孝亲，忠以孝为基础，孝以忠为延伸，强调得道成仙，必恪守净明，践行忠孝。

而"八法"呢？南宋高道白玉蟾在《旌阳许真君传》里阐述："忠则不欺，孝则不悖，廉则罔贪，谨（慎）则勿失，宽则得众，裕然有余，容而翕受，忍则安舒。"含义与效果，全在白玉蟾的钦敬之中！

该以忠孝为首的"八法"，亦称"八宝"，像舒展在华夏大地上的八根琴弦，经践行者弹拨，跃动出亮丽清心的音符，使修道者心念与行为合于纲常伦理规范。

伶伦"断竹"创音律，许逊仗剑立净明，刘玉悉心弘道派，都为浩浩乾坤制造精神食粮，净化心灵，规范言行，自然立世，共享逍遥！

三

百姓追求逍遥，我邻居许仙就是这样的人。

有次我与他聊天：

"你真名叫许日多，怎么叫许仙呢？"

"大家看我不知忧愁，嘻嘻哈哈还唱曲，过得像神仙！嗯……我父母给我取的名，也不错！"

"怎么说呢？"

"叫'许日多'，就是舒日多嘛！舒服日子多——哈！"

"哦，有意思，父母希望……"

"我幸亏从糖厂出来，满身甜味！叫我许仙，我亦欢喜！"

"为什么？"

"我为何要愁眉苦脸？我老师说过的庄子《逍遥游》，有理，我老百姓一个，小人物，就是那鸟雀！——再说我祖宗来自南昌逍遥山，应该逍遥呀！"

多乐观的态度。我是这里的新住户，起初我与他接触，隐隐约约感到他的态度，就是鲁迅先生描写的阿Q的精神胜利法！其实不然，阿Q自欺欺人，自我陶醉，精神生活是扭曲的，而许仙乐观处世，看重人品，精神上自有"道义"的境界。有回他捡到乘客遗落在他车上的摄影镜头，硬是在下车的地方静等失主一下午，后失主拿两千元感谢他，他硬是不收。失主问他名姓，他边走边答："我叫许仙。"然后立身弓背踩下脚蹬，一溜烟地载客去了！

那失主望着他的背影，喃喃道：许仙？南昌西山万寿宫的许真君？

四

岁月悠悠，近两千年的华夏大地上，有个特殊的文化现象，即万寿宫遍布，粗略统计有一千四百余座，都是江西人所建，都供奉同一尊神,且建筑风格、格局、功能都基本相同,这表明什么呢?

南昌西山万寿宫,历经演变,西晋时称"祠",南北朝时称"观",唐朝称"宫",北宋时皇上加"玉隆"两字,现在称为"玉隆万寿宫"了。名称的变换,可看出该宫的不凡,由祭祀先人颂祖德,到祭祀"观星望气"定乾坤,再升为皇家屋宇显尊贵,步步高升!而殿宇规模,亦由小变大,至今已是一处明代风格的建筑群,其整体建筑与布局,蕴含着"天人对应"的思想,法天、法地、法道、法自然,体现了净明道派的基本教义与价值观。共有六大殿,分别是正殿、三清殿、老祖殿、谌母殿、兰公殿、玄帝殿,还有六阁十二小殿,什么玉皇阁、紫微阁、高明殿、三官殿等,排列有序,层层递进,壮观威严,气势恢宏!

来到西山,抬头便见万寿宫并列相连的三孔圆拱大门,上部飞檐翘角、双重琉璃瓦覆盖,墙面花雕繁复细腻,色彩明亮,正中繁体"万寿宫"三字挺拔圆润,下方四旁门柱赫然昭示"净明宗坛",左方飘着道旗,场面巍峨肃穆,道韵盎然。人还未进,就先受到了"三门"代表天、地、人三界的洗礼,加速了心神融入仙境圣地的过程。

正殿正对大门,雕梁画栋,金碧辉煌,许真君塑像中坛端坐,外挂绣金帷帐,神态凝重庄严!坛前两旁分列吴猛、时荷、郭璞、甘战、周广、陈勋等十二位真人,个个虔诚恭敬。面对他们,我这个刚"入道"的弟子,唯有抱拳作揖以示敬意了!

想他们当年,帮着许真君四方出力,扶危济困,他们的家庭全力支持吗?会不会有"后院火起"的险情呢?

若有,"忠"他们做到了,"孝"似乎就歉收了,但作为当时"净明忠孝道"思想刚刚萌芽,出现这样的歉收也是合乎情理的。他们个个修道成真,但在成真前,还是食人间烟火的普通人!

正殿外面宽敞的过道右侧墙上，挂着一块如教学黑板大小的宣传牌，上面刊载着儒学的人生格言，诸如"养子不教父之过，训导不严师之惰""三人行，必有我师焉；择其善者而从之，其不善者而改之"等，很有意味，道教圣地却醒目地敬挂着儒家的言语，不仅体现了"道"的宽阔胸襟，还恰到好处地表明了"净明忠孝道"与"儒"的亲缘关系！

万寿宫里的大殿，各有"主人"，好像仅有"三清"是天生的神以外，其余都经历过"凡胎"。譬如谌母，她是个女英雄，曾仗义灭土匪；譬如兰公，他既专医药，又精音韵，恐怕是许逊派和伶伦系的传人呢！

老百姓喜爱万寿宫，不单是他们所崇拜的仙真与其有相同的出身，还在于万寿宫的五大气度，它融教旨相纳、民间庙会、同乡会馆、商业拓展、官府祭祀为一体，所以，百姓来到这里，首先就有亲近感，然后各取所需，祭祀、娱乐、吃饭、住宿、交换信息，甚至邻里纠纷，行善救灾，均可获得相应的满足！

在此，我重点叙述万寿宫与商业拓展活动的关系。

古时经商，有按地域称呼商人或商帮的习惯，如晋商（帮）、陕商（帮）、徽商（帮）、宁波商（帮）……江西古时称江右，自然就称江右商了。这支商帮影响极大，尤其是西南三省，几乎是江右商的天下，瓷器、大米、布匹、药材、纸张……甚至调味品豆豉，都在经营品种之内，他们谨遵许真君的"八法"，吃苦耐劳，诚信经营，换来了西南三省百姓的普遍信任与支持！若问他们（包括其他省份）经营成功后，首先想干什么？必答：建万寿宫！

所以万寿宫遍布全国各地，以至国外如新加坡、菲律宾、马来西亚……这些万寿宫，都不忘尊崇南昌万寿宫为祖庭，为源头。

贵州黔南自治州贵定县新西村，有座万寿宫，它的门楼楹联采用"肩格式"嵌入江西二字:"福赐江天,烧灶香再去;财源西岭,祈富贵当来。"就很是不忘祖宗的佳话!

建万寿宫,成为江右商在外取得成功后的第一心愿!而万寿宫,不仅成了江右商祭祀、聚会、谋划、歇脚的场所,而且还是数万江右商精神力量的源泉之一!因此,江右商为万寿宫添彩,万寿宫为江右商传神!

五

许仙爷爷的爷爷就是江右商!

很遥远了,但许仙提起他爷爷的爷爷,依然很自豪。他说:"我太公卖药材,玉山人多付了三十七个大洋,我太公从逍遥山赶来送还,玉山人看他诚实,有品德,就留他做了上门女婿,真有运!但抗日年间,太公被日本飞机炸死了,家业也就慢慢败了!到我呢,因为兄弟姐妹多,家境贫寒,但我是国营职工,也被人看中招为上门女婿,但随着岳父去世,自己下岗,又屋漏偏逢连夜雨:老婆出走!唉,丢给我两大活人——有点痴呆的老母和偏瘫的儿子。如今虽然生活有些紧张,但我还得过下去呀,我想我比被炸死好呀,况且现在三人都有低保,房子不用买,就弄点吃的,不难!"

许仙服侍的老母实际是丈母娘,他老婆跟做茶叶生意的老板跑了。许仙忧在心底,抱着她会回来的心愿支撑着艰难的家庭!

我注意到许仙对老母和儿子的形容,没用"包袱",用"活人",既表达他的无奈,又表达了他的承受。听说去年他老婆回来过,给了许仙三千元钱,给老母、儿子、许仙洗了几竹竿的衣服,第二天起早就走了。我问他怎么舍得老婆走,他说"强求没用啊"。

许仙做的梦,基本上是现时的家庭生活。

有次他说:"哎,昨天我做梦赶茅楂会,没赶个把小时,就觉得饿,赶紧给丈母娘买了一块花布,给儿子买一串茅楂往回赶,结果,回到家,布变成了旗,茅楂变成了灯笼,上面都写着字,你猜什么字?哈——万寿进香!更奇的是,我肚子突然不饿了,接着踩三轮车!"

六

农历八月十五是许真君"飞升"日,人们为纪念他,将每年的八月初一至十五定为朝圣期(即庙会),因朝圣者不可胜数,"士庶群集",故会期往往延至八月底甚至九月。朝拜者(香客)结队纷至,香头着缨帽长衫前导,后面队伍扛举着"万寿进香"及代表地方名号的红绿大旗,气势浩荡,热烈壮观。而万寿宫内,进香者摩肩接踵,张袂成荫,或跪拜,或焚香,或献香资,或敬供品,或祭祀祈求,或唱诵庆典,目不暇接,势如潮涌,通宵达旦,声喧寰宇!

庙会期间,商贾云集,浙商、闽商、徽商……全国各地的商人蜂拥而至,挤满了街面村巷、路边地头。摊位帐篷、特产百货,随处可见,叫卖声不绝于耳。还有杂耍卖艺的,更是别开生面,挑一丈许空地,便抱拳吆喝、声嘶力竭地展开"非物质"产品的推销!

置身其间,你会被快乐包围,你会被热烈陶醉,你会对亲情产生新感受。

不是吗?历史上看重万寿宫的人物,除宗教外,亦不胜枚举,有改革家,有哲学家,有政治家,还有文人骚客,还有军队团体。

南昌西山及西山周边区域,单是许逊的故事,就够讲大半辈子了:斩蛟、药湖、判案、生米镇、慈母渡、悔过桥……那"许逊射杀小鹿,母鹿悲从天降,哀鸣不绝,终肝肠寸断而亡。许逊痛悔万分,当场断弓折箭,发誓永不狩猎"的故事,虽短小但生动,内里蕴含的主旨,却是对大自然的"忠",对生命的"孝"的阐述,令多少善良的人们唏嘘动容而刻骨铭心!

"天下至德,莫大乎忠""夫孝,德之本也",百姓在西山万寿宫的庙会,并非仅仅展示祭祀、祈祷、娱乐、庆典、经商……往深处想,他们的庙会,实际是"崇德"的表现,重忠重孝,在他们的潜意识里,他们追求的是顺应自然、和谐共生的愿景,他们在宣扬一种文化,在践约一种回归,由此达到共逍遥的境界,这与许逊他们的追求一脉相承!

七

邻居许仙,我有一整天没见着他了,不要出什么事了吧?

今年初,许仙出了一场奇特的车祸,他被一辆大卡车卷进了车底,所有看到的人都以为许仙完了。而许仙却躺在车底,用他那两三百元的手机打电话呢。他首先打给他大姐,让她去他家照看老母和儿子,其次才打电话叫救护车。当他被人们连拖带拽地弄出卡车底后,他询问的第一句话是:"我的三轮车受损了没?"

他在医院里待了半天,离开医院时还安慰司机呢。

可今天有一天没见他了。

我带着忐忑的心情走进他家,看他家里多了个女人,一问才知是许仙的大姐,她来帮许仙照看家的,许仙去西山万寿宫了。嗯?去万寿宫?怎不说一声呢!我知道,许仙很想去西山万寿宫,一直没机会搭上当天能往返的顺风车,我曾想,哪天我去西山万寿宫带上他,没想到他先找着机会了!

第二天我问他怎么就去了西山,他笑嘻嘻应道:"搭师傅儿子的车。那地方呀,场面宏大,路口就有很气派的石牌楼,进去街道深长。没看到什么山,但那万寿宫,一进又一进,高大巍峨,就像是一座座山峰!啧啧啧,祥瑞之地,祥瑞之地!"

他去西山,笃定不是修炼,而仅仅是看看,看看祖宗发祥的地方,满足好奇的欲望,了却多年"认祖、敬祖"的心愿。在他看看的过程中,我断定他经历了"五奇"的心路:由好奇而新奇,再惊奇到雄奇,但他的感官"奇"过之后,在心底一定升起"恢奇"的认知——杰出啊,不平常!

假如让他参加一天万寿宫的庙会,他是陶醉呢,还是乐不思蜀?我估计,他会念及老母与儿子,后悔没带他们"到此一游"!

我瞧他兴奋得有点飘然,便问他是否找到做神仙的感觉了,他回答:"做神仙怎么可能?只进去敬了支香!"我问他:"许什么愿了,想娶个老婆?"他说:"哪里哪里,我希望家庭没病没灾!我还希望天下老百姓都没病没灾呢!"——啥?天下老百姓?我看着许仙并不高大的身躯,由衷赞他:"你心地善良!"

八

百姓,古代百官贵族的总称,现相对于官员与干部而言。

逍遥,道家哲学术语,有多种含义,此处作优游自得,优哉游哉!

《逍遥游》,战国中期著名思想家庄子的文章,主题追求无拘无束、不受羁绊、心灵的自由放逸!

《逍遥游》文中有鲲鹏与鸟雀:鲲鹏展翅九万里,非梧桐不止,非练实不食,非醴泉不饮——鲲鹏虽心志高远,但因不委曲求全而受限制;鸟雀"决起而飞,抢榆枋而止,时则不止,控于地而已矣"——想飞立马就能飞,想歇就找个树木停下,找不到就落于地面无妨!

鸟雀乐观,敢于直面自身的不足,不因鹏之出色而心生悲戚,依然轻松洒脱,快乐生活!

庄子的高超,在于鹏与雀的结合,他自己的一生,就是以"鸟雀心态实现鹏之志向",在自由快乐中追求逍遥!假如问许仙:当鸟雀乎,当大鹏乎?

许仙肯定答:"身为鸟雀,志当大鹏!"

若进一步问许仙:"如何实施?"

许仙会说:"从身边力所能及的事开始,哪怕再艰难,也要坚持不懈!"

九

许仙常唱的歌是电影插曲《等待》:

我为什么还在等待?
我不知道为何仍这样痴情?
明知辉煌过后是暗淡,
仍期待着把一切从头来过。
我们既然曾经拥有,
我的爱就不想停顿。
每个梦里都有你的梦,
共同期待一个永恒的春天!

二〇一七年十二月

罗浮丰碑

一

中国文史经余秋雨先生梳理,明晰了文化的延承关系,而文脉,就像是他从文化的大湖中提拉出的一根七彩缆绳,片刻间在读者面前铺展出了文化跌宕的路径,其间有节点,有丰碑,有悬崖,有原野,各色人物,踟蹰盘桓,闪光也好,灰暗也罢,全都高贵地流淌着华夏民族文化的磅礴气韵,给华夏民族的精神长廊,挥洒出骄傲千载的光芒!

那么,文脉如斯,医脉怎样?

大致依照余秋雨先生的梳理方法,战国时名医扁鹊,必定是高飞在中医巅峰的人物,随后的有华佗、张仲景、皇甫谧、孙思邈、钱乙、朱丹溪、李时珍等,他们或是脉学之宗,或是外科之祖,或是药王,或是医圣,其医技、著作皆被历代医家与百姓所称颂!

因之,中国医脉便在这些响彻云霄、家喻户晓的姓名中延续!

当然,中国医脉最早的文字之书,却没有撰者姓名,但它实实在在是中国最早的中医理论经典,中医流派的形成与发展,全仗其开启源头和奠定基础。该书叫《黄帝内经》,形成于秦汉时期,因是许多医家收集整理而成，故此作者是谁至今还无定论，但丝毫不影响其在中国医脉中的王者地位，它就像医道的巴颜喀拉山一样，统辖着奔涌不息的长江与黄河。

在长江与黄河里弄潮的，还有位神人，大多数人都以为他是道教先驱，其实他亦是中国医药界排名在前的祖辈大师，他拥有多项桂冠，道教与医药，是其后世叫响世界的法宝，他便是葛洪！

葛洪，晋代道教学家，他自十几岁起就"好神仙导养之法"，二十四岁就入罗浮山修道炼丹，为道教的发展奠定、探索了一整套坚实的理论基础和实施方法，他的《抱朴子》是道教之纲领；他的既要长生成仙，又要佐时治国的"儒道双修"的思想主张，是其神仙道教的显著特点；他的医术高超，著《金匮药方》一百卷，还择其要选编《肘后备急方》四卷；他用兵（曾于二十岁时带兵战胜叛军）有方，"科研"有道，然而，尽管他在历朝历代的名人当中极有声望，但在国际上获得大荣耀的还是他的医书——《肘后备急方》！

何谓肘后？在此指前手臂后面。我们看古装戏，不是常见戏里人物从袖口里掏出东西的情形吗？这放东西的地方就称"肘后"。用肘后形容，即是取"放东西于袖口内携带方便"的意思！

2015年，诺贝尔医学奖花落中国科学家屠呦呦，使青蒿素治疟的特效得到了国际医界的认可，于是，记载了青蒿治疟功效的《肘后备急方》名声大噪，成了多国医家争睹芳容、争相研究的宝书！据说书里还有医治狂犬病的方法，只是后人没掌握，期待着另一个屠呦呦降生。

而葛洪，在事隔一千八百年后的今天，再次被世人青睐！

二

我仰慕葛洪，始于儿时听大人们侃大山时的提及，那会儿我以为葛洪的洪是红花的红呢！大人们谈起葛洪，满脸敬重，指着远处云雾中的三清山说，葛洪在那里，他是神仙，他在那里炼丹，丹吃了能长生不老……

我对长生不老不感兴趣，唯对炼丹炉充满向往、念念不忘，常常缠着大人带我去玩，去看那孙悟空倒霉的地方，是否也能把我关住，可大人们都以"很远，等长大了再去"为理由，善意地将我的愿望延长到了渺茫的"长大"。待我弄清了此炉非彼炉的时候，我却一直也没见过炼丹炉的真身！

前几天，我在罗浮山见到了！

在我国，罗浮山有两座，一座是四川绵阳罗浮山，一座是广东惠州罗浮山。我登临的是惠州罗浮山，该山有二百六十多平方千米，主峰飞云峰，海拔一千二百九十六米，远观山势雄浑，气魄宏大，近看风光旖旎，仪态万千，素有百粤群山之祖之美称，被誉为岭南第一山。近年来，国家授予其 5A 级风景名胜区头衔。

我登罗浮山，全在于它是道教名山的缘故！

陪同我上山的是朋友的朋友，当地人阿平，他四十多岁年纪，精壮干练，早年在政府部门工作，为生养儿子，违反国家"计生"条规，被清除出干部队伍，现是私企的业务主管。他为人热情，二话不说，放下手头生意，开车带我上了山。

一路上，他向我介绍了罗浮山历史，说到开国元帅们在山里建有楼房，我尤感兴趣，因为说葛洪炼丹，我比他清楚，说元帅们在此有楼，我真是颇感新鲜。

我望着车窗外的景色,深深羡慕祖辈生活在这里的人们,虽然这里与我们江西同属亚热带季风气候,但他们穿着单衣短袖,在暖融融、绿韵荡漾的氛围里干活。而我们江西,现时农田油菜花盛开,初春气息浓郁,但多数人还是羽绒服裹身呢!

我问阿平:"超生挨罚了,后悔吗?"他答:"没啥后悔啦,那会儿政策是那样,犯了就不该,该罚啦!"他心态平稳,我笑笑说:"你父母有预见,给你取名阿平!"

"哈,我父母农民啦,有啥预见?有预见就告诉我现在生了!现生二胎的真多!"他又哈哈道:"我们聊着玩!前面到罗浮山了!"

景区门口停满了车!

三

葛洪的炼丹炉,位于麻姑峰下,白莲湖左后方,与冲虚观并立,处于古树苍苍、碧波荡漾的环境之中。炉体据说是葛洪亲自设计建造,高约三米,由基座、炉身、顶盖三部分组成,基座略宽,八角形状,长条青石围砌;炉身方形,较基座内收,四角青石护柱,中腰立面间有红色粉饰;顶盖青石构筑,若屋宇,线型走水沟痕清晰,翘起的四角飞檐,拱卫着屋脊中心的葫芦,俨然是丹药至上的理念。整个炉体表面,饰刻八卦祥禽瑞兽图案,显得神秘端庄,挺拔秀丽!

面对炼丹炉,"稚川丹灶"四字红得醒目。"稚川"是葛洪的字,"稚川丹灶"四字是后人补撰。苏东坡原字迹,已随着日月的更替而被历史老人所收藏。炼丹炉下方,有洗药池,水面约十五平方米左右,与上方"稚川丹灶"呼应默契,传递出布局上"水火既济"的和美信息。可池内水质呈墨绿色,似受伤人的淤青,隐隐透着痛,让我内心极不舒服,假如是清澈而汩汩流淌的泉水,岂不恰好象征着中国医脉的源源不息吗？

所幸有中国文脉的干流东坡大师助阵，他的东坡亭就端坐在侧旁。此亭虽是后人所建，但我估计当年苏东坡写毕"稚川丹灶"后，在此址喝茶歇憩过。他被眼前景物所触动，忘却了朝廷贬谪他的烦忧，依然风趣地吟出了"罗浮山下四时春，卢橘杨梅次第新。日啖荔枝三百颗，不辞长作岭南人"的诗句。两位巨人的贴近，为中国医脉及文脉的交相辉映，铸就了两座不朽的丰碑！

当然，李白、杜甫等一大批堪当文脉大亨的人物都曾流连于此，杜甫还"欲养老于罗浮山"呢！

葛洪先后两次到罗浮山，第一次是二十四岁来此，待八年，除修道炼丹外，还娶了个叫鲍姑的女孩带回老家句容；第二次五十来岁，之前在江西的三清山生活四年半，而后携家带口，直接奔罗浮山定居落户，直至终老！这次待了三十二年，除了继续修道炼丹外，又写了一系列关于神仙和医药的书。其中医书《肘后备急方》，就像他放飞的风筝，飘飞一千八百年，终被屠呦呦握住而迸发出跨区域的滋润生命的永不衰竭的奇香。

葛洪为何看中此地呢？我判定不外乎以下四点，一是这里风景秀丽，环境清幽，来往相对方便；二是炼丹制药资源丰足，又能确保药材新鲜；三是妻舅亲友处当地，人脉通畅，支持给力。尤其是这第三方面，若不是当地邓长官包括岳丈鲍大人的挽留，葛洪还真的会实施他的原计划，千里迢迢地赶去云南勾漏县任职，进而在勾漏炼丹呢！

听阿平介绍，我发现了葛洪看中此地的第四个原因，那就是奔流在葛洪炉丹炉左右两条溪涧里同样清澈的水，阿平说喝左面水生女孩，喝右边水生男孩，实有其事，罗浮山人个个首肯。古时葛洪无现代仪器测试，凭眼力与味觉就辨明了水的奥秘，就知该水与道有阴阳、与丹有灵性,真不愧为一代神人!

罗浮山的水和谐平衡,阴阳相生!

四

屠呦呦,女,1930年生于浙江宁波。北京医学院药学系毕业,在中国中医科学院中药研究所工作至今。1972年,受《肘后要急方》里"青蒿一握,以水二升渍,绞取汁,尽服之"的启发,成功提取青蒿素无色结晶体,为疟疾患者带来福音!2015年,获诺贝尔医学奖,她是首位获此奖的中国本土科学家。

呦呦是鹿鸣声,《诗经·小雅·鹿鸣》就有"呦呦鹿鸣,食野之苹,我有嘉宾,鼓瑟吹笙"的吟诵,将自然旷野中,鹿一边鸣叫着一边吃草,而主人一边招呼着高朋好友,一边听着他们弹琴吹笙的情景,生动地展现给读者,令人陶醉!稍后时光,经文脉中的另一巨人曹操在他的《短歌行》里引用,这四句音乐舞蹈般的话,更有了招揽人才的新意,"周公吐哺,天下归心"是招贤纳士者都熟记的典故!

我在这里,并不想说典故,我想说的是上面诗句中"苹"的含意。

苹即青蒿(一年生植物,叶青色,茎似箸而轻脆,始生香,可生食,味微苦,清热解暑),由此可见,鹿以青蒿为食,难怪鹿"呦呦"欢歌呢!

《诗经》是中国文脉之始,屠呦呦一出生就将文脉与医脉挂上了钩,这是人类的伟大预见,既是巧合,又是必然!要知道青蒿素的成功,在那特殊的年代,这需要何等坚韧的定力!我审视着青蒿园简介,为那繁杂的叙述皱眉,又侧眼看看一人多高的小个子青蒿碑,正想找个词来表白感受,阿平在旁边说道:"此碑是那炉的儿子啦!"啥——儿子?我眼一亮,妙哉,妙!还有什么词比"儿子"形容得这么到位和出色的呢?

"养这儿子全世界奖励,好事啦!"阿平说得意味深长!

"屠呦呦来过这里吗?"我问。

"来过啦,据说不止一次!祭祖嘛!"

是啊,青蒿素来自《肘后备急方》,确实表明了我们老祖宗的伟大,来这祭拜的人越多越好!说不定在祭拜的人群里,还有诺贝尔奖的后备人才呢!

可在这里,就我与阿平两个永远不可能与诺贝尔医学奖挂上钩的人!

我突然想起了酒,要是有酒就好了。我要将酒的热度,洒在青蒿碑周边的空间,包括几步外缠满枯藤的树梢上!

或许,青蒿碑需要安静,认为这是本分,无须张扬,这与社会上某些人本属应尽义务、分内职责、自然而然的事,却大肆宣扬的行为比起来,青蒿碑的姿态能不令他们汗颜吗?

五

奖是有分量的,荣誉是贡献的别称!

拿奖、获取荣誉需要精气神!

丰碑在精气神中耸立!

在罗浮山,有很多丰碑,我们前面说的除外,那离景区入口不远的东江纵队纪念馆也是一座浴血抗日的丰碑;甚至那中朝苏合建的大楼,从友好相处层面看,也是值得纪念的象征;就是那每小时上万元租费的现代会议室,作为经济实力强大的体现,也是时代发展的一个标志!

当我回到住处,躺在床上的时候,眼前不断浮现山般的丰碑……

致敬,罗浮山丰碑!

二〇一八年一月

撩起"道源"的轻纱

一

鸣鹤千年,
韵绕神州,
惠洒万民。
仗天师雄智,
卅秋积聚,
耄耋入蜀,
旗舞清音。
养命延年,
驱魔治世,
一粒金丹凝爱心。
香飘宇,
悦经天伟业,
震古辉今!

寻源探秘争亲,

怎分辨先德履旧新，
踏峰峦溪涧，
仙踪云影，
吉祥随伴，
何处无灵。
画像石碑，
民俗典故，
辗转风中碑口馨。
学流水，
愿弟兄姐妹，
同耀为欣！

这是一首《沁园春》词，是我写给鹤鸣山的，确切地说是写给鹤鸣山、瓦屋山、青城山等道教名山论的，它们争谁是道教发源地，我希望它们别争，别急于分个一二，更别将诸如"胡扯""假的"之类贬词抛给对方，应该在未明确之前，学流水无争，脚踏实地，共扬道法，同耀为欣！

词写得蹩脚，但心愿颇佳，而这些山争相"荣膺"道教发源地桂冠，也是爱教的热情与责任心使然。可岁月悠悠，物换星移，要将历史给它们留下的"道教发源地"的谜团解开，辩清"道教"这艘巨轮到底发自哪个码头，的确需要时间大人细致而有序的磨洗。在这里，我们不妨在这些山中来一次跨度不大的穿行，看看它们欲竞道教发源地首功的条件！

鹤鸣山离成都六十五公里，在大邑县境内，属岷山山脉，海拔千米，山势秀气，东西两侧双涧抱流，使山形耸立，恰如仙鹤展翅欲飞。据《三国志》《后汉书》与《华阳国志》记载，大邑鹤鸣山是汉末张道陵创立道教的发源地,且有该山天谷洞古碑为证,因其碑上刻有"正一盟威之道、张辅汉"字句,此句意正是道教初创时名称,张辅汉是张道陵姓字!山上有张道陵修建的最早的上清宫。至当代,除有中国道协的权威认定外,更有《道源》发行!可为何还存分歧呢?

瓦屋山距成都一百八十千米,归眉山市洪雅县管辖,被称作"人间天台",长宽各三千余米,顶平如方桌,是极为少见的山形,自古就与峨眉山并称"蜀中双绝"。当地民风古朴,至今流行天师道遗俗,家家张贴天师画像于厅堂,户户悬挂鱼雕饰物于屋檐,且喜符箓会巫术,被专家视为天师道活化石。在炳灵镇易俗乡,亦存张道陵碑,碑文有"仙历道成"之句,表明道教在此成就。前几年,经香港台湾等专家联合考察,认为瓦屋山极有可能是道教原创地,这给瓦屋山道源之争增添了飞翔的双翼!

与上面两山有着同等名气的是离鹤鸣山仅三十里的青城山,它背靠岷山雪岭,俯瞰川西平原,主峰海拔一千二百余米,诸峰环峙,状如城郭,终年青烟缭绕,为道教第五洞天。由此,青城山之环境,极其符合张天师"清虚自恃,返璞归真"的创教初衷。且青城山原名清城山,与"清都、紫薇、天帝所居"有内在联系,是创教获取神的力量的最佳场所,张道陵在此弘道数十年至羽化升天。该山的沟沟壑壑,布满了宫观洞府,著名的有天师洞、祖师殿、上清宫,历代皆有名道前往朝拜与修行!

除开此三山在论争之列外,还有龙虎山、武当山等名山。很明显,龙虎山孕育了"道教",积三十年炼丹修道之功后入川,随后道教降生;武当山是玄武大帝道场,属"道家"范畴,(道家之源在函谷关,老子是始祖),后玄武得道,被后世崇拜,便自然而然地成了道教尊神。张道陵天师怎会"冒犯"在那里始创道教呢?我愚想,天师入蜀后，足迹涉及西城山、葛贵山、秦中山等十余座山，在环蜀中成都的群山之中踏了个遍，而鹤鸣山、瓦屋山、青城山，则是他留迹最多的地方，估计亦是他创教的最适意或最具条件的所在！

既如此，在道教"洞天福地"的文化谱系中，应有此三山之名，因为它们的资历、功绩、规模等都是佼佼者，可仅列有青城山（第五洞天），无鹤鸣山与瓦屋山，照理这不可能，"洞天福地"注重哪方面评比的呢？难道"鹤、瓦"非名山宝地而无资格？亦即与"道源"无关！然而，洞天福地榜上有名的青城山，也非一花独秀夺得"道源"桂冠，却因无更具体的佐证，便只能处在云里雾里留待日后考证了。

诸位看官，"道源地"即首次叫响道教于世界的地方，假如不得"和稀泥"或用"发祥地""创教之一"类言语来求便捷轻松"定案"外，您能从好似川剧变脸的迷惑中，得出谁是道教源头的结论吗？

二

我想先说通题外话，如今社会上争第一现象异常普遍，什么铜都，什么瓷都，什么文明县，什么卫生城，什么最富镇，什么最美村，这本是光彩的好事，抢个状元，抱个鳌头，是中国传统文化积极的一面，可遭社会上某些人演绎后，这光彩变作了灰暗，好事成了闹剧，那头衔挂上墙，光灿灿几乎全是"铜"的眩晕，其实质却是经不起敲打的"瓷"。自然与人文的美景，都在利欲的侵蚀下，经不起推敲。

我是今年四月底到鹤鸣山寻源的，去年我到了青城山，因轻信贬词逸言，又未找着车辆，才放弃了鹤鸣山而连夜登上了去武当山的列车。今年头去罗浮山，见葛洪《神仙传》述张道陵住鹤鸣山，著《老子想尔注》及道书廿四篇，其中"道教"一词最早出自《老子想尔注》，虽非一个词组，属语句叙述间的联结（道教化人），可已露道教端倪。后翻阅《道教史》，只见道教的脉络主要是从"易"到"道德家""占卜家"，然后到"黄老道"到"五斗米道"到"道教"的千年过程，着重思想意识的梳理，没有地点人物历程的记载与描述，道教创于何山？推出时有个什么场面？二十四治如何相当于朝廷的户籍制？还有些属小说创作素材的情景，如征收信米的自觉性超过了对待官府的税收，等等，统统激起我探鹤鸣山之谜的兴趣。出乎意料，成都没有去鹤鸣山的旅游客车，问车站人员也不知道鹤鸣山在哪。

当我雇专车来到鹤鸣山时，只见黛色的峰峦下一溜房舍，类似弧形拱卫，其间一座仿古门楼耸立，场面开阔，气魄宏大，虽未见着宫观，却已被气场所震撼，仿佛隐约间有鹤鸣声传来……

鹤象征君子、贤士，不染俗尘，仙风道骨，傲岸挺拔，它的一声鸣叫，透着凌云的清奇之风，所以，鹤在道教中极其美好，是道的象征，道教的先祖们大多骑仙鹤（或神鹿），游历九州！《诗经·小雅·鹤鸣》篇中有"鹤鸣九皋，声闻于野"之句，九皋意为深泽，整句即鹤鸣于泽地深处，声震四野，比喻贤士隐身山林，气韵清雅，天下闻知，这与张道陵"清静自恃"的做派很是契合。张道陵自幼聪慧，熟读四书五经，对"鹤鸣"必是心领神会；再说他当过县官，有很强的组织领导能力，不会不懂"迂回、不争、留余地"的道理，何况此理是《道德经》推崇的水之特性的显现，假如直接在"大场合"创教竖旗，成则喜，不成则势必影响道之本身的兴盛，而放在与"大场合"青城山近在咫尺却又偏处一隅的鹤鸣山创教，便进退皆宜了，由此，他入川选定鹤鸣山做创教弘道之地，占尽地理、寓意及象征之优，委实属于再自然不过的睿智之举！

那么，鹤鸣山又为何不是"仙境"，而未载入道教"洞天福地"谱系呢？这恐怕有更实际的原因，现有资料缺失不全，需认真捋捋，上"天"入"地"探究，才有可能回答这个问题！

售票处在台阶下方左侧，很醒目却又很冷清地招呼我前去买票，我飞快地奔过去，售票窗内没人，我返身擦着从窗台摸到的一手乌黑油灰，问隔壁饭堂的人哪里买票，他告诉我往里走，右前方！

售票处不售票，且长时间无人打扫，叫我好生困惑！

当我买好票，知道没有导游与道观资料时，我终于悟出了鹤鸣山为何被人小看的一点道理！

三

进得山门，四围峰高林茂，却又疏朗安详，阳光洒在其间，泛着淡淡的金辉，好一个藏风聚气的兴盛地！我顿觉神清气扬，原先滞重的脚步，此刻轻盈的好似揉进了仙风！

迎仙阁、斗姥殿、三圣宫、天师殿等道观建筑，巍峨庄严，排列有序，殿堂之间的地面连接，一律用青灰色石板铺砌，台阶、空埂、围栏、人行道，平整雅致，清幽自然，令坐落其上的宫殿，沉浸在绵绵的道韵之中！

宫观群的后面，依山修一铜雕墙壁，约二十米长一人多高，金光灿灿，气势非凡，是我唯一见过的讲述天师张道陵创教经过的铜质画廊，雕工细腻，构思精巧！

我在画廊前徜徉。不远处涧水哗哗，从高低错落的民居与道观殿宇间穿过，带着民风与仙气奔向谷口，奔向开阔的原野。我思忖，我站立的地方，为什么不建座大型群雕，取名"鹤之舟"，与溪流山脉同向，让道教先师们创教弘道的形象耸立于此，而掌舵人就是张道陵……

近二十年来，鹤鸣山道观建筑进行了一系列的改建扩建，还恢复了部分曾损毁的殿宇，眼下我所看到的这些布局规整的建设成果，均仰仗于四川恩威药业集团的回报与支持。

据鹤鸣山工作人员小吴介绍，鹤鸣山道观的住持杨明江大师，为鹤鸣山的正名，做出了不懈的努力，前些年，有个编《道教知识百问》的团体，欲否认鹤鸣山为道源地，杨明江得知后，即刻四处奔走，呼吁、商榷、论史，最终使那团体折服，保持了鹤鸣山在道界应有的崇高地位！他以道源重光为己任，编《鹤鸣山志》，并将鹤鸣山的一些景观及传统产品，匠心独运地冠上"道源"名称，"道源井""道源石""道源茶""道源酒""道源蜂蜜"……直观明了，文化在心！

紧靠道观右旁，"道源圣城"是座规模宏大、环境幽雅的建筑群，它是恩威集团旗下的养生医院。内设八大功能区，分别是：道医诊断堂、修心养生堂、道膳堂、药浴养生部、太极及道家养生导引教修院、静坐存想养生园、吐故纳新采气台、音乐养生馆，集药物治疗与心理导引为一体，倡导"无欲、善念、清心、无为、悔过、迁善"之理念，阴阳调和，无为清静，贵生度人！国内排名前二十的道教名山，我走了十之六七，而像鹤鸣山中"道源圣城"这等完备的养生条件及设施，我还是第一次见到，望着房廊间来来往往、静悄悄的白大褂，哪个游客不由衷赞叹呢？

（记起我来时手上粘的油灰，应是管理中的白璧微瑕，可能那会儿正处内部机制和人员的调整呢！）

"道源圣城"诠释了"无为而无所不为"的奥秘，也显现了"夫唯不争，故天下莫能与之争"的深远而雄劲的哲理！

"道源圣城"背后山麓顶部，屹立着鹤鸣山老道观，上下三层，石阶相接，四周古木参天，碑刻环立，处处体现着鹤鸣山的古老和尊贵。站立其上，顿生掌控全局的感觉，我那建"鹤之舟"并塑个掌舵人的想法，似乎显得多余！

这就是鹤鸣山，很好地继承和发扬了道教这一精髓的神韵，让鹤鸣山的航船挂上了"济沧海"的猎猎风帆！

四

诸位朋友，你游览过都江堰吗？当你站在都江堰那气势磅礴的浪涛面前时，会深感震撼吗？会深感水的不可阻挡吗？会为古人顺应自然、利用自然的胆魄而肃然起敬吗？我想你会的，自然而然且不容商量！

每当此时，你在景仰造堰人伟大的同时，你会探查造堰人是哪里出生的吗？你会溯源而上探觅岷江源头的美丽吗？倘若你会，尽管你不是历史、地理学家，可你本着常人的敬爱之情，来一番神奇的"亲近"，你也成非凡人物了。但是，"亲近"过后，你的注意力依然会是都江堰本身，兴致浓时，或许会将杜牧的诗改动几字，来一句"借问道韵何处有，牧童遥指都江堰"！

这个古代著名的水利工程离鹤鸣山不远，与鹤鸣山同属青城山旅游景区。在道教初创阶段的"二十四治"教区设置上，都江堰属异常重要的"鹤鸣神山太上治"教区范畴！

很有意思，古时这三处是一家，现今亦为发展旅游一团队，如此亲缘紧密，是否宇宙间冥冥之力的作用结果呢？

我提它们的亲缘非目的，而是我发现了撩起鹤鸣山"道源"迷之面纱的又一把力量。

"二十四治",又称"二十四治所",张道陵天师为了更好地弘扬道教,推行了这一开创性的管理措施:用道民命籍制度取代朝廷的户籍制,把官府的税收变为征收信米,将道民的行为用宗教道德来规范,并凿盐井修水利,兴办实业,政教合一,很受四川、陕南、甚至云南等地的民众欢迎!

　　第一治称"阳平治",位于彭州市;第二治称"鹿堂山治",在汉州绵竹县;第三治称"鹤鸣神山太上治",在大邑县;第四治称"漓沅山治",在彭州西北七十里;第五治称"葛㟴山治";第六治"庚除治";第七"秦中治"……前三治是道教"二十四治"中最重要、最具影响的区域,它们都在现今成都市区划之中。所列这些"治"与未列出的"治",名称表述格式基本未变,唯第三治"鹤鸣神山太上治",给山加了"神",给治加了"太上",尤显突出与不同,这是否在暗示此山的特殊性呢?

　　"神"除了精神等含义外,还表示不平凡、特高超;在我看来,据《道教史》"道教的重要源头是中国古代神道"之论,"鹤鸣神山太上治"的"神"应该重指"神道",即该"神"具有道教源头的意味!

　　"太上",指最上最高,在其他"治"都没有"神、太上"修饰的情况下,而给鹤鸣山独享,除了彰显鹤鸣山"起始、初创、至高无上"之外,还能是什么呢?

　　回过头看鹤鸣山道观与"道源圣城"的整体布局,哪一点不在"道源"的滋养下,具有了"引领"的风采?

　　朋友,从都江堰流出的水,蕴含了鹤鸣山的属性和特质,在那奔涌的浪花里,有艘掀开面纱的心灵之舟在穿行,舟上回荡着悠远而沁人心脾的鹤鸣声……

二〇一八年四月

茅山风

　　大茅峰、中茅峰、小茅峰就像三个小小的逗号，点在了离南京不远的句容山水中，海拔三百二十多米，与我家乡一千多百米高的三清山峰峦相比，那是一只小书包挂在了塔吊上。可中国人都知道"山不在高，有仙则名"，这三个山峰因为"仙"的存在，而有了共同的响彻神州大地的名字——茅山。茅山的仙人与仙气令茅山充满生机。

　　所谓仙人，用今天的话说，即为百姓谋利而神通广大，使百姓世代敬仰的人；所谓仙气，即百姓的普遍信任促成的氛围，从"唯物"的角度理解是指拥有的信任度，而茅山恰是因为有开山奠基的"三茅"和后世付出不懈努力的高道存在，及芸芸众生的信服、朝拜，才仙人翩跹似群鹤漫舞，才仙气氤氲至遐迩闻名。

一

　　两千多年前，早在西汉景帝时，从陕西咸阳走出三位茅氏兄弟，他们共同在此筑庐修道，采药炼丹，治病救民，开启和播撒了此地道教的源头和种子，成了当地百姓信赖和拥戴的"神仙"。于是，该山被称作茅山，一团扎实坚韧的风气由此在茅山的峰谷间不息升腾，经朝历代，徐徐吹拂，欣送出无数赤子：葛洪、杨羲、魏华存、陆修静、陶弘景、王知远、笪重光、黎遇航……

茅山，撇开它是南京后花园，沾了金陵荣光而成为游览的好去处这面，其本身透着秀巧玲珑的仙姿丽质。若从游历便利的角度看，茅山既可计划成起点，又可落实为终点。然仅从修道角度来说，则永远是起点。

譬如葛洪，他少时便有隐居修仙之志，足迹遍布江南，着重记载的有洛阳、三清山、阁皂山、罗浮山，虽在三十三岁时返回起点句容，但岁及五十了，依旧再次出游回至罗浮山炼丹，将生命的终点画在了罗浮山的密林中。他一生著述颇丰，著名的有医书《肘后备急方》，经书《抱朴子》，文学类《神仙传》《嵇中散孤馆遇神》等，在道教理论、医学及匡时佐世等方面，取得了极高的成就。

南京人陶弘景，少时见葛洪《神仙传》便有了养生成仙的志向。成年后，他收起南朝左卫殿中将军服，着葛巾皂鞋上茅山，修道弘法，成茅山上清派宗师，凭己才智，获当朝皇帝"恩礼愈笃，书问不绝"，赢得"山中宰相"之雅号。他的得道历程，是"修身齐家治国平天下"的范本。主要著作有《本草经集注》《华阳陶隐居集》等。

再譬如笪重光，明代句容人，年轻时入仕，官职颇多，曾任江西巡按。后因眷恋道教，便辞官归隐，成了全真教传入茅山区域的继承者，为弘扬道教全真派做出了特殊贡献。他编撰《茅山志》，有《书筏》《画筌》《松溪清话图》传世。

茅山在历史的烟云里，盛赞与诋毁交替，欢乐与忧伤相连，但都在名道辈出的努力传承中，脉象强健，声望不衰，威光永驻。

时至今日，句容赤子杨世华青春勃发，以茅山为修道起点，致力于道教振兴，注重发掘道教散逸资料，多方联络恢复宫观建设，潜心钻研撰写道学论文，并心系社会，济同慈爱，扶危济困，得到了道界及社会的普遍赞誉！

人的一生，选准一个事业起点至关重要，这是我读小学时老师的谆谆教导，长大后参加工作，却身不由己地将自己大半的青春年华，投在了乡村，天天在抗旱、防汛、催粮、计生、招商、缴税中度过，原本欲做文学家的理想，在疲倦中灰飞烟灭，"选起点"则成了我那代人的奢望，更别谈"准"字了，倒是退居二线之后有了选的自由。虽晚点，但"人生六十亦发愤，誓作文学孺子牛"！诚然，选起点向目标迈进，的确是有成就者的铁律。现在看来，"选"重要，但更重要的是我们能否在目标已定的前提下，将天天的努力当作新起点，在向目标迈进的旅途上，像流水般"天下至柔，驰骋天下至坚"，积跬步以至千里、积小流以成江海。像前头列举的先贤后俊一样，以道业为生命，殚精竭虑，矢志不渝。

二

九霄宫位于大茅峰顶，全称九霄万福宫，祀奉大茅真君茅盈，其脚下一条平展宽阔的柏油路，将整个殿宇托起，几片白云在九霄宫上方飘荡，阳光轻轻地照着九霄宫高耸的屋脊和墙面，使九霄宫散射着暖暖的金色光芒，显得既祥和又威严。

我站在九霄宫前的广场上，领受着阳光的大度，山风游丝般地拂来，我敞开衣领，心情异常畅快。游客一拨拨地在我身边晃过，女的大多轻松喜悦，摆着姿势照相，男的大多庄重肃穆，似乎有想不完的问题在眉宇间荡漾，偶尔扬起笑意，却也稳稳地裹着思索。我扶着石栏，望着山下罩着雾霭的沟壑群峰，内里隐隐约约散置着一些房舍，那可能就是茅山三宫五观之一的乾元观所在区域吧？

一条索道从那庞大屋宇的旁边穿出，拉着极大的弧线伸向我站立的茅山主峰，上面静静地挂着红绿相间的吊箱，仿佛是被人赋予思辨玄机的一串道珠。我也在思索，茅山地处金陵边缘，各色人等纷至沓来，有观光消遣、有修道求真、有隐居寻幽、有采撷山珍，甚至有持枪的团体，却都能齐刷刷地融和相处，如《茅山志》所言："非若他山之僻一隅，人迹之所罕到，仙灵之所不继者，所可同日而语也。"这需要茅山拥有何等宽广的胸怀予以接纳啊！

俗话说一山不容二虎，尤其是思想领域的观念碰撞，更是难以相容。据说在茅山，道教就有全真派、正一派，且有江苏境内独一无二的坤道诵经其中，坤道即女性修道，她们的修道场所据说就在乾元观。前面提到的"山中宰相"陶弘景，则敞开茅山大门，极力倡导儒释道三家合一，并身体力行，建青坛、素塔两座，隔日轮流敬道礼佛，以至形成了当今儒释道交流频繁的和谐风尚，延续了相互促进、和通共荣的局面；新四军在茅山，除了打击日寇、彰显民族不屈精神与百姓鱼水情深的故事流传以外，亦留下了很多与道家交谊深厚的故事；还有追寻清静恬淡的隐士，他们在茅山的风光里踯躅徜徉，求取心灵的慰藉。

隐士与道士，从探觅清静避世的角度说，他们是相通的，隐士是未着道袍的道士，因此，与那些不同道派的道士一样被茅山接受是情理之中的事，而那些思想、做派上有极大差异的人却能融和相合，就使人有点不解了，到底是什么力量促成的呢？这可能要从道的"玄之又玄"奥秘中求索了！

我望着脚下的索道，有点奇怪，索道上的吊箱没有乘客，一动不动地向下耷拉着身躯，露出委屈的样子。这山的旅游会不会是两家管理的呢？我家乡的三清山原来就是玉山与德兴各管一边，给游客带来了不便，现今由三清山管委会统一管理，游客量也就直线上升了。而这里会是什么状况呢？

茅山是祥和的，生活在这里的人们，必定能相容、相合而相辉！

三

茅山的秀丽景色，透出宽松和缓的气息。对游客而言，九峰十八泉、二十六洞、二十八池引人入胜，令人叹为观止，还有那讲不尽的神奇传说，听不完的历史故事，更让你心旌摇曳，情醉神迷。而对于朝拜者或修道的人来说，茅山却是心中圣地，福境灵墟。那开山祖师的圣洁，那修真高道的神韵，那吉祥符箓的禅意，那神秘经卷的灵光，全在双手举香平额之际，扑进胸腔，融入血脉，获得全身心的舒坦与超脱。这些都是自然与历史的造化，亮则亮矣，但对我这个既普通又欲找根由的游客而言，毕竟缺乏新意。昨天，我刚到茅山，的哥就向我介绍了近十多年间茅山的新景观。今天我一踏进茅山镇，就特别留意。

茅山新四军纪念馆，耸立在马路的左边，大门立面墙的造型是重叠连绵的山峰，细看则是艺术化了的"四"字，给人新颖别致的感觉。进得大门，一组拿枪擎旗的硬汉雕塑群像，体现了抗日健儿的英雄气概。展厅幽深，不时传出导游小姐的讲解声。我独自挪步，顺着图片及实物挨个浏览，深为新四军抗击日寇，进行艰苦卓绝的斗争经历所展露的不屈无畏的精神而敬服。约一个小时后，我转出大厅，却在大门处意犹未尽地迟迟没有离开，好似失落什么东西，当回头瞧见那组群雕时，我恍然大悟——哦，原来我潜意识里是想买本展厅内容的结集，可惜没这书。

苏南抗战胜利纪念碑屹立在纪念馆不远的山头上，与纪念馆互为补充，是新四军英勇精神的实体化，是人民大众敬献给为民族存亡而战斗的英雄们的不朽勋章。据传，百姓若在碑前燃放鞭炮，其回音会化作牺牲于此的新四军号兵的军号声，这是百姓与新四军互相配合，融洽如血肉关系的最佳诠释，是今天的人们珍藏在心底的遥远记忆！

老君神像，紫铜焊造，高三十多米，坐落在积金峰山腰，远远望去，老君神像几乎与积金峰等高。他盘腿而坐，右手持着之于茅山很有深意的蒲扇，左手曲臂于胸前，略张手指，指根掌心处有金色圆物，导游说是一只马蜂窝。我觉得有趣，马蜂是人人讨厌的东西，却在老君掌中做客，它是受到感化而想请老君送它上天宫挤入神仙之列吗？我审视良久，渐渐地，金色圆物幻化成了一个"和"字，一个和谐相处的和字。

葛仙观在句容城里，是前几年由茅山道协牵头修建的，从茅山过去有近一个小时的车程，我由于计划日后专写道教名山游历系列文字的原因，葛仙观是割舍不了的。所以我风尘仆仆，连续"作战"，前脚刚下茅山，后脚就到了葛仙观。实实在在地学了一回道教中的祖师张三丰，只不过他是"日行武当，夜宿齐云"，我是"日行茅山，夜宿句容"而已。

葛仙观规模宏大，看一眼观前的石牌楼，就初知端倪。我轻快地进去转了一圈，尽管觉得略显空旷，还需后续的补充，但建观者的目光之高，气魄之大，令我震撼佩服。我用手机拍了些照片，又折回至石牌楼前停下，抚摸着门柱，我不由得轻声发问，这里真是葛玄、葛洪两辈人起步修道传道弘道的地方吗？这里原先是路口还是码头？有毛驴或小船吗？看到树梢摇动，他们不会认为是起风了，而认为是亲人在告别招手；他们当时或许还没有桃木剑、符箓、丹丸，甚至没多少经书，但我可以肯定，他们的行囊内有支饱蘸信仰而又永远写不秃的笔。

这支笔让道家文化在华夏大地上风生水起！

四

老子《道德经》，洋洋五千言，说尽道是自然之道，是万物本源，博大精深，是中国民族文化和民族精神的基本柱石，中国人的日常生活中，有谁游离出道的氛围呢？比如现在孩子读书，有谁不持"修身养性，齐家治国"思想呢？

茅山的三茅兄弟，他们那会儿上山修道，虽是一介普通方士，但凭借不凡的毅力，坚定的信仰，践行道家宗旨，炼丹行医，德润百姓，终成正果。他们没留下多少文论，可他们将"文论"写在了蓝天白云下，沟洞峰峦间，使茅山的一草一木沾上了道的仙露，为后起的道教上清派发祥，奠定了坚实基础。

接力跟进的历代大德圣师们，在弘道济世的同时，不仅用手中的笔编纂出无数的经文典籍，丰富并系统化了道教理论，而且用自己智慧的灵光闪现，让世人传承了养生、饮食、音乐、武术等文化瑰宝，给中华民族自然而然的精神支撑。

葛仙观旁的大圣塔，大茅峰前的苏南抗战胜利纪念碑，两者看似风马牛不相及，其实与道是一脉相承的，都注重今生，在意长久，这是两杆擎天巨笔，一杆书写历史风云，一杆描画时尚当今。

遥想先贤的丰功伟绩，也许有人会说，他们当时地旷人稀，山场亦无山林执照，随便在哪个山头"结回庐"，敬几支香，便能无人为难而获取成就。如今，人满为患，你想隐居都难啊！古时他们是有了思想才找地方修行弘扬，现今是先找地方才会有思想产生。从大厅高堂出来便是大师，其言谈是宏论；从僻壤荒涧里出来是村夫，其言谈是俚语，减人食欲，伤人耳膜。其实不然，称宏论的说不定是装腔作势的干叶枯花，隔地气三丈；称俚语的或许才是润喉沁肺的琼浆玉液呢！我们应该学习先贤的执着，融入自然，用自己的真诚鼓劲，带着风行走，迎着风抒怀，抱着风结庐，让道的光芒和热亮，泽惠万千河山。

有真知灼见、令人敬仰的大师，就在前方！

五

上面说了不少的笔，是由于开篇将茅峰比作了文章中的逗号。现在回过头来看，大茅、中茅、小茅三峰依然像逗号，依次排列，秩序井然，彰显着和谐的精义，它不仅是中华大地上的几处自然风光，它已成中国民族文化领域里的醒目标志！

这组逗号，似风扇叶片般地旋转成一个方向，将小小书包里的丰富宝藏，飘洒向无垠的天宇！

听说茅山要划归南京管辖，这更利于茅山的发展，果真如此变化，茅山道亦能借势而上，获得更大的弘扬。然其道义的和风，依旧来自茅山的峰谷，依旧在老君的蒲扇下，温暖而凉爽地传扬……

我们的茅山前程远大，还有很多的大事等着有志者去完成。每个事的确立实施都是新的起点，在茅山，在和风荡漾的氛围里，是绝无收操号或熄灯号的，我们听到的只有集结号与冲锋号！

我将在这号声中，顺着茅山和风奋然前行！

二〇一七年十二月十日

碧海祥云

这次出行依然是写道教名山的游历文字,可与以往有点不同,欲写写海与空中楼阁。我计划先去崂山,再去蓬莱,然后转回济南上泰山。由于看错了地图,买票时竟鬼使神差地以为去崂山与蓬莱都要在济南中转,所以随票在济南下了车,按自己误期的计划在济南住下。本可以直接去青岛(或烟台),再乘公交大巴去崂山(或蓬莱),这样可节省一天时间,无须第二天将时间花在去崂山(蓬莱)的路上了。呵呵,顺其自然,住就住吧,无所谓误不误的,反正我无任务、凭兴趣,像条悠闲的孤独小船,在道山间漂流。

一

每座道山都凝聚着中国民俗文化,而崂山是道教名山之一,历史悠久,名道辈出,更是中国民俗文化积淀厚之又厚的地方。我于崂山,极有缘分,首先是在小学三年级时,我从繁体版《聊斋志异》里晓得崂山。那时我父母将该书没收了,说是鬼怪书不能看,看了疑神疑鬼不敢走夜路,换了本《高玉宝》给我,我尽管也看得津津有味,尤其是书中那段"半夜鸡叫",我看了还讲给小伙伴们听呢!但心里老是惦记那鬼怪书,怎么就不如《西游记》?大人们常讲"看了《西游记》,说话如放屁",我看过的第一部书就是《西游记》,我说话怎么就没有"如放屁"呢?小伙伴们跟我后面想听故事的有一大帮!瞅准机会,我终于从母亲的箱底偷得《聊斋志异》,硬啃死嚼却美美地看了个痛快,事后被父亲发现挨了骂,还罚我不许吃饭,但从此崂山真成了"牢山",我不仅牢牢地记住了这个古怪的山,也牢牢地记住了蒲松龄这个古怪的名!

山古怪,是指它鬼怪神道为何这么多,能吸引蒲松龄居此撰写精彩故事,成就中国民俗文化的奇葩;蒲松龄古怪,是该姓名繁杂难写,"蒲"姓我又从没见过,直到如今我还未有蒲姓的熟人朋友呢。可蒲松龄三字在我心内生了根,《聊斋志异》还成了我那些年的小小情结。

在我看过该书不久,就在那动荡的年月里遗失了它。我日夜记挂着这本《聊斋志异》,希望有天能与它重逢。

可真有巧事,我当基干民兵那年,大队部要腾出房间放训练武器,民兵营长安排我打扫不知何年用过的阁楼,结果,在一块杂木板下,我发现了我的《聊斋志异》,它与一本《红旗》杂志叠在一起,当时那个激动,真可用欣喜若狂来形容!

颤抖着双手翻开书,我看到的故事是王七拜崂山道士学艺。这熟之又熟的故事无鬼怪,说的是书生王七,读书不用功,妄想着神仙的法术,什么腾云驾雾、呼风唤雨,法诀咒语一念,想要什么就变什么,根本不用没日没夜地辛苦劳碌,于是拜崂山道士为师,并发誓"不怕吃苦"。结果,崂山道士让他天天砍柴,弄得他腰酸背疼腿脚软,手起血泡肩脱皮,动摇了他学艺的决心。正当他趁着黑夜开溜下山时,见道士师傅在殿堂拈纸一抛,一轮明月便悬在了空中,再一招手,几位仙女自天而降,翩翩起舞,看得王七一愣一愣:有这好事,我逃跑不学做甚?学——急步上前,拜倒在地,求道士师傅授艺。

道士问:"想学什么?"

王七答:"点金术!"

道士回应:"要砍柴挑水三十年!"

王七又说:"腾云术!"

道士:"二十年!"

王七:"变幻术!"

道士:"十年!"

王七:"穿墙术!"

道士:"即刻!需心正,否则不灵!"

王七学会了穿墙术,回家对老婆说:"我能穿墙,以后不用吃苦受罪,到别人家拿宝物钱财很方便。"并表演给老婆看,摆个缩头含胸前冲式,嗨一声跃起,咚一声被墙反弹回来,撞了个鼻青脸肿,眼冒金星!

当时我会心一笑,正欲看另一篇,民兵营长发现了,叫我扔进垃圾堆焚了,我未理睬,用外衣将书卷起绑在了腰间。傍晚收工回家,我觉得天是那样蓝,空气是那样清,我捡回来的不是书,而是一颗装着崂山幻想的童稚的心!母亲听说,兴奋地捧书在手,嘴里喃喃自语"天意,轮回",眼泪滚下了腮帮。

我与崂山的渊源,又在二十世纪八十年代的一次债务中接上了:我工作的地方有个茶厂,崂山生意人欠茶厂七万元茶款,三年还不出,茶厂很急。我奉命追款来到崂山,可崂山法院的庭长说"没欠没欠",我非常纳闷,法院的人怎么能赖账呢?当我耐着性子听完,终于明白庭长说的是"没钱"!

在崂山的四天追款日子里哪也没去,"逛逛崂山"的心意就在旅社与法院的往返间消磨殆尽,最后讨了三万五千元货款返回,实属万幸！

那次回家以后，有两件事始终在我脑海里浮现，一是生吃大葱，二是"没欠没欠"；将生大葱像美味油条一样嚼，我没学会；把"没钱"说成"没欠"，我倒是挂在嘴上趣说了好长时间。细细一想，这"没欠"用在我头上很适合，我怎会"没欠"呢？我欠崂山的探访，我欠思念崂山的"冲劲"！

可《聊斋志异》在我母亲和我的数次搬家中遗失了！

我的《聊斋志异》啊，虽然你离开了我，可你从未离开过我的思念，我还是要感谢你，因你，我知道了崂山，知道了蓬莱，知道了海市蜃楼。今天我又到崂山来了，来真正拜访你的出生地了！

二

崂山旅游服务中心，规模宏大，占地估计上百亩，体现了现代旅游宽敞、方便、气派的特色。早上六点，旅游大巴便开始了运营。我选择了太清宫至仰口的线路，并采取随大巴直达仰口后返回时再陆续下车看景点的方式，跟着大巴出发了。车上有几位从蓬莱过来的中年人，他们很沉稳地靠窗而坐，偶尔交谈两三句，口音是我们南方人听着很舒服的北方话。我坐在他们后面，本想问几句蓬莱情况，见他们侧着脸盯紧窗外，我也就不作声了。

大巴曲曲弯弯地前行，基本上傍着海水，我对蔚蓝宽阔的海面心存敬畏，但没多少新鲜好奇之感，倒是靠山的这边层层叠叠、零零散散的梯地，间杂着巨石，裹着斑驳的绿色，向我展示出了人类的智慧、倔强和沧海桑田的伟力。细看那层层铺展的绿色，原是崂山茶叶，令我稀奇万分，我这个曾到这里追讨茶叶款的人，委实不知海边也能产茶，且产在石头垒砌的梯地里。

梯地里有人劳作，大部分是裹着头巾的妇女，她们的身份肯定不会是我那旮旯的叫法，什么茶农、林农的，应该就是渔民，这从连续映入车窗的渔家乐招牌上可以得到佐证！

望着她们分散而又像挤在一起的采茶身影，我感受到一种娴静和安逸，在暖暖的阳光下，她们笼罩在柔柔的惬意中，一畦畦的茶树，波浪似的从她们腰间展开，像是秧歌姑娘挥动的绿绸！

"真美！"蓬莱过来的汉子说，"这让我想起了八仙过海。"

"哈哈，若来阵风，她们真要飘起来了！"他同伴接话。

而我却在想，假如蒲松龄看到此景，会将这些采茶的人们比作什么呢？狐仙还是花神？

"哎老兄，我一直在想，八仙过海是要到哪里去？"那说"真美"的汉子与戴眼镜的同伴拉开了话题。

"他们是快活神仙，兴起了就比赛渡海本领，吕洞宾用剑当船，钟离权用芭蕉扇，张果老用纸驴，铁拐李用葫芦，何仙姑用莲花，等等，各用各的宝贝比赛。"戴眼镜的说。

"我认为他们不会单纯比本事，可能是要去海市蜃楼占地盘呢！"

"你想得美呀！他们比赛搅动的风浪触犯了龙王，引起激烈争斗，最后靠南海观音调停，还抢什么地盘。"

"观音真厉害，现今的楼市，不知能否请她调一调？"

"你这家伙……哈哈，现在事多，观音管不过来！"

嘻，这两位侃兄，有意思，侃八仙过海竟侃到当今楼市，亦算通神了。游崂山，恐怕就有此收益！

"你们到蓬莱，见着海市蜃楼了？"我不失时机插话。

"晚去十多天，否则我们几个就看到了！"

"那可惜，明天我去，但愿能撞上！"

"也许能，这段时间机会好。不过老弟，离蓬莱阁不远，新建了一个景观区，叫三仙山，它将理想中的蓬莱仙境化作现实，值得一看！"

"哦，谢谢！里面有道观类建筑吗？"我关心的就是这个。

"有，规模大呢，但里面没香火也没见道士，和尚也没一个，有点遗憾。"眼镜吐口气补充说，"美中不足。"

"没道士？那里神像雕塑有吗？有八仙吗？"我很惊奇。

"有雕塑，八仙塑像在蓬莱阁上，姿态坐卧不一，醉酒样！"眼镜老哥扶扶眼镜，又说，"另外海边有八仙过海群雕，红砂岩的，十几米长，一层楼高，整体较大，现代的，看着有点仙风习习。"

"呵呵，老哥是文化人吧？"

"不是。哎，老弟，游览蓬莱，黄海与渤海交界线应去看看，很神奇；除此以外，蓬莱的历史人物，如苏东坡、戚继光，都值得好好了解，有价值！"

"那是的，他们使蓬莱'惩恶扬善，济贫爱民'的八仙精神有了深度！"

"那里有孔雀，叫声特大，像仙鹤，还不停表演开屏！"

"哪像仙鹤？那网里三层外三层围着，你给孔雀照相，照出啥了？"眼镜反问同伴后，又对我说："一点仙味都没有！"

我笑笑，正想继续聊，大巴车却到终点停了！

三

谁都知道，崂山多石头，有人甚至说游崂山就是看石头，我不苟同。崂山石是质地坚硬的花岗岩，它能出个幽深山洞类的，像仰口的觅天洞，那可真是稀有品种！我在崂山石前，不会觉得它缺少逼真象形的奇石，反倒觉得它敦厚实在、沉稳安全！

崂山亦多古树，尤其在几个道教宫观中，数百上千年的银杏、龙头榆、耐冬等随处生长，常在你不经意间，从门后、从石阶旁、从墙头上向你招手，使你顿生久远寿长的情感，不由得对它们苍老却苍劲的风采倍加赞叹，打心眼里感谢古树的枝繁叶茂不仅营造了环境的清幽超然，而且给后人提供了永不散席的阐释生命与文化密码的大餐。

崂山太清宫现有多株百岁以上的耐冬，冬天绽放红色花朵，好似红雪盖满枝头，在皑皑白雪的衬托下，尤显美艳动人。

四百多年前，蒲松龄被耐冬祖辈感动，特写《香玉》颂之。其中红衣花神"绛雪"，即是耐冬树之化身，她同情怜惜在太清宫读书的黄生失去恋人香玉而整日恸哭，巧施法力，促香玉死而复生，重回黄生怀抱，成就了一对美好姻缘！由此，绛雪成了人们爱戴的花神，刻"绛雪"于石，立太清宫三清殿记之！

然而，三清殿刻石的"绛雪"，于二十世纪二十年代魂归上天；人们怀念"绛雪"，在太清宫三官殿选中一棵秀美高大的耐冬做替补，将原刻石移至侧旁，延续了美的寄托；可在二十一世纪初，该耐冬香消玉殒，陡增无限惋惜；但花神不死，生命永续，人们再次寻来替补，将石碑挪至太清宫三皇殿的耐冬边。该耐冬高十二米，胸径一百三十二厘米，荫庇百余平方米，再现了花神的风貌！

花神的挪移，是人们美好愿望的延展，她总在太清宫中移动，是由于故事发生在太清宫，可都在带"三"字的宫殿里立足，就有点巧合了。"三"在国人习惯里代表多，在道教里不仅代表多，还代表了万象之源，备受推崇，所以，花神的生命不息，借力于崂山道的氛围啊！

换个环境，将耐冬迁到蓬莱栽种，恐怕就不会有化神的风韵；若将蓬莱的八仙，请到崂山来飘海，就不会有"飘过"的深层含意！

我理解，"八仙飘海"或"八仙过海"，除了八仙在海面游走的表象外，还有"经过""越过"的含义，渤海与黄海的交汇处就在他们脚下，他们从"这海"到了"那海"，颂扬了搏击风浪取得胜利的豪情！

蒲松龄或许是不晓得八仙故事的，否则他怎会两次到崂山而不去一次蓬莱？这于写"仙"的大师来说是难以想象的；另从他写作的样式推论，比他早至少百余年的罗贯中、施耐庵、吴承恩，写《三国演义》《水浒传》《西游记》用的基本是白话，而蒲松龄晚百余年，白话应该日常化，可他用的则是科举考试的文言，这表明他的信息闭塞。我个人认为，虽然古时流传速度太慢，加上其他原因（或许有意而为），但总体分析，可知蒲松龄本人信息面或交友面也是狭窄的。

他好像崂山石，外表愚拙，内里聪慧，蕴含着大能量。

蒲松龄（1640—1715），淄川（今山东淄博）人，一生穷困潦倒，几乎陷在科举考试的泥潭里拔不出身，生活来源全靠教书写书。据学者考证，蒲松龄出门游历极少，登名山仅仅登过处于他家前后的泰山、崂山（蓬莱在其家正前方，路程比去崂山略远）。他写《聊斋志异》，已四十二岁，靠着坚韧不拔的毅力，在奉茶待客求听故事中，在留宿太清宫睡地铺中，在屡试落第的懊恼受讥笑中，饱经磨难，历尽艰辛，终在二十六年后完成。幸亏蒲松龄长寿，否则，今人看到的《聊斋》，很可能是他人续写的鬼妖！

鬼妖在崂山面目慈善，无点滴恐怖，所以郭沫若称赞《聊斋》"写鬼写妖高人一等"，可以这么说，崂山使《聊斋》生动，《聊斋》令崂山神奇！

四

　　崂山最早的宫观是仰口的太平宫,建于宋朝太平年间,是宋太祖敕建的道场,香火旺盛。全真派道人丘处机曾在此修炼,有诗词手书遗存。后为弘道,才另择两址扩建了太清宫与上清宫。太清宫规模宏大,依山面海,地理位置极佳,《聊斋》故事最出名的"绛雪"与"穿墙术"就诞生在这里。上清宫位于崂山东南麓幽谷内,数百年间,三次毁于洪水,均仗后继道士修复。现两进殿宇及偏殿,为新中国成立后由青岛市人民政府与青岛市道协筹款修缮,于二十世纪九十年代初开放,供游客游览!

　　上清宫内,除瞻仰"三清""玉皇"等道教塑像外,最值得品味的是前院一株死而复生的银杏,它被人们称作"仙树",是崂山诸多神奇物件中不得不说的又一神奇!

　　"仙树"十几米高,顶梢尖尖无叶,胸径米余,自地面往上一人多高露尺把宽裂缝,树干呈黑褐色,犹如火烧留痕,几道铁箍网格似的绕紧树干,明白地告诉我这是一棵枯树,且受到特殊保护。树身上系着两片巴掌大的铁皮,一片写着树名,一片可能是后来挂上的,写有"涅槃"字样。

　　"涅槃",佛教用语,认为世间一切都不生不灭,永远没有生命中那种烦恼、痛苦和轮回。可民间有个这样的传说,说人世间幸福使者凤凰,每五百年便要投身火中自焚一回,将背负的所有不快与恩仇,化作灰烬,在经历了万般痛苦后,凤凰以美丽的躯体获得重生,换来人世的祥和与幸福。此过程,佛经中亦称涅槃,与道教"轮回"的内涵相似!

　　轮回,即普通人说的"把上阶段反复一遍",道教认为生命死亡之后其灵魂化作气，该气在机缘组合下生成新的魂魄，开始新的生命历程，此生命有可能是其他生命。道教讲轮回，但不讲究轮回，注重今生修炼，来生虚幻！道教中的五道（神道、人道、畜生道、饿鬼道、地狱道），即表明了轮回体系，倡导"行善者成神，作恶者下地狱"。与轮回相近的词是转生，但两者概念不同，转生类似于现代克隆！

《山海经》中记述的精卫填海，即是生命轮回的最佳注解：精卫是炎帝的宝贝女儿，有天去东海游玩，突遇风暴，溺水而亡，但她变作精卫鸟，去西山衔石投海，企求填平东海，造福人间！

精卫由人变成鸟，由鸟的行善而变成神，演绎了轮回的魅力！与凤凰火中涅槃换取重生的果敢，均是我国民俗文化奉美向善的不老颂歌！而身前的"仙树"，通过从枯树根部和枯树树心长出，现达一抱之粗的三棵森森银杏的抱团亮相，宣告了道的灵性与久远。

其实，蓬莱八仙过海里的八仙，也可认作"涅槃"来的！

八仙过海在中国无人不知，因它不仅寄托了广大民众崇尚正义、向往自由、皈依自然的心愿，而且告诫人们要有真才实学，方能志在四方显神通。该八仙，是明朝吴元泰《八仙出处东游记》里定型的，此前，元代民间及元杂剧里，八仙团体很多，有淮南八仙（八个文学家）、蜀中八仙（八个名道）、酒中八仙（八个能诗善饮的学士），等等，这些八仙人物与流传区域不尽相同，是八仙定型的源头。经吴元泰审定，颁发"身份证"，八仙才有了行不改名、坐不改姓的光鲜形象，可为何"出生地"选在蓬莱呢？

蓬莱对面有个沙门岛，为北宋建隆年间牢狱所在，各色囚犯云集，粮食不够，朝廷只供三百囚犯口粮，怎么办？牢头狠毒，将超出者捆起投海，而犯人为活命，常常不等来捆，便跳海凫水逃生。有次集体跳海五十人，各抱葫芦、木头、板块等游往蓬莱方向，最终剩下八人到达蓬莱丹崖下狮子洞藏身。渔民发现后惊呼不可思议，尊他们为神人，且广为传扬。于是，"八仙过海"便脚踏碧浪，身裹仙风，飘然出世了！

如此"涅槃"，很合大众审美习惯。而在现时，我看到了蓬莱八仙与崂山"仙树"的内在精神的亲近一致！

五

苏东坡与八仙一样，受到广大民众的爱戴，在蓬莱阁苏公祠内，有苏东坡石刻画像。百姓供奉他，是因他为民请命、勤于政事，在蓬莱，苏东坡也是"神仙"，确切地说，他是百姓心目中的神！

神和仙是不同的。从广义角度看，神和仙都是功德圆满之人（或物）。从狭义细分，神可无宗教身份，只需与民有缘，十分优秀，受百姓历代尊崇，如关羽；仙属道家专有，修炼道教法术，行善事，解困危，逍遥长寿，如八仙。在百姓眼里，神和仙是一个概念，一个整体，神仙就是无所不能、护佑天下的人物！

苏东坡就是这种层次的人，他在蓬莱当官，总共五天，却干了两件大事，赢得"五日登州府，千年苏东坡"的美誉！苏东坡，即苏轼（1037—1101），字子瞻，号东坡，四川眉山人，生活在宋代，在文学上成就极高，是唐宋八大家之一！

登州，蓬莱古地名。元丰八年（1085），四十九岁的苏东坡，被朝廷一纸公文，轻轻地送进了偏远的登州城，任知守（军事长官）。可旅途四个月赴任的跋涉印痕尚未消解，又一纸公文来了，仅隔五天，要苏东坡奉召回京。不过这次的公文怎么也轻不起来，因为苏东坡准备"抗命"，随公文来的几位护送差役，也催动不了苏东坡即速起程，只好由苏东坡办完公事再走！

登州产盐，但百姓用盐昂贵，原因是灶户（产盐户）所产盐必需低价卖给官方，再由官方高价转卖给百姓，造成灶户破产逃亡，而百姓吃不起盐，便"少吃食淡"，影响身体，民怨载道！

古登州接近当时的北方辽国，属海防前沿，若起战事，登州首当其冲，可这里兵力分散，指挥脱节，防御松懈，且士兵疏于水战，实乃国防隐患！

苏东坡到登州的五天有效任职内，发现了这些问题，便滞留不走，进行广泛细致的调研，"拖延"十八天后，携眷乘上马车，悄悄离开登州。在他的行囊里，多出两份上报朝廷的奏折：《乞罢登州榷盐状》《登州召还议水军状》！

这两份奏折，均被朝廷采纳：盐事，灶户直接卖给百姓，官方只收取盐税，减轻了百姓疾苦，百姓刻石竖碑以颂；海防事，强化边塞要地防御系统，屯重兵，习水战，常备不懈（此防御系统，为明代的戚继光抗倭打下了坚实基础）！

苏东坡以文扬名，文学成就傲视千古，然"登州五日"，却展示了苏公体恤民情、忠于职守的"能吏、循吏"风范！

同样以文扬名的蒲松龄，却没有苏东坡之"幸运"，他一生都在科考、教书、著书中度过。考"功名"，二十岁前应童生试，曾获县试、府试第一名，夺得秀才，随后就被秀才身份"冻结"，屡试不第，再无进步，直到七十一岁，才被地方政府举荐，获取贡生（国子监学生，国子监是国家最高学府）资格；教书，当孩子王，年薪八两银子（那时轿夫十二两），相当于现今的一千六百元人民币，仅可养活自己；著书，除著农桑及医药书外，主要精力放在大部头小说《聊斋志异》上，花近三十年之功，于六十八岁定稿，基本耗尽了生命。虽然在文学技艺上，蒲松龄与苏东坡不可同日而语，但蒲松龄的书——《聊斋志异》，被翻译成十几国文字，受到世界人民的喜爱，以《聊斋志异》内容编写的戏剧、电影、电视剧多达一百六十余部，这是"蒲仙"没有料到的身后荣耀！

崂山应该有座《聊斋志异》博物馆！

苏东坡丰富了蓬莱内涵，蒲松龄增添了崂山灵气，他们是胶东半岛的两朵祥云，共同为胶东半岛的天空汇聚、滋润着闪烁海市的光辉！

六

不是吗？

蒲松龄在崂山见过海市，这可能是他一生中最走运的一次事件。他本来就难得出门，可在朋友的撺掇下，到崂山一游，未曾想，如此罕见的人间美景，却让他这个不善游及初游崂山的人撞见了，他写诗赞曰：

山外水光连天碧，烟涛万顷玻璃色。
直将长袖扪三台，马策欲挝天门开。
方爱澄波净秋练，乍睹孤城悬天半。
埤堄横亘最分明，缥瓦鱼鳞参差见。
万家树色隐精庐，丛枝黑点巢老乌。
高门洞辟斜阳照，晴光历历非模糊。
襁属一道往来者，出或乘车入或马。
扉阖忽留一线天，千人骚动谯楼下。
转眼城郭化山丘，猎马百骑皆兜鍪。
小坠腾骧逐两鹿，如闻鸣镝声飕飗。
飘然风动尘埃起，境界全空幻亦止。

> 人生眼底尽空花,见少怪多勿须尔。
> 君不见:当年七贵赫如云,炙手热焰何腾熏。

  这首诗较长,为显隆重与敬重,我将全诗抄录。我对该诗的理解是:在崂山"烟涛万顷"的海天间,突然出现了海市蜃楼的景象,墙垣屋瓦,甚至鸟巢都清晰可见,转眼间还有变化,人马车辆出没,但这一切都是"眼底空花",无须少见多怪!若细细品味,尤其是"空花"句,却隐隐透着"自然而然"的平和道韵!

  全诗层次分明,情景交融,叙事完整,虽立意不够高雅,句法晦涩,却符合蒲松龄的郁实心境。我读此诗,既听到了他见美景的笑声,又听到了他对人生的叹息,我估计,他的笑尚未完全展开就已被人世的无奈所覆盖,但在无奈的下面,流淌着善良而倔强的血液。他的"鹤立"特性,贯穿他的一生。那雕刻在太清宫里的青灰色石像,便是这种特性的永久留影。

  苏东坡亦有海市诗,是写蓬莱的,篇幅与蒲松龄的一样,可蒲是亲眼所见,苏是凭着一代文豪的奇妙想象与对海市的热爱,做了"身临其境"的描画:

> 东方云海空复空,群仙出没空明中。
> 荡摇浮世生万象,岂有贝阙藏珠宫。
> 心知所见皆幻影,敢以耳目烦神工。
> 岁寒水冷天地闭,为我起蛰鞭鱼龙。
> 重楼翠阜出霜晓,异事惊倒百岁翁。
> 人间所得容力取,世外无物谁为雄。
> 率然有请不我拒,信我人厄非天穷。
> 潮阳太守南迁归,喜见石廪堆祝融。

> 自言正直动山鬼，岂知造物哀龙钟。
> 伸眉一笑岂易得，神之报汝亦已丰。
> 斜阳万里孤岛没，但见碧海磨青铜。
> 新诗绮语亦安用，相与变灭随东风。

海市现象是光在大气层里的折射，远处的景物被光线折射后反映在空中，形成街市城郭，古时人们认为是海中的蜃吐气产生，故称此现象为"海市蜃楼"。其生成条件苛刻，经历了不为人知的空中"涅槃"，靠水汽、光线、空气密度、温差，还有相对稳定的云层，综合作用，方露真容。此象即使在春夏之交也难得出现，而苏东坡在北方的冬季里，是无可能遇见生成海市的自然条件的。故知苏公的妙笔果真带花，难怪能够"花"出空前也可能绝后的《赤壁赋》来！

苏东坡在《海市》诗的序文里提的话，表明了他对海市的渴求，我感兴趣于"祷于海神广德王之庙"语，广德王已无从查考，海神却是道教神仙系列，是否祷后果见海市不重要，重要的是道在人们心目中的神秘分量！

苏东坡通过祈祷表达愿望，浪漫地演绎了这段神话，他感谢上天为他调动了群仙、鱼龙和楼阁，在海空中"荡摇出没"，使他获取了欣赏美景的满足！由此，他得出结论：人间所得要靠努力去争取，谁都可以做万物的主宰！

如此结论，不是太普通俗套了吗？就算是八九百年前，这理也是凡夫俗子所能悟，可从苏东坡的口里吟出，又花了如此心血，着实让人"失望"！

而我却从失望里转为赞赏与佩服，原因只有一个！

苏东坡在蓬莱前后待了二十三天，临别之际，同僚史全叔请其饮酒，并请苏公观看他收藏的吴道子画，东坡看后，激起了骨子里的书法才情，急速取来笔墨纸砚，将头日所作之诗，潇洒地和着酒气流诸笔端。于是，一幅诗与书法珠联璧合、享誉古今的《海市》，便升腾在了蓬莱的天空！

这诗文飘落下来，便藏进了苏公祠旁边的卧碑亭，成了苏东坡手书《海市》的刻石真迹。我从崂山漫游过来，在《海市》碑前，想了很久，当想到苏公在蓬莱为何滞留的缘由时，我为自己"失望"的浅薄脸红了：苏东坡之所以这样写，是在为蓬莱的百姓祈祷，是在为蓬莱的未来许愿，他以他诗人的洒脱，以蓬莱空灵而坚实的神韵，借《海市》表信心，借《海市》寄厚望！

七

蓬莱的海市与崂山的海市，会是同一个吗？我想不会，但它们肯定有内在联系，美好的事物总是相通的！

千百年来，胶东碧海上的各种故事，都会驾起祥云，飞进海市蜃楼的大厅，吸纳美好的祝福，换取美丽的转身，开启新的历程，而海市蜃楼终会在恰当的时机，给你愿景，给你自信，给你生生不息的前进力量！

在蓬莱随意走走，就会感受到这种力量的氛围！

我住的宾馆叫"忆光年"，处在新开辟的商业街上，出了宾馆大门，就是纵横交错的小街，交汇处大部分立着彩面的雕塑，与夹街店屋（基本两层高矮）的一式古装，形成兴味盎然的情调，让人轻松而愉悦。

据传，在蓬莱建房，当地政府不允许建高过蓬莱阁的，这可能是百姓的趣谈，却简明地道清了蓬莱阁在百姓内心的地位。

蓬莱阁始建于宋嘉祐年间，砖木结构，高十五米，属时下房建中的"小高层"建筑。可基脚宽阔，坐落于丹崖之上，有三万两千八百平方米，又大大超出了"小高层"的规模。整体布局，以殿堂、阁楼、亭坊为主，有三清殿、吕祖殿、龙王宫、弥陀寺、苏公祠等。著名的蓬莱阁，耸立其中，上悬"蓬莱阁"金字横匾，气势非凡。

阁下海域，曾是古代海军基地，战船游弋，如今碧海扬波，雾岚飘绕，恍若仙境。史载徐福受始皇之遣寻长生仙丹，由此乘船入海；家喻户晓的"八仙过海"故事，其源头自此伊始；倘遇春夏或夏秋之交，海市迭现，更令见者神迷；阁内文人骚客留墨无数，均为上乘佳作。

蓬莱阁仙气荡漾，文气氤氲，而又剑气凌云！

近些年，蓬莱以发展旅游为中心，打造国际型度假胜地，将"蓬莱仙境、山海风光、登州古城"三大传统的观光产品升级，实现"传统再造"，打通画河旅游长廊，加强府城、水城的衔接，形成"岛、海、城、乡、山"的整体格局，使"人间仙境、葡萄海岸、艾山山岳温泉"成为蓬莱仙境的新亮点。诸多方面，成效显著，尤其是"三仙山"景区的总体开发，获"国家文化产业示范基地"规格，增色蓬莱，醉美人间！

崂山呢？亦有重大举措，前两年曾邀请国内三百多位媒体及旅游资深人员，汇聚崂山，共商发展大计，推出了三条精品线路：巨峰观云、仰口观海、太清悟道及海上看崂山。强化了观光与文化资源的有机结合，促进了社区与景区的和谐局面！为更好地引导游客全方位游崂山，现崂山政府与旅游部门正筹建"海、陆、空"游览中心，供游客坐车坐船坐直升机，拓展游览空间，增添游客兴趣，让游客做一回腾云驾雾的神仙！

在我国古代，有两条海上丝路航线，一条称东海航线，一条称南海航线，东海航线的起航点（分码头），可能与蓬莱、崂山有关。

那么我想,古代的蓬莱与崂山尚可在一条线上行动,现今的它们,能否再度联手,搭建蓬莱—崂山旅游大框架,形成体系,这对"海陆空"的观光旅游来说,不是更经济便捷、潇洒了吗?

果真如此,我将以一个导游"帅哥"的身份,发扬海市与《聊斋》的奇幻、姣好、象征、寄托的风格,从蓬莱出发,坐船傍古丝路南下,迎风远眺,取一缕阳光当领带,体验豪气;然后登崂山,穿林跨坡,约一位花神做导游,品味灵气;再坐飞机回蓬莱,攀阁问道,藏一抹酒味入襟怀,享受仙气!倘若遇着海市,我便飞上蜃楼停飞机,与海市"市长"洽谈天上、人间美景交融篇!

也许,我会带上"市长"或"市长"同僚们,去今天彰显我国雄才大略的"新丝路"上空,在"带"和"路"的多彩祥云里,飞几个来回呢!

我突然想起了崂山的王七,要是现在学艺,为了赚钱发财,蒲松龄还会让他想那般投机取巧的美事吗?

从忆光年宾馆朝海边走不远,就是八仙过海的具体位置,对面浮着黑色一线山脊,那便是长岛,据说海市蜃楼的舞台多半搭在那。我踩着见证了八仙过海的礁石,海风吹拂,海浪也热闹地在脚底翻卷,似乎全在说:回去吧,建议老板把"忆光年"改为"忆今年",否则,你的美好回忆会像"光年"一样遥远!

是吗?我没有看到自然的海市,但我有幸瞧见了人文的海市,至少我荣幸地瞧见了人文海市的生成条件!

我远望着并不高大的蓬莱阁,海天相接处,现今绚丽迷人的海市蜃楼在缓缓升起!

请记住苏公的话:人间所得容力取,世外无物谁为雄!但也要记住"蒲仙"!

二〇一八年六月初稿

昂　头

一

时隔二十多年,今天我又来了,这里的三尊石刻,让我魂牵梦绕。

"五岳独尊"石刻,距今一百一十年了,仍然英气逼人、雄风扑面,我站在它跟前,浑身有种热血涌动的感觉,使我激动而又静然,专注而又浮想联翩。它的这种"当仁不让,舍我其谁"的大丈夫气概,令多少目睹的人顿生豪气和敬意,因而情不自禁地上前与其合影,留下一幅满满的人生得意!

紧贴"五岳独尊"有行同样竖排的刻石,字体稍小,刻的是"昂头天外",我左看右看,下意识里感觉它与"五岳独尊"有内在的关联,便细看其落款,除了年份是次年,似乎"粘得紧"以外,其余寻不出相搭界的点。

可我愈看愈领悟到它们之间有联系,并且与"孔子小天下处"碑刻亦是一个"整体",且异常紧密与必然!

二

记得二十多年前的那个早晨，我与李、陈同学三人带着馒头游泰山，那时缆车在泰山还是新鲜玩意儿，估计国内也不多见。我们仗着年轻体健，又为了省钱，步行上泰山！

一路上石阶宽阔，曲折而绵延地伴着溪涧前行，头顶树荫蔽天，走在这样的地方，甚觉凉爽惬意。上山的人很多，各年龄段的都有，我真佩服一些老人的体力，他们一边登山一边还不忘点香祭拜，让祝愿一路相随！我们三人脚步轻快，经过一些景点也只是稍事停留，喝口水，继续赶路。

经石峪，我们停留时间最长。十多丈见方的石坪上布满了尺把大小的刻字。李同学爱好书法，他惊叹之余抚摸字体，仿佛是蚕头雁尾的笔法间，尚残留着古人刻石的体温。我跨过石坪上的一股流泉，在刻石间踮步，总觉得浩繁的字迹间有曲折的故事。陈同学体胖，坐在下方路边石块上，说了一句至今让我赞许的话：我坐在下面，像淋了一场经文的瀑布雨！

离开经石峪，李同学讲了经石峪经文的来历，该经文是佛教的《金刚经》，据传是唐朝或北齐人镌刻，刻至一半，逢皇帝灭佛便中断了，所以经文石刻无落款，有些字只有轮廓，但其艺术魅力影响了一代又一代的人。我听了感慨万分，一片沟壑里的经石坪，也染上了人世间的纷争。

那天我们边聊边走，晌午时分，才穿过了南天门，走进了久负盛名的天街。天街仅几十米长，砖木结构的商铺靠山而建，门口摆满了旅游产品，什么彩色石子、木雕、神仙塑像等，琳琅满目。店主靠里坐着，你不询问他不出声，任游客像采花蜜的蜂儿，飞飞停停地掠过眼前！

　　天街大道的尽头是碧霞祠，供奉泰山娘娘，亦称"泰山奶奶"，是善男信女心目中最灵验的女神。该祠历史悠久，建筑配件大部分为铜铸，金碧辉煌，宋时起就在民间有很大影响。从建有歌舞楼和万岁楼的格局看，该祠不仅是供奉神灵的场所，可能还担负着接待高官甚至是皇上的任务。

　　穿过碧霞祠，闯进了刻石的森林，其中有块唐玄宗手书的《记泰山铭》崖刻，高十三点三米，宽五点三米，上书千字，全部贴金，灿烂辉煌！这做派可能是我见过的刻石中最壮观、奢侈的一块，让我看得眼直！

　　当我在一千五百多米高的泰山极顶，见到"五岳独尊"时，刚登上来的激动和喜悦，顿时归于寂静，一种雄武豪迈、空灵深邃的情感悄然升起，我足足有三分钟伫立未动，待李、陈两位同学拉我与"五岳独尊"合影时，我才回过神来！

　　合影之后，我内心的感觉起了变化，审视着"五岳独尊"的"独尊"，心里泛起此两字用得不谦虚的怪念，加上右边刻的"昂头天外"几个字，更是皱紧了眉头，怎么与下面几步远的"孔子小天下处"一个味呢？

　　我对李说，这"独尊"两字托大了！李想了想回答，嗯，是有点，不过好像也没错！我说，边上还有"昂头天外"，这是成语，说做事脱离实际，傲慢！也就是我们那里人说的"半天甩"，头打昂天！李说，这能放一起评论吗？不过放一起好像滋味更浓！旁边的陈搭话，说我和李瞎操心，人家竖这里几百上千年了，都没被人搬掉。走走，上玉皇顶！

　　这疙瘩在我心里搁了二十余年。同学李已获取了书法家的荣耀，头"昂"了，却不敢称尊；同学陈是房地产开发商，建的楼房高耸入云,然绝不敢立其巅而呼"小天下";我一介书生,虽懦弱却欲解尽"天下惑"。这不,今儿我来了,立即仔细地来往观察,上下左右端详,"五岳独尊""昂头天外""孔子小天下处",到底贯通着什么脉络呢?欲发问、议论几句,可我单枪匹马孤家寡人,没人与我搭腔!

三

　　泰山据传说是盘古的头颅化成。盘古在中国是开天辟地的人物,天、地各升高或加厚一丈,盘古随之长高一丈,历经一万八千年。盘古与天地同高,他呼吸的气化作风,声音化作雷,最终他死了,头变成了泰山,四肢变成了华山、衡山、恒山和嵩山,眼睛成了日月,毛发成了草木,脂膏成了江河。而盘古头与四肢生成的五座山,即是享誉华夏大地的五岳,难怪五岳通人性,每个中国人都崇敬五岳,尤其是"五岳之尊"的泰山,更是国家昌盛、民族团结的象征,有着深远宏大的政治背景,所以泰山不仅是五岳之尊,而且还是万山之首!

　　具体归纳,泰山成为五岳之尊、万山之首的条件,并非体大时间长,亦非单一的封禅文化,我认为有以下主要三个方面——

　　第一,自秦始皇起,泰山就成了历代帝王封禅祭祀、祈求国泰民安的场所,据记载,史上有七十二位帝王登临泰山,由此形成的封禅祭祀文化源远流长,深入人心。在我看来,封禅祭祀文化即家国文化。

　　"封禅"只有在泰山才能进行!"封"指在泰山极顶筑圆土坛,以增泰山之高,表功于天;"禅"指在泰山下筑方土台,增大地之厚,报上苍福广恩厚之情!宋以后,帝王到泰山不再封禅而是进行规模略小的祭祀。封禅也好，祭祀也罢，均表示帝受命于天，祈求邦国永固！

所以，因封禅祭祀而借势或衍生的其他文化（比如建筑文化），随之风生水起，发扬光大，加高和丰富了泰山！

第二，泰山面临大海，是黄河下游的第一高山，雄峙于"赤县神州"之东方。东升的太阳，光芒闪耀，催生万物，旋转阴阳，主宰了天地空间，掌控了人世往来，智慧、力量、希望、成功……全在太阳的光辉里。泰山最早沐浴太阳恩惠，此等"领先、早享"的殊荣，极大地契合与满足了本民族的文化生活习惯，天长日久，泰山即被神化，得到了百姓的追捧和向往！

国人推崇的"五行说"，亦在意识形态领域内影响着人们的言行。东方属木，木有兴盛繁荣之气象，故吉祥之气来自东方，民间的祥瑞用语"紫气东来"，讲的就是这个道理！

第三，文化兴盛，五彩缤纷。在此着重提宗教与刻石两个方面。一千八百多年前，道教就在泰山传开了香火，名道有崔文子、邱处机、张三丰等几十人，宫观庙宇遍布，王母池、碧霞祠、岱庙……不胜枚举；佛教亦涉足其中，经石峪的《金刚经》便是其胜迹之一，虽曾遭抑制，但在道的接纳中，终显其明亮的身影；儒学却儒风浩荡，尤其是孔子对泰山的历史性登临，使儒学受到了无以复加的推崇；还有其他历史的辉煌，都可在泰山找到可圈可点的实例。林林总总的刻石，无论是数量（两千二百余处）还是质量（前已提及）抑或是年代久远（公元前两百多年），都位列国内碑刻总体的首位；而百姓，无论男女老幼、贫富贵贱，在泰山均可找到精神的寄托与归宿！（世界范围内，还找不出哪座山有泰山的普遍性、吸引力。）

此三个主要因素，独有泰山具备，泰山独树一帜，独占鳌头！

四

泰山受到崇拜,历代的文人墨客所起的作用不可低估,用"催化"形容毫不为过。他们的诗词文章,书法绘画,美化、充实、提升了泰山的文化内涵,给泰山注入了持久的灵气和精神。

如"有眼不识泰山""重于泰山""人心齐、泰山移""国泰民安""泰山磐石"等成语,由初始的生于草根,到提升于骚客,又流行于市井村野,至今已成普通人能说出一串的口头禅!

在众多的诗词作品中,最著名的应属诗圣杜甫(唐朝)的《望岳》,他的一句"会当凌绝顶,一览众山小"的吟诵,令多少才子望岳兴叹,而又难止脚步,朝着泰山蜂拥而登!

神奇吗?比杜甫早数百年的司马迁(汉代),就已经给泰山"制造"了神奇。他在受宫刑后,仍矢志不渝,匠心独运,以非常人的毅力,完成了光耀千古的《史记》,被鲁迅赞为"史家之绝唱,无韵之离骚"!而我想说的却是《史记》中的有关泰山的一句话:"人固有一死,或重于泰山,或轻于鸿毛。"这句创造性的话语,赋予了泰山的雄伟与神圣,使泰山具有了崇高的人格!

比司马迁更早的孔子(春秋),他登泰山比秦始皇还早,估计是他周游列国前登的泰山。他发现泰山如此高峻,大地空间不再广阔,因之刷地一个转身下山,召集学生坐上马车,带着泰山给予的启迪,不辞辛劳地展开了周游列国"施礼"的工程!他认为治理天下要"仁政",尽管当时各国间不断战争抢疆土,使他的主张四处碰壁,可他信念坚定,不改初衷……后人依据孔子这一坚毅的转身,演绎出了"登泰山而小天下"的豪言。

我初次在泰山见到这"登泰山而小天下"的话,认为孔子骄傲,目空一切。后来长大了,知道了"学而时习之""己所不欲,勿施于人""三人行必有我师,择其善者而从之,其不善者而改之"等益人的话是孔子说的,孔子在我心目中的形象渐渐改变了。也知道他创立儒家学说,宣扬"仁政德治"主张,讲究尊卑礼仪,是古代卓有成效的思想家、教育家!但我的认识终究流于肤浅,惭愧得慌。

"登泰山而小天下"出自《孟子》,原文是"孔子登东山而小鲁,登泰山而小天下",是为解释"观于海者难为水,游于圣人之门者难为言"而做的比喻,翻译过来即是"登东山就以鲁国为小,登泰山就以天下为小,对于见过大海的人来说,天下的水就不在话下;对于曾在圣人门下学过的人来说,天下庸人的谈论就不好再提了"。

这段话,有骄傲自大的意味吗?若说有,那是一种坦然,一种气度,一种"好男儿志在四方"的境界!

而"孔子小天下处"碑刻,是明朝山东御史颜继祖依据孟子言改写,指明立碑处是孔子俯视天下之地,实话实说!

当然,颜御史说话时的神态是自信的,充满了崇敬与虔诚!

联系到"五岳独尊"和"昂头天外",我不得不推翻自己初始愚钝的结论!

五

我徜徉在刻石前,摄影师热情地邀我拍照,我应允了他的招揽,站在"五岳独尊""昂头天外"之下照了一张。可惜"孔子小天下处"离得几丈远,否则挽在一起再照几幅!

"五岳独尊"是清光绪丁未(1907)间,由泰安府宗室的爱新觉罗·玉构所题书,右侧的"昂头天外",则是顺德辛耀文于清光绪戊申(1908)五月所题。两题刻字迹大小不同,但均为楷书。据网上搜索知，两人一官一民，爱新觉罗·玉构是皇室宗亲，任泰安知府；辛耀文是广东北滘人氏，清末举人，家资万贯，痴迷戏剧与收藏。比较两人文化知识层面，估计不相上下。能上泰山题书刻石，玉构近水楼台，辛耀文却需跋山涉水了！

那么，辛耀文千里迢迢登泰山，为的是写这几字吗？不好肯定，但从他的文化素质判断，他到泰山至少是慕"五岳独尊"名而来！

"昂头天外"，原是贬义的成语，辛耀文将它搬到泰山极顶，与"五岳独尊"并列，立即化"腐朽"为神奇，一股放眼宇宙、叱咤风云的傲然气概排空而生——只有脚踏实地，才能"昂头天外"，只有"昂头天外"，才能赢得尊荣！而正是有了"独尊昂头"的气概，才拥有"小天下"的情怀！

玉构与辛耀文两人或许不熟悉，但两人因题刻为邻，因题刻而结千古缘，包括那位明朝的山东御史，都会因题刻共同宣扬了一种民族自信和进取精神而被青史留名，细细品味他们的名字，倒好像蕴藏了历史的必然，饱含人生机缘的巧合！

真是在显赫的极顶，传承了显赫的精神，本是不显赫的人物，成就了显赫的业绩！

六

这回登泰山没有了登的艰辛，我是乘大巴与缆车直接到的南天门，稍走几步就享受着了极顶风光。上回途中的一些经典景点，就在我的轻松里带着遗憾留给了记忆。上回临下山时在天街买了两件纪念品，一件是泰山石雕琢的镇纸，上书"恒"字；另一件是黄色的背心，胸口处醒目地印着六个大字——"我登上了泰山"！这背心我非常珍惜，穿一回后就收藏进了衣柜，至今舍不得再穿！我怕穿破了,那穿时散发的"雄壮挺拔"的感受隐匿了,留下揪心的遗憾!这回还想买,可惜没有了。

  没买着背心,我依然快活,因为我收获了用钱买不着的登山价值:雄浑自豪的石刻灵性,贯通了我的感悟。联想到我国现在国际上的傲然地位,我迎着泰山的清风,放声高歌——

  是盘古的魂魄,
  凝成了极顶。
  是民族的向往,
  灌注了灵性。
  高大何炫耀,
  厚重难为轻。
  将荣耀收进行囊,
  鞭快马,
  昂头戏风云!
  是封禅的情话,
  陶醉了极顶。
  是文化的洒脱,
  澎湃了灵性。
  东方迎灿烂,
  五洲奏强音。
  将独尊嵌进天际,
  同日月,
  和谐创共赢!

二〇一八年六月改

洞天魅力

你欲了解王屋山为何是道教第一洞天吗？请先了解一下"虫洞"！

虫洞，水果上常有，谁都见过，但若在虫洞后面加上"理论"二字，成"虫洞理论"，估计就难倒一大片了。"虫洞理论"与"虫洞"没实质联系，只不过是名词表象的借用罢了。它说的是假设的物理现象，即宇宙间可能存在的两个不同时空的连接距离最近的隧道。该假设由奥地利科学家路德维希·弗莱姆于1916年首次提出，1930年，经爱因斯坦和纳罗森在研究引力场方程时进一步完善，认为穿过虫洞可做瞬间的空间转移或做时间旅行。后又因科学界发现"暗物质"的存在，证明宇宙有"非物质"的空间，而暗物质正是维持沟通此类空间的"虫洞"的开启与关闭的"物质"。于是，"虫洞"大放异彩，吸引力倍增，百年来，成为世界顶尖物理学家们竞相探究的课题！

"虫洞理论"被我这样"半生不熟"地介绍，显得实在简单低级，它那连接不同时空、超越年限的价值，被我淡化的犹如一丝云烟，随时归于虚空！可我内心还真有些"小觑"，我们的祖先在一千八百年前，就确切发现了此"时空小道"，且在其中来往迅捷自由、生活得滋味悠然呢！

不信吗？再听我从头道来——

古人飞天的故事，有听说过吧？不仅听说过，可能在你的生命长河上，还是一道激起了无数憧憬的亮丽彩虹！

嫦娥奔月，鹊桥相会，七仙女下凡，还有《诗经》里说的"文王陟降"辅佐上帝（陟降即升降，意为来往于天地间），等等，无不展现了古人飞往天宫的幻想与愿望，享受天宫里的富足快乐、美丽祥和。他们飞天的举动，都离不开脚下的一片云彩，云彩的升降转换，构成了他们飞天的神奇场景。这云彩，就是"虫洞"的"碎屑"，就是"时空小道"的雏形！

千百年来，这片云彩几乎成了地球人追捧的终极目标，牺牲财物与生命也在所不惜！然而，得道成仙者少，凤毛麟角，大部分人是望"云"兴叹，无缘飞升，徒添失落而已！随着时间的旋转，到了距今一千八百年左右的汉晋时期，一股思潮便冲着百姓容易达到的境界悄然降生了——洞天福地，山川河海中的风光绝胜处，有通天洞穴和蕴福之地，进得洞府（洞穴），便可通天，身临福地，祥瑞绵延。洞天福地，俨然化作了登上云彩飞往天宫加持福祥的想象中的码头！

这股思潮的形成，表面上看仅是人们对美好生活的向往，而实际上，我认为是人们找到的实现理想的途径，即从人间这个地面空间向憧憬中的另一个空间迈进的通道，人们在这样的通道里努力，比盼望着驾上云头飞升要易行得多，尽管实现起来与那"虫洞开启"同样"玄之又玄"！

眨眼到了唐朝，有位二十一岁便出家当了道士的司马承祯（639—735），他在遍游大江南北的名山秀川之后，驻足洛阳王屋山，一边忘却自我、静心修道，一边将前人的洞天福地理念具体化，写出《天地宫府图》（又称《上清天地宫府图经》），创造性地对应峰峦河谷，分出层次，圈定"十大洞天、三十六小洞天、七十二福地"的地域方位，并落实仙人真士挂牌管理。由此，洞天福地便以看得见摸得着的直观形象闪亮登场，给祈求飞升成仙的民众，提供了更亲近更系统更社会化的理想空间！

于是乎，寻洞结庐修炼者日盛，洞穴称作了洞府，洞天即通天，内里仙女侠客，稻浪炊烟，日月高悬，风光无限，自有一派迷人天地。为此常有某某修真得道，某某飞升成仙之故事流传！

但是，司马先生的《天地宫府图》粗略不准，重复、遗漏偏多，不利甄别寻觅，很大程度上属神话地理范畴，"人迹所不能及"！在他仙逝一百一十五年后，依然是唐朝，杜光庭在浙江缙云降生。他同样是二十岁入道，足迹遍及中原巴蜀，他八十三年的人生历程，道教几乎融入了他的全部生命。故此，他对道教有其深厚的了解与独到的见地，著作等身，为道教理论家，斋醮科仪集大成者，被后世评为"词林万叶，学海千寻，扶宗立教，天下第一"之宗师。他的《洞天福地岳渎名山记》，借鉴前人成果，但却青出于蓝而胜于蓝，不仅补全了武当山、崆峒山、四明山、抱犊山……共十八座道教名山，还增添了"十洲三岛，三十六靖庐，二十四治"等道教活动圣地，大大丰富了洞天福地体系，是"人迹所能及"的出色的"宗教地理学"！

（该书所列之洞天福地，不仅是道教时空系统的"虫洞"，而且是道教的家谱，亦是道教极重要的思想——"天人合一"的实践范例！今人常谈及与赞赏的桃源胜境、环境优美、生态平衡、社会和谐之类话题，与其渊源同流，目标一致！）

我知道洞天福地这事，是小学阶段偷看的《西游记》里夸张的，那会儿仅认识词语，尚不明白具体内涵，待混迹于社会，见识虽长，但对洞天福地依旧不甚了了，真正明白其含义，还是近一两年的事。

这一两年来，我感兴趣于中国本土的宗教（道教）文化，虽然先贤鲁迅先生曾说"中国文化的根底在道教"，是持批评的态度，但我认为恰是这一批评，掂出了道教在名人大家心目中的分量，判明了道教与中国文化的源流或依存关系。所以我花时间阅读道教书籍，针对性地探究洞天福地，期待在洞天福地里求得道教与平民百姓间密切联系的真切答案！

翻开杜光庭编纂的《洞天福地岳渎名山记》，摘录部分内容如下：

十大洞天——

第一，王屋洞小有清虚天，周回万里，王褒所理，在洛州王屋县。

第二，委羽洞大有虚明天，司马季主所理，在武州。

第三，西城洞太玄总真天，周回三千里，王方平所理，在蜀州。

第四，西玄洞三玄极真天，广二千里，裴君所理，在金州。

第五，青城洞宝仙九室天，广二千里，宁真君所理，在蜀州青城县。

…………

三十六小洞天——

霍童山，霍林洞天，三千里，在福州长溪县。

泰山，蓬玄洞天，一千里，在兖州乾封县。

衡山，朱陵洞天，七百里，在衡州衡山县。

华山，总真洞天，三百里，在西岳。

常山，总玄洞天，一百里，在北岳。

嵩山，司真洞天，三千里，在中岳。

……………

七十二福地——
地肺山,在茅山,有紫阳观,乃许长史宅。
石磕源,在台州黄岩县山崎岭。
东仙源,在温州白溪。
南田,在处州青田。
玉瑠山,在温州海中。
青屿山,在东海口。
崆峒山,在夏州,黄帝所到。
郁木洞,在吉州玉笥山玉梁观,乃肖子云宅。
武当山,在均州,七十一洞。
…………

以上记载,非常简要,但从其极节省的笔墨里,我看到了一代名道的忘我和胆魄,他的精心化作睿智,构建体系脉络的顺畅;他的苦心渗透纸背,凝成增补峰壑的完美;他的匠心贴近民意,缀出避虚就实的彩门。虽非尽善尽美,但给那年月的人们,不仅提供了怡心的精神食粮,还开辟了飞天成仙的快乐平台!

那么,洞天福地的分类及名号排列,是依据什么标准确定的呢?从我翻阅的资料看,找不出清晰的划分标准,只能透过林林总总的文字,感悟到这标准可能来自三个方面:

一是地形独特,名人助力。大凡洞天,多有洞穴或溪涧幽深若洞,洞是"洞天"的首选,再兼有奇特山势与名人修炼,该地必被洞天锁定,且排名靠前。如浙江台州的委羽山,高仅八十七米,长仅一公里,然该山突起于平野,山脊椭圆,似羽毛侧竖,更妙的是山底有一大洞深邃,直通东海龙宫,且洞内仙气氤氲,常有仙女出没,民众奇之信之拜之。其开山修道成仙者为刘奉林,道家人物列表排第二，要知道大名鼎鼎的张道陵还排其后呢。这样的地方，不定为后来的道教第二洞天，说得过去吗？

二是来往便利，景色尤佳。洞天福地总共有一百一十八处，浙江为数最多，有二十七处，分别是三大洞天，九小洞天，十五福地，几乎是山脉相接，山头相望。浙江地形主要由丘陵、盆地、河流、平原构成，而分布其中的"洞天福地"，又大部在沿海的浙东平原，富庶且景佳，舟船、车马、徒步游览都不甚吃力，所以，前头说的司马老先生，流连盘桓于此区域数十载，近八十岁时才折回老家河南温县（今焦作），随即慕名老子的修炼，登上离温县仅二十多公里的王屋山顶，以沟壑为笺，以日月为墨，凭记忆写就《天地宫府图》，于总结一生修道成果之时，为后世描绘了"天地和合"的蓝图。假如浙江道路崎岖，老先生能顺利完成洞天福地的布点，给杜光庭奠定基础吗？

三是自我肯定，自信满满。杜光庭约三十岁入川，在川五十余年，基本活动在成都范围，成都已是他的第二故乡。他以青城洞天为中心，修身布道、著书立说，将自己对道教的毕生热爱，通过笔端毫无保留地挥洒在了成都的旷野，除果断删补十八处洞天福地外，尚增修道教典籍中尤显珍贵的"三十六靖庐，二十四治所"，而这些"靖庐""治所"都散布在成都平原或周边乡邑，尽管不是杜光庭"指定"，但"月是故乡明"嘛，经过他细致的"拾遗造册"，"靖庐"与"治所"才不致遭受岁月的雾霾侵害，才使洞天福地体系得以强壮与深化！

"月是故乡明"这一赤子情怀，恐怕是王屋山获得"第一洞天"称号的缘由之一吧！

我向往王屋山，上个月我与好友老张结伴，专程前往游览，感受了王屋山的神韵与风采！

王屋山，出愚公移山典故的地方。我念小学时，就在一篇文章里熟悉了它。这篇文章每天要背诵，背不出时，老师用并拢的手指"挖"着课桌说，要拼命背，要学愚公挖山！当时我很纳闷，总是找不到背书与挖山的关系，又总是想不清愚公的"蠢举"为啥要人学？愚公死脑筋也要我死脑筋吗？待开窍了，一瞧见"锲而不舍"的成语时，我眼前就浮现老师那"挖"动的手指！

愚公移山的巨型石雕，耸立在仿古建筑风格的检票大门内，气势豪迈生动，站在它脚下，仿佛听到铁器扑进泥土的声音，仿佛有股挥锄挑担的雄风临身，产生"我也挖"的冲动。愚公在此挖了千百年，子孙也不知经历了多少代，"挖"的精神已脱离了他的躯体，生生走向四方，走进国人的心坎，形成"不畏艰难，自强不息"的中华文化，提起愚公，便追捧其精神，愚公已是中华民族奋进的象征！

老张帮我与愚公石雕合了影，我便带着"真品、亲传"的愚公精神，登上景区游览大巴，钻进了茂密的森林。

沿途多有古迹，亦多现代的各色土特产店，还有如今时髦的研究招牌，什么"老子文化研究""王屋山生态科学研究""孙思邈传统医学研究"，什么"武术"，什么"养生"，虽然未进入其中厅堂看看是否有"干货"，但排在路边与古迹混搭，倒也是一种文化时空的穿越，可连接其间的"时空小道"会在哪里呢？

王屋山主峰叫天坛顶，形如"王者之屋"，方正相叠，岩陡壁峭，高一千七百余米，周边群峰簇拥，大有"众诸侯朝奉天子"之意境。岩壁中部有紫金洞，又名太乙池，内里清泉荡漾，不见出口，全神秘地潜入地下，近百公里后跃出地表，形成了济河的源头。传说轩辕黄帝为战胜蚩尤，在紫金洞内沐浴，随后登顶设坛祭天，最终取得战争的胜利。由此，天坛顶便成为中华民族一统天下的圣地！

而王屋山，也就顺理成章地戴上了"王者之山"的桂冠！

我和老张离开索道后依然是一路向上攀爬。我们忽而穿行在危崖之下，忽而又呼哧呼哧地登上山巅。路旁的树丛似乎是不见尽头的林荫长廊，幽幽地引领着我们潜行其中。有位六十多岁的信女，挎着满满一袋香烛，稳步地微微一笑超越我们，丝毫看不出有劳累之态。而我和老张却频频歇脚擦汗，若不是对面层层耸立、磅礴绵延数公里的石嶂峰恋（据说那就是太行山脉）强烈地吸引我们，促使我们透过树隙不时地停下拍照，有了被信女超越的理由，我还真的把她的微笑认作是对我和老张的"嘲笑"呢！

当来到天坛顶下，我的"小气量"瞬间被天坛顶的气势压垮，再加上天坛顶咚咚的大钟声，我的魂魄被震撼了，伸头望着天坛顶发愣。老张抓拍了我的神态，说这张照片取名叫"敬畏"或"敬仰"！我想，应叫"忘魂"！

三层的天坛阁，将挺拔重重地立在了天坛顶，天坛顶便越发地巍峨。我逐层阅读匾额：华夏一统圣地——天下第一洞天——天坛阁！由下向上，由实就虚，这实为厚重博大，凝结了中华民族的不朽信念，这虚为空灵吉祥，寄托着芸芸众生的美好向往，实中含虚，虚内孕实，虚实相生，光华永恒！

我仰望着天坛阁，忽然"虫洞"飞进了脑海，这拔地冲天的天坛阁，难不成是一条连接宇宙的通道？而我正站在"通道"的入口。

当年，司马大师是站在此处悟清洞天福地体系的吗？是他看见手中香烟的袅袅轨迹，而灵光一闪，看清了老子所指示的"天地和合"的连通途径吗？爱因斯坦等科学家极力寻找的"虫洞"，其原理的形象化，不就在天坛阁吗？

天坛阁的内涵征服了我，王屋山的神圣俘虏了我，我敬服轩辕帝的慧眼，我信服老子的通灵，我也佩服司马承祯的睿智！

当然，站在王屋山入口的愚公，他的"愚"，实际是"智"，不仅诠释了坚强毅力与不屈精神，而且很巧妙地丰满了自身"寻找洞天"的美好形象，他使王屋山更具备了"底气"，他是王屋山另一条连通古今的永不消失的"时空小道"！

　　我走进天坛阁，见先前超越我们还微微一笑的信女在焚香敬神，她带来的香烛已所剩无几，可能都代表着她的心愿，分别在其他神位前了。阁内没有道士坐堂，听说正在协调旅游部门批准呢！

　　说了这么久，你知道王屋山为什么是第一洞天了吗，你想对我说些什么吗？比如王屋山是第一洞天，它在洞天福地体系里是不是具"老大"地位呢？或是具"老大"号召力呢？它还需做些什么，以便与时俱进，在新时代里更好地维护"第一洞天"之荣耀呢？

二〇一七年十一月

山　神

"天帝遗玉，山神藏焉"，《玉山县志》对怀玉山来历如是说。

那么，这句话到底怎么理解呢？

怀玉山脉很是奇异。它自玉山伊始，朝西北方向绵延四百余千米，至黄山脚下的休宁止。沿线发育了数不清的山峰与河流。著名的河流有信江、钱塘江。信江由怀玉山北麓的金沙溪、玉琊溪汇合而成，注入鄱阳湖（中国最大淡水湖）；钱塘江上游为新安江，其发源地主干在休宁六股尖东坡（招引天下第一潮）。另有著名的山峰，处在该山脉的头尾，一曰三清山（天下秀），一曰齐云山（道教四大名山之一）！除此之外，怀玉山脉尚有中国重点铜矿之一——德兴铜矿！

我爷爷的坟在怀玉山。每年清明节，我都会去给爷爷上坟。每次去，除了给爷爷烧些纸钱以尽孝道和敬意之外，近年来我还到清贫园转转，然后在三十六级台阶的最上一级坐下，以便更好地瞻仰方志敏塑像，让自己寻奇怀古的心绪飞逸，去追逐那些静静如岚而又波澜壮阔的往事。今去，却多了一份羞愧……

一

怀玉山是怀玉山脉的龙头。它莽莽苍苍,据赣、皖、浙、闽四省要冲,历史上属兵家必争之地。

八十三年前的那个冬末,这区域被白雪覆盖。放眼望去,峰峦、陡坡、灌木、涧流,全在白雪厚厚的帷幔里隐去身形。原本展翅滑翔与奔突腾跃的飞鸟走兽,这会儿也在安乐窝内进入了温柔的梦乡。只有那褐色的石嶂,依然斑驳地裸露出宽阔的胸膛,展示着坚强刚毅的风姿。

晌午时分,朔风凛冽的山隘口冒出了挪动的人影,一个两个三个……陆陆续续,接连不断,速度缓慢,却丝毫未做停留。这些人穿戴破烂,样式繁杂,有单衣,有棉袄,有拄棍的,有提枪的,有缠着纱布的,有扛着筲箩的,那飘在其中一些人背上的大刀红绸,火焰般格外醒目。他们在一位精壮汉子的率领下,俨然是条无畏的长龙,晃动着身躯扑进了幽深的山谷。

他们是一支队伍,一支刚在浙皖交界的谭家桥突破敌军阻击的红军抗日先遣队的先头部队。他们仅有八百人,几近弹尽粮绝。此刻,他们在实施战略转移,欲穿过怀玉山的峻岭幽壑,返回赣闽浙苏区休整,以图东山再起,重振雄风,再次奔赴抗日的战场。可他们刚突进怀玉山,就陷入了敌军更大兵力与范围的堵截,生死系于一发。

在这支先头部队的尾部,有位三十六岁的高大男子,他叫方志敏,是整支队伍的军政委员会主席。他不顾自己疲惫病弱的身体,一边鼓舞着部队快速前行,一边频频回望尚在后面的大部队(红十军团主体),企盼两千余人的主体队伍能即刻赶上,以迅雷不及掩耳之势，突出重围，赢得保存抗日有生力量的契机！

然而，后面的队伍却迟迟未跟紧衔上。方志敏与先头部队到达敌军包围圈尚未完全合拢的程家湾村时，仍未见后面的队伍。他心急如焚，于是断然决定，由军团参谋长粟裕带领先头部队先行，到德兴广财山相机等待会合，自己折回又飘厚了一层雪花的来路，亲迎处于极度危险之中的红军将士。

当方志敏与刘畴西会合的喜悦还未散开，部队已被七倍多数量且装备优良的敌军围住，失去了突围的最佳时机。于是，敌我双方在长约二十千米、宽约十千米的山梁沟壑间，堵截与反堵截，代表官僚与代表民众，觊觎赏赐与勇于牺牲的血火四溅的殊死对战中，上演了一幕大剧……当硝烟散去，白雪皑皑的山坡上，长满了"爱我中华"的迎春之花。

十四年后，这片区域被方志敏的兄弟部队，时称中国人民解放军第二野战军解放，怀玉山"换了人间"。

转眼又过了八年，历史的时钟转到了公元一九五七年，在一个冬末的早晨，怀玉山蜿蜒曲折、高耸入云的山道上，再次冒出了一支先遣队伍。他们只有二十二人，没有枪，也没有系着一缕红绸的大刀，有的是草帽水壶和握在手中的一柄柴刀。他们佩戴红花，自带干粮，穿密林，过溪涧，攀陡岩，翻峻岭，裹着寒风，于晚霞映照的傍晚，到达陇首。在陇首溪旁，他们找一块稍宽阔一些的荒滩地扎下营盘，燃起篝火，开始了先遣队进山的第一夜"试睡"。第二日，迎着晨雾，这帮人留下一人负责组织民工搭建工棚外，其余人马立即高强度地展开了历时五天的分组踏勘。环怀玉山的香炉峰、云盖尖、筲箕坞、鸳鸯潭、七盘岭、黄泥垄、陇首溪等的地形地貌现状，哪里有溪谷，哪里有断崖，哪里是竹山，原始林海与村落民居，即便是以前打仗留下的爬满藤蔓的壕沟、碉堡，都一五一十地悉数装进了这二十二人的脑海中,为后续大部队发起登山攻关的"战役",奠定了获胜的坚实基础!

他们是支什么队伍,为谁先遣?后续大部队又是些什么人,要展开什么"战役"?

随着一百八十四人的后续队伍进入陇首村,与猎猎飘扬的红旗在晒场边竖起的同时,锄头、铁镐、柴刀、畚箕、竹篓、背包等,先是在晒场上集中了一会儿,便迅速如开会解散一般,嗖嗖地分头隐进了工棚和附近山民的家中。从他们背的挎包及打出的横幅标语看,他们是上山下乡的机关干部,是玉山县响应国家号召,"跃进国民经济,增加国家财富"而组建的"开发怀玉山,建设新山区"的垦殖队伍!他们称怀玉山为"万宝山",提出"为油泉,为果园,为粮田"而战,"三年一小变,五年一大变,十年大大变"为近、远期目标。可谓激动人心,轰轰烈烈,壮志凌云!

队伍的指挥长有两位,一位是县委副书记李永龄,敢说敢干的北方汉子,负责全面;另一位是本县区长中的佼佼者,刚过而立之年的土改干部陈志唐,他任场长,是这次"战役"的现场指挥。他俩各有一句名言,李书记是"学习方志敏,甘愿自己贫。为民创财富,看谁说不行",陈场长是"鸡未穿裤就开干,要吃要担万宝山(意为鸡还没起床打鸣就开始干活,万宝山就有吃有拿,物产丰富)。"两人既有实干能力,又很有口才。尤其是陈场长,幽默风趣,很得职工喜欢。

那时,七一水库已快开工,李书记兼任水库副指挥,他实际的工作精力在水库,而怀玉山场的工作,基本由陈场长担当。

职工间有二十二名中共党员,是这支队伍的中坚力量!

自我懂事始,我就知道了这两支队伍里的一些人物,应该说,我与他们都有未出世就粘上的缘!他们崇高的理想,甘愿奉献的情操，鼓舞和感动了我成长的整个过程。可我现在想来，心底充满了惭愧。

二

我爷爷是方志敏的兵。一九三一年，少时读过两年私塾的十七岁的爷爷离开了怀玉山金竹坑贫苦的家，投身革命，成了苏区化婺德县独立营的一名战士。一九三四年初夏，在与敌交战中爷爷手腕、大腿严重负伤，隐了百姓家治疗，数月后闻部队转战北上，爷爷便如落单的孤雁，抱着红军一定能找到的信念，踮着脚带着残手四处讨饭、打短工度日。当得知方志敏被俘，队伍被打散的消息，他徒步百余里，从景德镇潜回家乡，在方志敏被俘的高竹山僻静的石煤岩下，痛哭了一天一夜。新中国成立了，政府寻到了他，他受到了共和国功臣的礼遇。第二年，他作为贵宾赴北京参加国庆观礼，获得了无限的荣光。当上山下乡大军奔赴怀玉山，组建国营垦殖场的时候，爷爷是何等兴奋，漏夜走山路三十里，赶到垦殖营地，以玉石乡乡长的身份，向领队请求加入垦殖行列。从干一名仓库负责人开始，无怨无悔，吃苦耐劳，带领数名仓库保管员，多次出色地完成了工作任务，获得了群众与组织的好评，被组织委以垦殖场陇首分场场长的重任！

当时垦殖场的工作生活是极其繁重艰苦的。柴房、破庙、四面漏风的厅屋，成了垦荒队员的栖身场所，睡的是山民送的木板拼装的地铺，照明用松明子。每天三餐吃萝卜咸菜饭，偶尔碰上一口荤腥，那是队友逮着了野猪或山鸡。挖山时，不问谁兵谁将，一律头裹布，腰系刀，腿缠绑带，手挥锄头或砍刀。冬春要扒开七八寸厚的积雪，夏秋要防熊蛇，有时还要防范野山火的袭击。一天下来，尽管累得腰酸腿痛,但还要趁着松明子或月色,整理"武器",以备隔日战斗所需。倘若晚上开会学习,职工们更是高兴,因为开会学习,是他们碰在一起交流情感的机会,而且开会学习前的等待时间,往往是职工讲笑话的喧闹时刻。有次陈场长说了一则笑话——

有个胆小却力气很大的光棍谈恋爱,女的家住山背后。晚上了,光棍想去见女的,可路上有野兽呀,怎么办?光棍想了个办法,把禾桶扛上肩就开始爬山了。爬到山顶,呼一阵大风吹来,光棍借着月光一瞧,哇,老虎来了,他赶紧往下一蹲,禾桶便把他罩在了里面。他很得意,看你老虎怎么吃我!可罩在里面看不见外面,只能干等,等外面没动静了,他像大乌龟似的抬起禾桶,正欲开步,只见蹲坐的老虎正望着他呢,光棍大喊完了,吓得抛下禾桶就跑。跑了一阵子没见老虎追他,原来,他抛下的禾桶罩住老虎了。

职工们开怀大笑。陈场长未笑,他说这光棍是我们的老杨。那叫老杨的人,是个身材魁梧的民工,只见他急忙辩解,哪里是我?我哪有禾桶?陈场长说,我给你做一个,你们外地来的光棍,我希望在我们这里结婚成家!职工们至此听明白了陈场长的意思,又笑开了。如此,大家一天的疲惫被"笑"去了一半,待开会学习开始,职工们则一边抚摸着腰腿,一边坚持聆听,直到开会学习结束。第二日,看到的仍是一群精神焕发的垦殖健将。

听爷爷说(实际是父亲学说),干活中造成骨折皮破的事屡见不鲜,是家常便饭。有回他的队员在冷水坑砍伐树木,斧头从斧柄上脱出,锋利的斧头就像一颗炮弹,直飞对面的农工,嚓一声扎进了农工的大腿,鲜血顿时染红了整条棉裤。幸亏抢救及时,才未酿成大祸!还有回神奇的事故,是位年轻的总场干部,他拉板车经验不足,下坡未控制住车速,致使板车愈跑愈快,爷爷伸手拖拽不及,板车呼啦啦冲过爷爷身边,爷爷大惊失色,随后追赶。分秒间,那年轻干部猛地摔倒,板车如被无形的大手托起,腾空跃过那干部身躯,重重地撞上前方大树,满满的一车黄沙,全部抛出。爷爷喊"完了,出事了",蹲地急扶那干部,只见那干部踉跄着站了起来,未见一滴血和一块擦痕,他拍拍手,脸上还嘻嘻地笑呢!

  笑是真诚的,尽管掺着少许的惊恐。但那会儿的人们在建设国家的感召下,大都充满热情和激情,一些困难和危险,都可战胜或撇至一边,极少有谁偷懒或"钻营"什么私利,都愿为国家的繁荣昌盛做出自己应有的贡献。我爷爷如是做,我父亲(垦殖场第二代职工)也如是做,轮到我(第三代了,前几年林场下岗改制了),经济环境变化,可我并不偏激,也相信二十世纪五六十年代的人们普遍乐观、纯真,所以,也跟着做!

三

  方志敏在《可爱的中国》里写道:"到处都是活跃的创造,到处都是日新月异的进步,欢歌将代替了悲叹,笑脸将代替了哭脸,富裕将代替了贫穷,康健将代替了疾苦,智慧将代替了愚昧,友爱将代替了仇杀,生之快乐将代替了死之悲哀,明媚的花园将代替了凄凉的荒地!"

  ——多么深情的祝福!可爱中国的美好愿景,如今正在一步步地变为现实!想当年,方志敏在狱中的这段描绘,并非想象或空穴来风,他在创建赣、闽、浙根据地的过程中,就已经做了这方面的探索和卓有成效的实践。

  赣、闽、浙根据地,实际还包括皖南部分,被誉为"方志敏式"根据地,有五十二个县,一百多万人口。它在党、政、军、农、工诸多建设方面,均有"活跃"的创造。

我看到这么几个中国红色根据地的首创——

"方志敏式"根据地,是中国革命仅有的依靠党领导农民起义而建立的苏区,它初始没有正规的武装力量作为支撑,仅靠"两条半枪",由方志敏率领,于一九二八年初,举行了弋横农民暴动,建立赣东北苏区,随后向周边地区呈波浪式扩展,形成在全国范围内稳定、突出的工农武装割据局面("方志敏式"根据地),为该地区内处于水深火热之中的民众争得了一份祥和的生机!

苏区内设立政府教育委员会,创办学校,实行免费的义务教育,规定十五岁以下儿童必须入小学学习。对成年人,则举办工农夜校和识字班,广泛进行扫盲。同时设立了四百多间红色俱乐部,教唱革命歌曲,表演红色节目。一九三〇年,极富远见地举办妇女职业学校,开苏区妇女职业教育之先河!

群众的卫生与健康,根据地红色政权极为重视,要求红军医院尽可能为群众免费看病,并发出"尽量发动群众运动"的口号,增强人民体质。列宁公园这一我党历史上从没有过的超前的休闲设施,就是在此环境下建造的。六千六百多平方米的公园内有游泳池,池沿还建有更衣室与跳台。如今临池而立,耳旁似乎还回荡着红色运动会游泳比赛的欢呼声!

建立苏区自己的财政金融体系,除搞活苏区的工业生产和经营贸易外,在赣、闽、浙省府所在地葛源,设立赣东北特区贫民银行,统一货币,又采取群众集股、县、乡认购的方式,发行银行股票一百万股,极好地解决了根据地财政紧张的问题,为其他苏区提供了指导性的效仿措施!

如此"活跃"的创造,是基于什么具体的思想指导的呢?方志敏概括为"民主、创造、进步、刻苦、自我批评"五种精神!这五种精神,融入了"自我批评",就有了自我警醒及监督的机理,成功就有保障！虽然这些"创造"，随着红军北上抗日的战略撤离，渐渐趋向弱小和匿迹，但精神的种子，深深扎进了这片土壤，永远不会消亡。

李永龄书记在开大会的时候，就上述方面进行分析，而且，他经常会说下面的内容：同志们，假如当年方志敏突围成功了，"活跃的创造"就不会停止，轮到我们，可能就是巩固加强了。我们现在进行垦殖场建设，同样是一种"活跃的创造"。怀玉山是块玉，我们是山神，是来"藏"玉的。怎么藏？锁进箱子里吗？不是，我们是要"活跃的创造"，创造更美的怀玉山！

当时江西省政府要求在十年内，开发、经营林业基地三千万亩，水面养殖四百万亩！——以现今的目光看来，可能其速度不科学，但总体上激发了民众的创业精神，我想还是有值得肯定的价值！否则，信江上游的七一水库（一九五八年冬建，现称三清湖）的，就营造不了灌溉近百万亩农田和下游城市饮用水及旅游观光的舒心氛围了。

今年三月份，我陪八十多岁的老父专程前往弋阳、横峰，在当年根据地的核心区域转了两天，总目的是游览革命遗址，体会先辈们创业的艰辛，同时看看该区域的发展变化，与方志敏的理想有无差距。显然，现今的民众生活较以往方志敏描写的"九区"状况有千万倍的质的变化，与"活跃"的根据地相较亦有极大的提高，不拿四通八达的硬质化道路与连片高大宽敞的民房来比，仅从现在几乎村村有公园的惬意来看，是大大发展、充实了方志敏的愿景蓝图。但我感觉与时下发达地区相比，该处的发达程度尚有很大距离的。我认为只要秉承了方志敏式的初心，凭着人民的热情、自信、肯干，有理想有追求，他们必有更大的"日新月异的进步"！

我老父大致了解弋阳、横峰的垦殖场，他年轻时在磨盘山（弋阳）垦殖场交流学习过，曾有段酒后才肯说的恋情呢！这次来，他很想去看看，当听说磨盘山垦殖场改制了，一些年轻人在那上班，无老年人住那才作罢。

四

"光棍"老杨，当时才二十二岁，江苏吴县人，退伍军人，是个血性汉子。他是在镇江码头干活的时候，听说怀玉山垦殖场招人消息。于是，找女朋友商量商量，便和六名老乡风尘仆仆地赶来报名，结果全被留下，成了试用期半年的民工。

老杨进了木材组扛木头，他敦实稳健，干活肯出力，不惧山陡岩峭，林密沟深，总能超额完成任务，很快被提升为副组长。半年后，老杨与同来的两位伙伴转为了垦殖场正式职工，拿到二十七元一月的工资和三十六斤大米的定量。而另三名同乡却因垦殖场工作太辛苦，提前退出了。

当他回老家结婚又带着新婚妻子再来怀玉山时，场部已为他准备了新房，尽管是村民的披屋改造，但单门独户，干净清爽，特别是床上那条场部送的大红绸面的被子，更是抢眼。邻居们送来腊肉、笋干、鸡蛋等山货，使得小两口浸入了山乡浓浓的情意之中。新娘含羞地夸老杨有眼光，选这里没错；老杨呢，则暗下决心，这辈子就在这干了。

老杨依旧在木材组扛木头，早出晚归。他妻子除了料理家务外，还到鹿场打零工，帮助喂养东北梅花鹿。生活就这样有滋有味地"旋转"起来。

一日，老杨在八磜的山沟里发现一个小石洞，洞口有只烂半边的搪瓷碗，引起了老杨注意，他下意识地觉得石洞内有"名堂"。他挤进洞去，见一只头颅骨滚在地上，旁边有一根锈迹斑斑的枪管，枪托已朽。老杨即刻意识到这必是红军受伤战士的遗骨和遗物。当年红军被围，处于沟壑之间成仰攻态势，而敌方士兵在山梁或隘口阻击，不可能在沟下隐藏。并且，八礤方向，红军部队组织过一次重大的突围进攻，八礤的巨岩下曾牺牲八百红军壮士，场面惨烈。所以，这沟底石洞里的遗骨遗物，必是红军留存无疑。老杨打开随身的手电筒细瞧，未再发现其他。他将搪瓷碗拿进洞里，与颅骨、枪管拢在一起，然后到沟中搬了几块石头堵住洞口，便回场部办公室做了汇报，得到了办公室主任的表扬。可惜未引起足够的重视，在此后的岁月里，通往八礤的山腰修路，滚下的浮石覆盖了洞口。从此，再也无人提起。

这事对老杨触动极大，红军为了革命胜利，不惧牺牲的精神，仿佛带着他经历了一场生与死的战斗！

后来，老杨的妻子难产大出血去世，丢下为母亲而第一声痛哭的婴儿。老杨悲痛万分，在同事及山民的帮助下安葬了妻子，又找了两个正在哺乳的妇女每日轮流给儿子喂乳。然后，老杨即刻上山扛起了木头。他知道，场里最难干的活是扛木头，他要带领他的团队完成任务，不能让伐下的木头烂在山里。陈场长知道此事，立即要老杨下山休息，并调老杨去后勤管理仓库。老杨不同意，说自己身体无毛病，当年方志敏患痔疮、咳血，又饥又寒，还受枪林弹雨逼迫，照样干。自己累点算什么？再说，怀玉山不仅给了他工作，还给了他生命，他能不报答吗？老婆去世是天灾，儿子暂时饿不着。等找到带的人，就不愁了。

老杨说的工作是指自己被转为"职工"；说给了"生命"，是指他刚来怀玉山扛木头时，与熊相遇的故事。据老人讲，熊攻击人，用的是掌，第一掌拍人脸，第二掌拍人裆部，没有第三掌，这挨拍的人便魂归西天了。而熊的薄弱处在胸口，那里有一撮拳头大的白毛，最不经打。那天老杨提了个装饭的竹筒，领着一帮扛工在密林中穿行，刚越过山沟，老杨便与带着小熊的母熊相碰。母熊立起一掌朝老杨脸拍来，老杨急举竹筒遮挡，可怜竹筒被拍了个稀烂。母熊昂着尖嘴，呼哧一声朝倒地的老杨欲拍第二掌，说时迟，那时快，"砰——"枪响了，母熊胸口白毛处浸出了血浆。它倒地翻滚几下便没了动静。老杨虽仗竹筒遮挡，左脸仍被熊趾划得鲜血淋漓。若非狩猎者及时出手，老杨可就一命呜呼了。

老杨与那只小熊一同被送回场部。老杨纱布缠脸，吊瓶；小熊吃上了狗奶！

由此，老杨的同事和山民们都称老杨"福将"，可老杨认为他的"福"拜怀玉山所赐。

这次的"天灾"使老杨遭受了毁灭式的打击，但他坚强地挺起了胸膛。

他执拗地继续干老本行。遇休息日，他还帮人驮棺木下山，赚取一点二元的工钱。那时无火葬观念，大山里的棺木倒是紧俏产品。老杨这样帮驮，一月下来有个七八元的额外收入，解决了每月支付奶妈与儿子的大部分开支。后来他心中郁闷，犯了严重的抑郁症，整日沉默寡言，情绪低落，失落感缠绕。扛木头与驮棺木的活自然终止了。儿子被老家姐姐接走，准备在吴县念小学。他跟回江苏，在亲朋好友间转了两月不到，又返回了怀玉山，病情倒有了好转。但瘦巴巴的他重活干不了，临时掌权的人无暇顾及他，他便没了事干，工资被停发。偏在此时，老杨闯了祸，他到妻子坟前清扫，顺便烧了一把纸钱，引发了火灾。幸亏当日无风，坟又处石壁下，未引发山林大火。仅把山民经营的一座香菇棚给烧了。山民没有责怪，也没上报，原谅、袒护了老杨。可老杨悔恨交加，若不是乡邻们的情意深厚和有个儿子的缘故，老杨真想一走了之。

老杨跌入了痛楚的深渊。

怀玉山的一位年轻寡妇给了他家的温暖。

由此，怀玉山的山道上，密林中，老杨"复活"了，又出现了老杨砍柴的身影。他砍的柴，大部分挑给了那位香菇棚被烧掉的山民。

老杨的工资问题，在同事及那两位同来的老乡争取下，得到恢复，但只能领取生活费了。

房东老李是位烧木炭的师傅，他邀请老杨帮他做下手，砍柴烧木炭。这活劳动强度相对较低，且用柴不用交费，关键是自由。早几年，木炭是城里居民的抢手货。老杨顺从地烧开了木炭。他的木炭质量好，价格便宜。可他不是什么人都卖，对本地山民和本场职工他不收钱！

这活干了大半年，老杨便向场部提出了不要生活费，原因是他觉得没给场里干活，但要求保留职工编制。他之所以要职工编制，并非企求编制的什么好处，他要证明自己是响当当的怀玉山人！

我与老杨的交往，恰是从一担炭开始的。此事说来话长，这会儿我就不赘言了。

他的砍柴举动，延续了四十余年，先是给香菇棚那一户砍，后是分别砍给左邻右舍。只要有空，他便是砍柴送柴。

"光棍"老杨，并非光棍。即使他未组成新家，他亦有怀玉山顶住户们的庇护，他与哪家都亲密，在哪家都能吃上饭。他是怀玉山顶的一道独特风景。

他儿子是医学博士，每年都来怀玉山看望奶娘。

五

　　我今年五十四岁了，见过的场长都有上十任，白色的"蒿草"已渐渐在我满脑壳黑黑的森林间泛滥——人生苦短啊！自下岗改制以来，我便"熟犁熟耙"地干上了贩运木材竹料的营生，而且还准备干到六十岁，赚点钱支付每年上交社保局的基本养老保险金。这保险金逐年上涨，我还得愈老愈努力，否则，这笔合理的支出，我没完成，便领不了六十岁才有的退休工资！

　　我常常坐在装载木材茅竹的大卡车里想，假如我没有遇到下岗改制，每月工资不少，又无须上交养老保险金，六十岁一到，自然而然会有退休工资。而现今遇上国家经济转型，改计划经济为市场经济，取缔"大锅饭"，取缔"皇帝女儿不愁嫁"，这本来是件值得庆祝的好事，可工资没了，还要交钱"买工龄"，直接影响到我们普通职工的生活，就使我有点感慨而想不通了！

　　是哪个环节间存在问题？是我们自己不努力吗？

　　爷爷说过，他们就知拼命干活。但绝不乱干，哪里该挖哪里该砍，一切按规划！垦殖场建立的第一年，就取得了引人瞩目的成就，清理砍运木材一千八百八十立方米，造林一千四百亩，育林八千亩，垦复油茶山三千五百亩，收获粮食四万五千斤，养猪养羊养牛上千只，还建了造纸厂、松香厂、工艺厂，纯经济收入一万一千四百余元。要知道，这些效益是二百零六名干部与一百多名农民工创造的。那年代物价低，刚参加工作的干部工资每人每月仅二十九元五角，他们天天穿的解放鞋，三块半一双，食盐一毛五一斤，获得一万一千多的纯收入，是八辈子不敢想的天文数字了！

　　当时全国的垦殖场发展势头普遍强劲，有助于共和国的繁荣。

怀玉山垦殖场的兴旺，正如那顺口溜所言：玉上开花花如潮。

　　当然，亦有只见花蕾而不见绽放的"花"：大洋坂乌龟塘水电站，原坝基淹没在一片野树荒草当中，那凌乱的筑坝基石在野树荒草间伸头缩脑地窥视着行人，苦涩地诉说着当年上马的仓促！

　　假如谁有兴趣去问问山民，乌龟塘水电站的停建，难道仅是"上马仓促"吗？会不会是因为谁"贪腐谋财"造成资金链断裂而半途废弃的呢？估计得到的回复是村民的摇头。

　　乌龟塘电站的夭折，犹如人在奔跑中刮着了一蓬荆棘，几个踉跄之后，恢复了稳健。您瞧整个万宝山，生意盎然，五彩缤纷。在随后的几年里，怀玉山垦殖场花团锦簇，学校、医院、水电站、纺织器材厂、制药厂、厂等企事业单位陆续开办，业绩阳光灿烂，经济左右逢源。制药厂利用怀玉山天然的药材宝库和凉爽独特的气候环境，生产的"跌打丸""补脑汁"药品连续多年省内外闻名！活性炭生产，在当时年仅二十三岁、只有初中文化程度的木器厂厂长郑国炉的带领下，几经曲折，终于掌握了生产工艺，利用林木加工后堆积如山的锯末、刨花及茶籽壳、谷壳、玉米芯，生产出了"松鹤牌"活性炭，并进一步研制出了糖用、药用、脱色等八大系列活性炭产品，成功地打入国际市场，远销美国、意大利、日本等二十多个国家和地区，经济效益位居全国同行业前列！直至今天，活性炭及系列产品，仍旧是同行业的佼佼者。虽然它的经营性质与产权有所改变，但垦殖场造就了活性炭，壮大了活性炭，于活性炭有开创、奠基、发达之功！当然，如今的活性炭厂，"反哺"式地先后留存了垦殖职工近五百名参与生产。（整个怀玉山垦殖场改制后，现有员工一千四百六十三名。年轻的三十来岁，年老的已是耄耋了。）

六

据志书载，怀玉山有三个名称：第一个是引用最多的，即"天帝遗玉，山神藏焉"，故名"怀玉"；第二个是唐朝方志家在《华夏图》中所说"其山上干天际，势联北斗"，因此又名"玉斗山"；第三个是"山有异光，故称辉山"。三个名释均未离玉，表明怀玉山整体的玉的特质。正所谓"石韫玉而山辉，水怀珠而川媚"。

我喜欢第一个名称："天帝遗玉，山神藏焉"！

此语普遍解释为：很久之前，天帝巡游，遗失宝玉于此，山神藏之。

我觉得该解释欠妥，显得山神不"仁"。造成"不仁"的原因，是对"遗"字误解为遗失的"遗"了，应该读作wei（音为）——赠送。如此，"山神藏之"便是珍惜而荣耀的行为了！

千百年来，因"山神藏焉"，怀玉山孕育了无数的精彩故事。我前头叙述的老杨遇熊的经历，若是放在电影里表演，肯定是一组扣人心弦的镜头。

怀玉山自唐朝起，就伴着山风如敲击玉磬般吟唱着动人的曲子。

"唐大历（776—779）和尚志初上山，在金刚峰南麓建定文寺。"志书上仅此一句，但至少表达了四层意思，什么时候，谁上山，干了什么，还要念经弘法。念经弘法没明说，"藏玉"了。而恰恰是这最重要，最能体现此位和尚普度众生、破迷开悟的志向和初心！

从此，怀玉山向世人展露了它美丽的容颜。

历经宋、元、明、清、民国的演绎，怀玉山每阶段都有值得书写的大事发生。如宋时朱熹在"鹅湖会"之后即"入怀玉，深山静坐数月"，由此在十九年间，多次上怀玉草堂讲学，留下《玉山讲义》，对自己的理学思想体系做了简约明晰的理论概括。如明清阶段建"怀玉书院"，太平军转战怀玉。民国时期，中共玉山县第一个党支部在陇首成立，接着成立乡苏维埃政府，并进行了土地改革。随即发生的方志敏血战怀玉山事件，更是家喻户晓的壮烈篇章。待到"开发怀玉山，活跃国民经济"的大军上山，已是新中国建立初期的事了。

这些事，无论孰喜孰悲，孰轻孰重，都丰富和成熟了怀玉山的发展史。即使时光的流转模糊、销蚀了事件的面容，只遗留了几行字迹，那点撇横捺里依然储藏着真情的密码。我仰望怀玉山脉的主峰三清山，我会联想到"清贫"在此发生，并非偶然；我梳理怀玉山自开山至垦殖的脉络，惊奇于志初、志敏、志唐三位人物的"名字"巧合，促使我的情感有了先天的粘连与亲近，而在"偶然、巧合"里沸腾！

我垦殖资历稚嫩，但至下岗我亦有三十一年的垦殖岁月。我从装运工到司机到销售到林场副职，不算坎坷，也算是自己努力的结果。我本可能沾点红军爷爷的光，分个轻松的行当，但我四岁时爷爷就去世了。等我长大，早就"大水过了十八丘"，哪有我沾光的份？再说父亲都没沾上，因为爷爷不允许呢！沾光是说笑，我真没指望过，只想尽心尽责、有滋有味地干好本职工作。偶尔运货时遇上别人塞来的香烟或红包，烦托我带些木料、脚盆、竹椅啥的回玉山，我最多抽其一支烟，然后连同许可手续不全的木竹制品一概奉还，基本做到洁身如玉，并对烦托者说"别让我不好意思上高竹山"。

我仿佛是怀玉山小小的一个神！

与我几乎同时到怀玉山工作的程小波，他是场部的经管员，对我洁身自好的做派，很是欣赏。他停薪留职，花数年功夫，翻山越岭、走街串巷、寻访、记录、拍照，收集了大量有关方志敏的生前逸事，为宣传方志敏事迹，弘扬方志敏精神，做出了不懈的努力，赢得了社会大众的赞誉。他的"清贫万里行"举动，构成了方志敏精神的有机元素。我非常佩服他，常与他聊方志敏，尤其是方志敏被俘时的"清贫"。

高竹山有方志敏被俘纪念亭，在这里，他的"一支钢笔与一块怀表"的故事，让清贫精神有了实物的载体，插上了飞翔的翅膀，受到了时代的追捧！

假如当年突围成功，有"清贫"精神的宣扬吗？假如将"清贫"衡量占据物质的多寡，我不喜欢"清贫"，我喜欢富有，因我喜欢"活跃创造"的"明媚的花园"！当年，方志敏建设根据地的实践，不正是为了展现"明媚的花园"吗？怀玉山顶的垦殖蓝图，不也是奔"明媚的花园"而打造的吗？假如将"清贫"用作指导干事业必备的公心、准则，我热爱"清贫"，因为"清贫，洁白朴素的生活，正是我们革命者能够战胜许多困难的地方"。由个体或小团队的清贫，换来更大团队或整个社会的富有，这才是"清贫"的主旨和核心！

方志敏年轻有限的生命时空里，"清贫"是品质，是伴随他一生的无价资产。他在革命初期，曾因"清贫"而躲过了国民党追兵的搜捕，搜捕者不相信脚蹬破袜子的人是共产党高官；当他在怀玉山被俘，两个国民党士兵同样不相信身居高位的方志敏会没有大把的银圆。这两个士兵用尽吃奶的劲，也分辨不了"清贫"怎会是共产党人的至宝？

只有"清贫"，才能让花园明媚得舒心！

"清贫"是清纯的玉，是共产党人头顶三尺处的"神明"！

七

　　清贫园于二〇〇五年修建，由三部分构成，左右两旁不远，分别是红军抗日先遣队突围线路图碑和清贫精神纪念馆，其中间的主体工程立于怀玉山太公坪对面的小山头上，占地十余亩。上有方志敏半身石雕像和《清贫》全文碑刻，虽各有丈余宽高，但格局微小，给人"寒酸"的感受，这或许更符合"清贫园"的立意。我坐在清贫园的台阶上，内心的各色潮头如摇奖的彩球翻转，令我迷茫地望着曲折跃升的台阶，任由彩球杂乱无序地碰撞！

　　台阶三十六级，象征着方志敏三十六岁的生命。

　　方志敏在高竹山被俘前，就已经想到了他的生命可能会定格在三十六岁。是责任，促使他重入险境；是信仰，召唤他奋勇前行。被俘后，他更是将生死置之度外，夜以继日地奋笔直书，使我们有幸直视了他的心灵：对理想的坚定，对同志的期待和对反动派的憎恨，《可爱的中国》《清贫》《狱中纪实》等珍贵文献，绝非三十六岁的经历能测算框定的，而是三百六、三千六……它是我党由鲜花和血泪铸就的遗产，震古烁今，生命价值无量而永恒！

　　我仰头环顾，四周翠岗连绵，那看不见却感觉它在身旁的云盖峰，是否云盖如伞？"云盖云盖，大雨即来"，来的是场什么雨呢？还有那香炉峰，我真不认作是志初和尚"朝圣"香灰的堆积，而是当今振作精神，呼唤创造的战鼓！

　　周树睦是位垦殖老将，在怀玉山奋战四十余年，如今他七十多岁了，尚十分挂念怀玉山的振兴，每年都要赴怀玉山乡村走一遭。去年，他站在当年他任场副书记的角度，对怀玉山的山林土地做过这样的呼吁：现在"土地所有权归集体，承包权归原住居民，经营权归生产者。试想，发展是要靠生产者（经营），没有所有权的生产者会把资金、精力、时间、风险往没有所有权的地方扔吗？"这是个牵涉面广的问题，一时恐怕难有定论。但从周树睦的言行来看，他对怀玉山的未来，既充满信心又忧心忡忡。

怀玉山垦殖场会偃旗息鼓吗？我坚信不会！别看前些年的"红火"风光不再，企业搬迁的搬迁，解体的解体，处于压抑困顿的状态；山民大多过了"知天命"的年龄，有的整个自然村成了"空壳"，只有挂在屋檐下的土蜂尚在辛勤的劳作。但垦殖林场在，数十万亩的青山在！俗话说得好："留得青山在，不怕没柴烧。"经充分考虑，上级部门在原有管理模式的基础上，专门将怀玉山升格为怀玉山管理委员会，垦殖场归属旗下，因此，若遇合适的经济环境与政策，垦殖场依然具有强大的"突围"潜力！

方志敏的《咏竹》诗曰：雪压竹头低，低下欲沾泥。一朝红日起，依旧与天齐。

随着去年高速公路的穿山而过，怀玉山的村道村居已焕然一新，旅游观光与特色农产品销售的新风尚正悄然兴起！昔日的垦殖中心大洋坂，现已开发成了高山种植基地，其中连片培育的三叶青（俗称"金线吊葫芦"），已获国家项目支持，规模堪称全国第一！

乌龟塘电站旧址，已有投资商规划，不过非建电站，而是建怀玉山饮用水水库。因为怀玉山风光旖旎，气候凉爽，天然氧资源充沛，怀玉山要朝避暑度假旅游胜地发展，保证集中、充足的供水必不可少！

方志敏"明媚的花园"没有在他手上真正建成，但他有了实践和方向，凝练成了"清贫"精神（当今更具体丰富地称为"爱国、创造、清贫、奉献"精神）；我经历的垦殖场，虽曾呈现明媚花园的景象，但花园好景不长。现在，国家进入新时代，一切都按科学、精准的设计来实施,"明媚的花园"必将建成,必将在"爱国、创造、清贫、奉献"照耀下,呈放恒久的春光!

我缓缓地吐口气,站起身,正欲请游人给我在方志敏塑像与清贫碑前留影,猛见父亲的同事、"光棍"老杨健步走来,我兴奋地与他握手,夸他身体硬朗。他今年八十有三,是外地唯一留在怀玉山的职工。我问他老太太去世了为何还留在这里,不与儿子一起生活,他总是一句话回答:离不开啊!他家人来请他回去,他回去了就会生病……我有多年未遇见他了,见了他很是亲热。我邀他一起照相,他说:行,我们在英雄面前照张相,我们也是英雄!

"耶——"我们两人向上各伸出一只握拳的手,组成了特殊的V型!

尽管我的手臂举得不高,但充满了力度!

一班上饶师院的学生来到清贫园,随队讲课的正是程小波。

又一队小学生,在一面红旗的引导下来到了清贫园。他们是来举行少先队入队仪式的。

我突然明白,"山神藏焉"所收藏的"玉",不会那么"浅显",而是有更深层的东西。

二〇一九年八月

古塔白鹭

信江是汇入鄱阳湖五大河流（赣江、抚河、信江、饶河、修水）之一。信江的上游，主要有两条干流，均发源于玉山县境西北的怀玉山区，一条在南，一条在北，在南名玉琊溪，走向亦南；处北称金沙溪，走向却由北转东了。它们跌宕回环，清清亮亮地在崇山峻岭间迤逦百余里，书写着玉山母亲河的篇章。金沙溪近县城时入大王潭，由长十多公里的冰溪承接，在玉山巍峨的文成塔下的白鹭洲头与玉琊溪交汇，然后自东向西浩荡奔流。一路穿过上饶、铅山、弋阳、贵溪、鹰潭、余江、余干等县市，在余干境内的东塘与瑞洪两处潇洒地注入鄱阳湖，行程三百余公里。

信江在不同的志书里有不同的起始点，《玉山县志》载"冰溪（玉山水）汇玉琊溪入信江"，表明信江自此两溪交汇处伊始。《上饶市水利志》载"玉山水在信州区与丰溪河汇合后称信江"。后书将信江起始点缩减了五十里，却将玉山水汇玉琊溪后的河段延长了，依旧称作玉山水。缩短五十里，对于浩荡的长江来说，长度微不足道，可于信江这条内陆河，却是个极有分量的里程，其间会孕育多少风情。而恰在"冰溪与玉琊溪"交汇处，信江便有了更贴切丰富的故事，"信"的含义由此更多地融入了民众"诚信""信托""忠信""信义"的情感，已不仅仅是自唐始作"信州"后改"饶州"

如今称"上饶"这样的地名色彩了。

信江的起始地白鹭洲，被冰溪、玉琊溪左右两"刀"削成了犁头型，犁头尖处形成了四五百米宽的河面，这便是信江了。信江流淌不足千米，可见四道巍巍的铁路桥。前三道挤在一起，相隔不及百米，分别代表着新中国成立前、铁路提速、动车三个不同的年代。再远点即第四座铁桥了，那凌空如虹的架势告诉你，这座铁桥是高速列车的通道，彰显的是今日交通的潇洒。

四道桥，一道比一道速度快，似四级连跳的展示，不仅象征了铁路自身与社会的发展，亦给信江的起始河段，画上了安静而热烈、有序而渐新的斑马线。

登上铁桥护坡往上游眺望，白鹭洲就像一艘裹满草木泊着的巨轮，那洲后方的回龙山就像瞭望台，而山顶的文成塔，则像巨轮呼吸的烟囱。在晨雾烟岚中，似乎有隆隆的动力声从水下传来。

一

文成塔始建于明朝万历年间，为祈福民生，免除洪灾而修造。原址在冰溪右岸的回龙山脚，冰溪水就在塔基石壁下打着旋流过。古时建筑取名，一般以形状或地名为名。可该塔不知是出自何因果的名称，尚来不及在民间流传，突在清康熙十九年的洪水中倒塌，前后相隔仅五十余年。也就于这一年，新县官刘文成到任，他见仅十余里长的冰溪便有三个出口入信江，一在墩上，一在后坂，一在莲湖。遇春夏涨水，河道随浊流改道频繁，严重影响百姓的生产与生活。于是，刘文成上奏朝廷，堵口筑堤，取直疏浚，新掘十里河道。他与民工一同挥锄担箕，历时两年完工。现今的冰溪河道，便是当年的福荫。

刘文成任职玉山的另一功德，是不畏强权，智除为害一方的京官陈御史之子陈天霸，为子民赢得朗朗乾坤。

正当刘文成"春风得意马蹄疾"之际，又一场滔天洪水袭来，令前来白鹭洲察看灾情的他船翻殉职。百姓永远记得那一天，据说当时天都黑了半边。幸亏成群的白鹭飞来，点点白光，覆盖了刘文成船只失事的区域，百姓便不点香烧纸，让起伏的白鹭，替代了祭奠的白花和白幡。

这一奇特的祭奠习俗，一直延续下来。直至今天的清明节前后，白鹭州的白鹭，会比平常要多出几倍的数量。白鹭是白鹭洲人美好情感的寄托，是白鹭洲人世代怀念英豪的特殊精灵。

乾隆三十七年，朝廷依塔大小及样式，建成一座有六面七层、通高四十余米的青砖塔，在现址回龙山顶破空傲立。同时民众捐资修庙于塔下，塔、庙相映生辉，均以"文成"名之。不仅了却了乡民建塔修庙纪念刘文成的心愿，而且使塔实实在在地具有了血肉亲情，完美了信江源头的一段佳话。

白鹭洲在文成塔下，它与塔的相依相伴，含义已超出了地理位置的紧密相连，而是共经岁月不衰的情感相通！

洲上有二百多亩田地，一百多户人家，这是原先的情况。现在，连片的田地基本"租"给了荒草。大部分村民在外地或在城里买了房，都搬新居去住了。留守的只有部分老人，他们会在房前屋后，绿树掩映下的菜地里直起腰与你不经意地打招呼。陪伴他们的是高腰畚箕和锄头。有些老人身边还可见一只摇着尾巴的小黄狗。白鹭洲昔日的热闹，已在门前水泥埂的缝隙里和立在埂边的晒衣晾网的竹杈上消逝了。但我觉得热闹是暂时歇息了，这从家家贴着的门神和春联中可知一二，尽管有的门神和春联只剩下半边，可它们依然观望着白鹭的飞翔。

我家处白鹭洲左边，门前有个露出水面仅丈把宽的古老埠头，称洪家埠头。如今它藏在浓密的树荫里，好像羞见生人。埠头的石阶已残缺不全，但让我搭着手，双脚浮起，扑通扑通练习游泳的石块还在。以往平日里除了大妈大婶们来此洗衣有"梆梆"的捶衣声和嬉笑声传出外，这旮旯基本是鹅鸭群的领地。现今很是静谧，唯有那引往埠头的长满苔藓的石砌夹道，还在奋力地显示着埠头昔日的情怀与荣光。它似乎在给埠头以断喝：埠头，别把头伸进水里，像喝水的牛。快别喝了，快抬起头来，你曾是信江第一埠！

说是埠，其实自古就没有大商船拢岸，也没有大宗的货物装卸，唯有从白鹭洲右边玉琊溪扫过信江转头上来的木排作为货物歇脚。这些木排从深山老林里出来，到了此处顿觉平坦开阔，原先颇有些逼仄压抑的心情立马得到舒缓。于是，它们沾着信江的水珠集结，头尾相连，浩浩荡荡，占据了大半个江面。但放排的工人至此再也无力让木排逆流而上，到玉山大码头起岸。他们在此停靠，目的是邀请白鹭洲的居民相帮拖排。而洲上的人得知木排到达，亦主动地放下手中农活，拿起缆鞭，来到木排前，将缆鞭一头挂上木排，一头以自己的肩膀为支点，干起了拖拽木排的零活。这现象不知延续了多少年，直到二十世纪七十年代末，拖拽木排的零活，还是白鹭洲人经济来源的一抹阳光。

大山里通了公路，这抹阳光消失了，可对部分头脑活络的白鹭洲人来说，这抹阳光被收进了出外打工的行囊。

白鹭洲人的另一生路是捕鱼。捕鱼在白鹭洲主要有五大类十几种方法，诸如渔船、脚桶钓、竹排、鱼床、小网，其中跳网组合的迷魂阵捕法最为神奇：夜晚，鱼儿有逆水冲滩的习性。渔民便利用浅滩，耙出四尺左右宽的水路，然后在上游水路的尽头拉出回字形小网，在回字形网中间，架上如被面大小、口朝上的仰天网。鱼儿逆水而来，遇回字形网便转开了圈，一圈又一圈，终不得出，往上起跳，落下时恰巧落进仰天网内，晕晕乎乎地当了俘虏。此法不用饵料不用钩，也不用守候，巧设迷魂阵，擒得鱼虾归。

我本来喜欢看捕鱼，跟在叔叔伯伯们后面，常常傻看着忘了日落西山。后来那鱼在网中的蹦跳和卡在网眼里扭曲的无奈，使我没有了快乐。加上叔叔伯伯们要挑着大脚盘和网兜，去遥远的、第二天才能回来的地方捕鱼，我又不能去，便渐渐地寡味而不做跟屁虫了。我喜欢亲身跳沙滩。假如将"信江第一埠"比作挂在白鹭洲腰边的书包，那么这座玉琊溪上的大桥（十里山大桥）则是白鹭洲腰间的长刀了。跳沙滩就在桥上进行。桥跨百余米，桥下一半是碧绿的流水，一半是金黄的沙滩。跳沙滩就是从三四米高的桥沿往下跳，看哪个胆大的"蛮皮"跳得远罢了。当你赤条条跳进洁净柔软的沙地时，扑哧的一声响，是世间最美妙的声音了。跳得兴起，带着满身细软的黄沙返回桥栏，纵身跳进流水，那砰的一声虽不如扑哧声迷人，但"一身沙一身水"的循环"演出"，引得岸边的男人喝彩，女人担忧，此场景，倒也是童年的一件乐事！

同是跳，有回桥真的变作了刀，差点要了我的命。

我父亲是拖拉机手，那次他将车停在桥头，下车去叫人装黄沙。我把书包往同学身上一扔，乘机爬进驾驶室，开动了车子。开始车子还听话，可上了桥后，车头猛往桥栏上撞去，结果桥栏断开缺口，我和车"跳"进了河中……

桥下水深，一下子没过车顶，吓晕了的我手脚乱划拉，却被水从驾驶室的天窗口托了出来，随波漂流。事后得知，是邻居洪伯下河救了我。

二

洪伯是个奇人，他祖上是撑大船的。所谓大船，就是有帆的那种，能让一家人在船上生活。洪伯继承了撑船的技艺。新中国成立后土改分了田，洪伯便放弃了船夫的行当，回出生地扛起了锄。集体化时，乡邻们都入了生产队，他给四五岁的大儿子报名参加，自己却带着老婆、小儿子（女儿未出生），执意单干，集体化的初级社、生产队他坚决不加入，谁做思想动员工作均如冷水浇鸭背。他回绝的一句话就是：你们这样的生产队能搞好生活，我从文成塔爬到玉山街。为此，他没少挨批斗、受处分。批斗完了，他掖着掉了扣子的衣领、背部裸露出棉花的棉袄回家，在床躺了两天。第三天，他仍旧穿起老婆帮他修补整齐的大棉袄，扛着锄牵着他的大水牛，踩着他家弯弯的田埂，穿行在晨曦与晚霞之中。

洪伯共有五个子女，三女两男。二十世纪五六十年代，国家还未号召国民计划生育，所以洪伯有一大串子女。他子女虽多，日常生活还算是顺风顺水的。他子女个个上学，大儿子已初中毕业。洪伯老婆洪嫂不胖不瘦，开朗乐观，洲上人都喜欢她。她干活麻利，家务活全靠她一人料理。乡邻俗称这种"女强人"为"骄嫂"。她不参加生产队出工，相对要空闲一些，所以还养鸡鸭，养猪。有次她剁猪菜伤了手，被洪伯骂了几句，她说死了算了，一气之下扔下菜刀，几个急步便跨下了门前的老埠头，边哭边高举受伤的手往深水里走，水渐渐没过了她的胸脯。洪伯一只手举起晒衣竹竿，撑船提篙似的往前一送就送到了洪嫂的面前，手一沉将洪嫂拔到了岸边。洪伯给洪嫂上药，问，在水里手举那么高干吗？洪嫂答，不举高浸了水鼓脓呀？洪伯不动声色，说，命都没了，还怕鼓脓？

洪伯有一手治伤的本领。乡邻里谁受伤出血了，都喜欢找洪伯上药。

白鹭洲头不远的大铁桥下，横卧着游龙般的信江第一坝，是农田基本建设时留下的灌溉用石筑滚水坝。有年在维修过程中，曾经批斗过他的人被石块割伤了手掌，怎么也止不住血。洪伯看见，过去顺着他的手臂上下一摸，血立马止住了。那人倒地便拜，洪伯扶起他说："都是为了水利建设！"

洪嫂也会治伤，她用的是洪伯的疗伤药。有回洲上一位叔叔带来一只被弓伤了脚的白鹭，洪嫂心疼地抱起白鹭，小心地给它敷了药，用杉树皮夹好伤腿，养在鸡笼里。然后带上小网，到河边捞小鱼。

我是第一次近距离看见白鹭，它的羽毛雪白，嘴和腿却是黑色的，不会叫，歪着身也很优美，我忍不住常伸手摸它。洪嫂天天给它喂小鱼，隔几天又换次药。一段时间后，白鹭走出了鸡笼，扑扇扑扇翅膀，便如一道白色的弧光弹起，越过了树梢，飞翔在了宽阔的水面。

洪伯的大女儿与我同班，会唱歌，"一条大河波浪宽"唱得很好听。她脸上两个圆圆的酒窝，似乎也会帮着唱。我五音不全，好好的"一条大河"会被我唱成"一条大"，"河"字不知跑到哪个坎上了，让人别扭。我就会野，我开车跌进河里的那会儿，就是她替我背的书包。她说她家有帆船，我不信，她说是大铁桥拦住帆船了，我更不信。待她真的离开白鹭洲，跟她叔叔去鄱阳湖读书了，我才相信她家有帆船。因为她叔叔说帆船停在上饶了。来接她的船是竹篙撑的小木船，靠在埠头上。我记得那天下着毛毛雨，她举着油布伞，扎了两根辫子，穿着花衣。洪伯拎着帆布袋走在前边，洪婶抱着没有几本书却装有七八个鸡蛋的书包，流着泪跟在最后。他们的行走声，格外静，浓郁了别离的情愫。

我望着是同学又是同伴的她爬上船，坐稳，远去，模模糊糊地消失在大铁桥下。滚滚的信江啊，融入了我生平第一缕思念（这缕思念漂了五十年，终于在我这次的信江漫游中有了着落）。我那时没读多少书，不会念诗，否则我会在心里念上几句：我住江之头，君住江之尾……满目山河空念远，落花风雨更伤春……

三

我的老师姓林，他就住在我家旁边，与洪伯仅一墙之隔。我们三家位置，相对于整个白鹭洲来说，是个"独立"的角落。

他学识丰富，会讲"古"，白鹭洲缺老师，因之社员群众推举他当"孩子王"。我便成了他的学生，而且是他最喜欢的三年级的学生。记得一个清明节的下午，他在塔上敞开的门洞前，讲起了郁达夫感叹玉山城"半江青山半江城"的旖旎风光，由衷赞美玉山是"东方威尼斯"。又讲到了杜牧，他说："清明时节雨纷纷，路上行人欲断魂，借问酒家何处有，牧童遥指杏花村。"这杏花村在哪？是不是在玉山？老师手指门洞外，说，杜牧当时在江西为官，来上饶视察正是雨纷纷的清明时节，雨纷纷是江南特点，上饶离玉山这么近，而玉山城东南角恰有杏花村，村里的杏树粗得需两三人合围，那是不是诗中的杏花村呢？老师要我们长大了进行考证。

什么叫考证那会儿不太清楚，但我真会用稚嫩的目光从塔的门洞里朝外望，杏花村自然无踪影，却常常望见白鹭展着翅膀，漂亮地滑进"半江青山半江城"边的竹林。

我喜爱古塔。

站在它面前，它的本身粉白却被风雨浸染得发灰的身躯，极显苍老，但透出威武雄壮的气势。它的六面棱角处，层层都长出翘檐，托着立面中的或封闭或敞开的小门洞。这些门洞，既藏护着历史的神秘，又指引着探秘的路径。它那顶层翘檐的黑色铃铛，分布六面，静静地垂着，随时准备来一场高空的助兴和鸣。我有时会抚摸那被日本飞机炸出一缺口的基脚，滋生一丝隐隐的痛忧。可我又觉得它像一株硕大无朋的春笋，正在拔节，充满生机。

在这塔里，我既听到了阎立本在大王潭大义灭亲的故事，也听到了汪状元、朱熹等在怀玉书院讲学的过程，还知道了汪状元来自金沙溪枫叶村，他十八岁中状元，是喝着金沙溪水长大的；朱熹在玉琊溪边授课，促进了影响数省的农贸集市茅楂会的形成。两位人物，给这两条溪增添了绚丽的文化亮色。金沙溪（冰溪）、玉琊溪都来自怀玉山的主峰三清山，它们在文成塔下汇合，文成塔因此成了信江源头的自然与人文相交融的地标，充满了亲近感与归属感。

伴着塔，有我成长的一段快乐往事。新中国成立初期，由著名电影表演艺术家白杨饰演地下党的电影《冬梅》，就在文成塔下拍摄。那地下党机智勇敢智斗敌人的场面，虽然我没有现场见过，但经大人们形神兼备的描述，硬是让我和我的小伙伴们神往。我们经常在塔底玩耍，无论是哪种童趣的即时上演，都会以塔为圆心。那塔底层一米厚的石门洞，便是同伴们学演、休息、吵嘴、躲雨乃至逃学的场所。石门内置木制旋梯，直通塔尖。若遇我们时间宽松或"神经兴奋"，即分批顺梯而上，学地下党装扮，静悄悄观察、跟进，见"对手"即刻扯嗓大喊，全无"神秘兮兮"的模样，俨然古时将军叫阵，惊吓得塔外盘旋的鸟儿不敢回巢。

后来，塔下的文成庙被捣毁，剩下一堆瓦砾。

可塔"空着肚子带着伤痕"依然挺立，塔顶尖部一棵不知名也不知年轮的树木，依旧如少女斜靠在肩头的花伞，展现出矜持而妩媚的风姿。

　　我感受到了塔的神圣，我敬畏这座塔。

　　离文成塔约百米，东边上回龙山的路口，原有洪家与牌坊一座。洪家与是清光绪年间十八翰林之一，常为民申冤。其牌坊与文成庙同期被毁，现无踪迹，但民间感激洪家与的口碑犹存！

　　老师喜欢讲洪家与，洪家与是他挂在嘴边的人物。可我喜欢听他讲中国古代笑傲世界的四大产品：瓷、茶、丝绸、铜器。因为这些故事讲不完，每次听都是新的：例如讲瓷器，他今天讲景德镇，明天讲元青花，上午讲官窑钧窑，下午就说烧窑师傅；讲茶叶，什么铁观音大红袍碧螺春，什么陆羽《茶经》，什么陆羽泉、虎跑泉、趵突泉，讲着讲着他从口袋里掏出一小瓶他藏的茉莉花，让同学们逐个闻香；讲丝绸，少不了丝绸之路，从陆路拉出海路，从杭州牵上蚕茧；讲铜器，这锃光瓦亮的东西，历史数千年，就出在我们铅山与德兴。他讲得洋洋洒洒，听得我们一愣一愣。每次讲结束，他总忘不了补上一句：这些产品都是我们上饶的骄傲，尽管丝绸不出在我们这一带，但我们信江流域产蚕茧。他喜欢对着实物讲，没有元青花，他拿个蓝边碗替代；没有名茶，他用粗茶混些茉莉花凑数；当讲丝绸时他实在拿不出实物，那时丝绸于普通百姓家是稀罕物，老师只能苦笑着扯起自己的衣襟说丝绸比这薄，比这轻，比这光滑。有一次，老师又讲起了丝绸，正为无实物在扯衣襟时，一位漂亮的陌生女人递了一条蓝色丝巾给老师，老师怔住了，捧着丝巾好久没回过神来。

四

　　我的教室，在村东头的尼姑庵里，尼姑与神像都被请走了，里面空荡荡的，堂屋正好做了我们十一个人的教室。这个教室就是一个学校，这学校总共一个班，叫复式班，却有三个年级。一年级四人，二年级四人，三年级三人。老师只有一个，就是林老师。上课时三个年级同时进行，语文算术齐上阵，老师是手脚并用，左右开弓，一堂课下来，老师是气喘吁吁，不亚于在白鹭洲上跑了几个来回。但老师满脸笑，不仅把自己清瘦的国字脸笑得堆满皱纹，还笑得每个学生的瞳仁里都闪烁出喜悦的光芒。

那个送丝巾的女人，是洪伯远房侄女，县剧团下放演员，被公社安排在尼姑庵后厢房住。前天刚来，我见过她在洪伯家吃饭。她邀洪伯二女儿与她同住，从尼姑庵的后门进出，所以我老师就不知道这个人。当她递过丝巾的瞬间，我老师可能是被她的漂亮惊住了，怀疑遇见仙女，那手中接着的蓝色丝巾，已不是丝巾，而是一片飘荡的彩云。

生产队有块秧田，刚撒下的谷种需要守护，否则会遭受麻雀的侵害。"丝巾"女刚来，队里就把这守护的活交给了她。秧田四角本来插了几个稻草人，但效果不好，赶不走麻雀，"丝巾"女就成了赶麻雀的替补。这活看起来轻松，实际要拿着绑了三角旗的竹竿大幅度地走动，那饥肠辘辘的麻雀在东头被轰走，旋即在西头落下，跟守护人玩耍着"此起彼伏"的游戏。

"丝巾"唱歌很像广播里的人唱。林老师逮了个雨天不用赶鸟的机会，请"丝巾"教我们唱当时最流行的歌曲："我家的表叔数不清，没有大事不登门，虽说是，虽说是亲眷又不相认，可他比亲眷还要亲，爹爹和奶奶，齐声唤亲人，这里的奥妙，我也能猜出几分。"

再好听的歌，经过我们这个班唱，都能"加工"成多声部，至少有三个调门。"丝巾"一点也不烦，反而愈唱兴趣愈浓，最后竟然在大堂里跳起舞了。林老师眯着眼，在给"丝巾"端上茶的同时，督促我们"好好学,好好学",样子真是十分开心。

可没几天,情况有了变化,公社不让林老师教书了,要林老师去生产队的养猪场养猪。接手的是"丝巾",她不赶鸟了,来给我们当老师。起初"丝巾"不愿意教书,躲在房间里不出来,洪伯对她说:"老林不教书是定数,你不教,这帮孩子怎么办?你去教老林更安心!"我略懂事情原委,是公社主任想要"丝巾"给他儿子当老婆,换个晒不着日头淋不着雨的活给"丝巾"。记得那天林老师把一沓作业本和涂满红、白粉笔灰的语文书、算术书放在"丝巾"手上时,"丝巾"眼圈红了,当林老师说"这帮孩子很聪明","丝巾"已泪如雨下。

我很是郁闷。好在漫长的暑假开始了,粘知了、摸螺蛳、抓河蟹、打水仗等填充了我的生活,那跳沙滩的"绝活",我不好意再表演,因为下学期我要到河对岸去读四年级,光溜溜的形象,只能随着岁月的流逝藏进梦里了。

五

后来,经过一系列变故,邻居林老师又被召回去当"孩子王"。可我到河对岸上学了。有人将人生经历比作一条铁道,铁道上的各个站点就是人生的各个转折点,而我觉得人生的这条铁道,是不能往复的,没有回头再走一趟的时机。我那一边登回龙山,一边绕古塔游玩,一边听林老师讲"古"的经历,是一去不复返了。

日子过得飞快,转眼进入了改革开放的年头。生产队忙开了分田到户的活。洪伯一直单干,就少了这份操心。乡邻们佩服洪伯,夸洪伯有远见,林老师就举起田亩册对洪伯说:"你老兄到底是洪家与后代,就是聪明,怎么知道这田又要分户呢?"洪伯应答:"哪里哪里，是大家不同我一般见识！"他嘴上谦逊，心里确有几分得意：我预料的事还会错?！

当他看到乡邻们都在为新分责任田忙碌，勾起了他对土改就分得的那块田的挚爱之情，他花两百多元，购置了水泵水管，给变作旱地有八九年历史的田块通上水。别人忙量田丈地，估亩抓阄，他却按部就班地在田地里忙过之后，要么撑条小船捕鱼，要么抱着孙子闲逛。原先他开荒种菜的"手艺"也随着收入的增长而荒废，村民组长（即以往的生产队长）对洪伯开玩笑：你这条"资本主义尾巴"（指种自留地、养禽畜），早几年长得牢固，割时割不清，像狐狸尾巴会躲藏。如今不割，还鼓励发展，你怎么歇作了？洪伯难为情地说：我这里挖一下那里挖一下，狗啃一样，太难看了！

白鹭洲的田间地头，呈现出一派久违的繁忙景象。

洪伯家的生活真可用"顺梢吃甘蔗"，一节更比一节甜。自己刚过了六十大寿，二儿子接着订婚，那去鄱阳湖读书（实际是去做养女）的女儿，也"左手一只鸡，右手一只鸭"地回娘家探亲，她背上的胖娃娃，不仅称洪伯外公，还呀呀地闪动着嘴角的圆酒窝叫我舅舅呢！

嘻嘻，一声舅舅，叫得我美滋滋的，我赶紧掏出红包塞在娃娃围兜里，心想：小子，当年我与你妈妈如果"懂事"，你就不是叫我舅舅了。哈哈，我如今刚处对象，昨天才让对象上我家认了门。早几年，国家恢复高考，我考了个财会学校，毕业分配到乡政府工作，为执行计划生育国策在属地各村征战，加上没遇上哪个合适的姑娘，婚事便耽搁至今。女同学举着她的胖娃问我：怎么还不找对象？我爽快应答：找了找了，就昨天，我还带她游览了白鹭洲与文成塔呢！下回我带她坐船游游信江。女同学表示恭喜，并交代我届时别忘了叫她喝喜酒。

六

我女友又来我家玩了。我在埠头的树荫下，推出了洪伯的船，带女友去看大铁桥。

二十世纪八十年代初，大铁桥是浙赣线上的主要桥梁，曾有部队守卫，南岸尚存营房、操场和岗楼。那时没有什么为适应铁路提速与动车奔跑而铺设的新道，仅有这座凌空飞越的钢铁桥梁。此桥建于新中国成立前，曾为抗日战争立下功勋。那河中心露出水面一角的桥墩残迹，可以证明当年日寇飞机炸，我兵民修，又炸，又修，附近劳力全数上阵、保证畅通的悲壮情景。我女友对这段故事很感兴趣，要我将船划过去，近距离地观察残存的桥墩。我边划边说，夏天里，这桥墩常常有脸盘大的甲鱼在上面乘凉呢！

看过残墩，我们在桥的下游一侧又欣赏了铁桥雄姿，便返回埠头了。刚上岸，遇着洪伯，他乐呵呵地招呼我们："好玩吧？去，到家里喝点茶！"

我女友走走看看，提了一个问题，如今四十年过去，我记忆犹新。

她问：刘文成有子女吗？

我答：肯定有。为什么？社会滚滚向前，靠的是赤子之心和不灭正气！秉承了赤子之心和不灭正气的后来者们，不是子女胜似子女！

洪伯听了我的回答，直夸我才高，使我在女友面前风光无限。

我边工作边考取了会计师证，带着父母、妻儿去了县城，过上了城里人的生活。但我常回白鹭洲，常去看古塔，尽管空气里回荡着咸鸭蛋味。

一天，林老师去世了，他捞水草时溺水。

又一天，洪嫂得病，不久也告别了人间。

洪伯猛然病倒。子女们七手八脚地把他送进医院。一个星期后，他康复出院，但变得沉默寡言。子女们"收缴"了他的田地，他吃饭在小儿子家，孙辈又不用他操心，他成了与船为伴的闲人。儿子本来要"封"他船，他坚决不肯，说船是他的命，他从信江头去到信江尾，又从信江尾回到信江头，船伴了他一生。他自信尚有三百斤力气，他要划船看信江，划船去看鄱阳湖！

我深为他对船对水的热爱而感动！他没有老态的佝偻，依然挺拔健硕，依然像身后的古塔。

七

洪伯干起了义务摆渡的活。从前，河两岸的村民来往，基本要拐个大弯走 U 字形，从大铁桥上下，后来大铁桥被左右两道新建的桥夹在中间，新建桥路基围上了铁丝网，欲经桥过往就不可能了，因此，有摩托和三轮农用车的村民都转道玉山方向的公路桥，而无摩托或操纵不了现代交通工具的老人们，就需要渡船了。洪伯充当了这条"渡船"，他每日撑出船，穿梭于信江河头，诠释着"信"或"善"的基本内涵。

"洪哥，又搞单干了？"有人坐上洪伯的船打趣道。

"单干好呀，不过我现在是干而不单！"洪伯应得文绉绉。

"怎讲？"

"呵呵，不是还有你吗？"

"唔……"坐船者若有所思。

洪伯开通了这条"航道"，使得洪家埠头不再僻静，白鹭洲的人过河找洪伯"渡"的不用多言，摆下手即可。对岸后垅、周住的村民要来白鹭洲或上十里山集镇,也打个手机过来,邀洪伯"辛苦一趟",洪伯接听后将手机往腰间机盒内一塞,兴冲冲即刻出船,为乡友的需求送上舒心的帮衬。

邀渡人的心态多种多样,之所以依赖洪伯,主要是敬佩、稀奇和乡友的亲热味使然。去年有位醉汉对洪伯的气度产生怀疑,拍着胸脯说,老洪能渡我又免费,我佩服他是真豪杰。结果他在旁人的陪伴下来乘船,还未踏上洪家埠头,便踉跄着栽进河里,扑通一声溅得旁人一身酸臭水。洪伯急伸手拖拽未够着,随即扑进水里,朝醉汉屁股一托,把醉汉推上了埠头。

醉汉经水浸便清醒了,不好意思继续乘船,忸怩不安地在陪伴者搀扶下返身离开。第二天,给洪伯送来一部既是赔偿又是致歉更是敬服的手机!

有人问洪伯为何救他,洪伯拄着船篙,静默了老半天,才喃喃地说:一条命啊!

我老父得知此事,慌忙邀我回老家看望洪伯,欲叮嘱洪伯千万注意保重身体。我们在洪伯小儿子家就餐。洪伯对我们父子说,他盼望跨入二十一世纪,注意身体是理所当然,我们这里是信江源头,你林伯林老师说我们这河流出的是信义,流出的是酒。

我知洪伯说的酒,是陆游为信江写的诗句"安得此溪水,为我发春酿"里的酒。当时陆游自鄱阳湖溯信江而上,见两岸旱情肆虐,忧心如焚,到玉山南楼后,心中的忧思化作了祝愿,期盼信江水能浇灌受旱的田野,获得丰收,酿造出吉庆的美酒!洪伯从林老师处"搬"来,尽管粗糙,但"活学活用"得非常精当!

八

  我带着林老师之子欲再回家乡搞生态农业的消息，登上了回龙山。

  如今的回龙山，政府正将它修建成民众休闲的公园。上游的糖厂停产关门了，地块准备卖给房产商开发，那一线污浊，自然消逝；而活性炭厂，也搬了家，留下几根细细的烟囱，在等待环保的拆除。整个公园环境幽雅，空气清新。文成塔自然是公园的主体景观。其内部旋梯尚在装修，估计完工开放之日，慕名者攀登之势，必现摩肩接踵的画图。

  假如我缘梯而上，童趣的回忆亦随步渐升。但无论童趣多浓，我有一种情怀不会衰减，那就是站上高高的顶层，放眼滔滔的信江，倾听信江的风声、涛声……

  文成塔下，有两个老头在聊天——

  "哎呀，多年没来，这里变得真漂亮！"

  "确实是，我天天来这里！"

  "快活，多活几年！"

  "真没想到，我们能享受到！"

  "哎，对面怎么多了一道河？很宽呀，有白鹭飞。"

  "那是老洪孙子挖沙挖的，倒成了一大景观！"

  "是那单干老洪吗？他怎么样了？"

  "前几年说做徐霞客。呀，有十多年了，出去了就没回，失踪了，可惜！"

  "失踪？怎回事？"

  "……我愿他化作白鹭飞回来！"

"哦——他儿子住白鹭洲？"

"大儿子搬城里住了，小儿子还住白鹭洲！"

"哦。白鹭洲是个好地方。哎，老洪孙子挖出的这块叫什么？"

"没名。"

"叫白鹭湖，你看白鹭飞来飞去的。"

"好名，文成塔下景如图，白鹭洲伴白鹭湖！"

"哎，做七一水库时，我三十不到！你好像刚结婚。"

"是，结婚的解放鞋，到水库工地没半个月就穿破了！你好得读了书，有文化，要你开广播，否则上坝推车，三天就破！"

"嘻嘻。那时节的人吃得了苦！"

"那时做水库，主要是防旱防大水。现在水库多了一个功能，吃的水都要靠水库了！"

"那是，包括上饶等地方，那年信江水位下降，裸露的滩涂水腥发臭，不是叫七一水库放水，改善下游水质吗？"

"现在建了大坳水库，上饶吃水不愁。否则，靠七一水库水不够。"

"农村有些小水库，现在都不允许人工养鱼，怕放饲料，规定自然天养，为了人吃的水！"

"有些水库大部分是二十世纪五六十年代建的！"

"老哥那时节是劳动模范，有功劳！"

"谈何功劳？能活着到公园逛逛，是福气。"

"那是。这公园漂亮，你来，我陪你。"

起先说话的老头八十八岁，跟说的老头八十五岁。他们坐着聊，四外寂静而安详。

二〇一九年五月

饶北河的约定

一

我大伯家在上饶灵山脚下的郑坊,他曾在那教书,就定居在那了。他家门前有条河,叫饶北河。河边有个埠头,常有一条乡邻的小木船拴在旁边的老树上,我小时候从玉山去大伯家玩,小木船就是我很喜欢上去玩耍的地方。

我每次去小木船玩,大伯都要说句"小心呀"的劳心话。大伯很有学问,他对两个字的理解,我至今不忘。第一个字是"佛"字,他说弗即不,人旁加弗,表示人不,"人不"组成"佛",什么含义呢?就是说,人不得做了,去做"佛"。第二个字是灵山的"灵",这"灵"字就是按石人公造的。灵山上的石人公,三块大石板,两块竖立支撑,几十米高,顶上一块横过来搁着,多像灵字呀!难怪老百姓说石人公灵。我当时十来岁,不太懂什么"佛"呀"灵"的,只觉得自然界稀奇,石人公由三块大石头生成。大伯说有空带我去灵山看看,有利于我学习写文章。从此在我幼小的心灵里,滋生了对灵山石人公的好感及向往。可后来石人公遭到破坏,被人炸毁,我与大伯终未能成行。

石人公于我始终是个未了的"情结",一旦有人提起,总会有一丝向往的触动。

我大伯的女儿比我小点,刚进学校代课。她有个闺密,姓石名芳,在卫生院工作。我对她第一印象颇佳,当我妹妹欲将她介绍给我做朋友时,我欣喜万分,就想和她找个地方坐坐,像城里人到电影院看电影一样,增进感情。可当时郑坊乡没电影院,怎么办?我想起了大伯家前的小木船,借来一游,也不亚于电影院内的浪漫。我自小在信江边长大,既会玩水又会撑船,自然对河流有几分亲近。于是妹妹借得船来,我便让她和石芳当乘客,我当船老大——划桨的艄公。有个熟人在场,少一分窘迫,多一分轻松,我正求之不得呢!我"嗨"一声划动桨,船便在饶北河的河面上荡出了一圈圈迷人的涟漪。

我们这里的船七八米长,除去平的船头和翘起的船尾,中间只三个敞开的船舱。她们坐在中舱的小木凳上,合用一柄花色三节伞。那会儿三节伞是稀罕物,随便哪个女孩撑上了它,都会平添几分妩媚。我戴了顶铁路草帽,帽檐鲜红的火车头徽记,亦是那年代的时尚。我原本不想戴帽,是妹妹不知从哪里变出给我扣上的,倒也提升了我的翩翩风度。我们三人先在附近转了转,然后我便双手扶桨,坐在舱板上海阔天空地聊开了。

那是个日光灼人的夏日下午,可我们三人不觉热,饶北河的清风送给了我们凉爽。这给我的"神吹"提供了条件。我就像一只求爱的雄鸳鸯,尽量展示自己的"美",唯恐雌鸳鸯会背身而去。我扯到自己下放劳动,扯到恢复高考我考取师范,扯到改行到政府工作,扯到要为老百姓做事,老百姓生活好不好,是头等大事。当扯到干部下海经商当老板,石芳举高花伞,扭头插话:你也下海,赚了钱来我们饶北河建电站,我们这里缺电,你当老板,我给你做保健医生。我当时愣住了,原以为是否"欣赏"我与我处朋友的复杂的问题,被她不容置疑又如此轻巧地点明了:给我做保健医生,意味着什么?我来建电站,这是把我抬在了半空,而她仰头欣赏我吗?

我打心眼里喜欢她了!自然接受了她要我下海的"命令"!

船顺流而下,都快到临湖地界了。突然河岸上一阵人群奔跑,是村庄间争水打上了。我们不便往下走,只得转头往回。到郑坊了,石芳下船回医院,意思是晚上医院值班,就不去大伯家吃晚饭了。临别时,妹妹对石芳说明天星期天,要去哪里玩,她想了想,说去石人殿吧,顺便会会那里的同学。第二天,妹妹早早地再借了一辆自行车,预备妹妹与石芳骑一辆,我骑一辆。可她迟迟未来,我以为好事要"黄",忐忑不安了。那时无手机,妹妹性亦急,骑车去医院查看,原来她在帮昨天为争水受伤的亲戚换药。后来,她终于坐在妹妹的自行车后架上一起来了。我大大地松了一口气,悄悄地看了看石芳,石芳笑笑,并未解释,稍提提淡蓝色的连衣裙,便又搭上了妹妹的自行车。我们顶着烈日,顺着饶北河沿弯曲的沙子路(那时无柏油马路),不顾会打滑的危险,飞也似的越过山口,越过村庄,越过临湖大桥,来到了石人殿前面的路口!

从路口上去石人殿,要走大约两百米的石条路,尺把宽的石条,表面平滑,使路面显得大体平整,但石条间凹凸太多,骑不了自行车。我又热又渴,跳下自行车后埋怨道:这么有名的石人殿,路太差!那会儿我年轻无知,却听石芳说,这路有历史呀!她轻轻的语调,在我听来,俨然吃了根舒心的绿豆棒冰!

石芳同学的家就在石人殿隔壁,那同学也是个美女,她看到我们的到来,异常兴奋,旋即打开冰柜为我们递上了冰糕。我们稍坐了会儿,便走进了石人殿。

石芳在大殿内走走停停,没见她焚香祭拜,但那凝望神像的样子,满是虔诚!我站她身后,两眼盯着她,全然忘了她旁边还有别的东西!

待出了石人殿,石芳问我:"你看到石人公了吗?"

"石人公?没……"我哪有空看塑像呢,我看的是"活人"。

"没有石人公,殿里历来没有!"

"为何?哦——在老百姓心里呢!"我脑子快速地转了个弯。

"你会写文章,准备怎么写石人公呢?"她有些了解我。

"我写不好,不过把你写进去,文章会增色不少!"

"不见得,弄不好你骂我呢!"石芳朝我莞尔一笑,笑得我美滋滋又飘飘然!

在石人殿同学家吃午饭时,我问石芳:"这里去石人公那山远吗?"石芳看我一眼:"有点远,你想去?"我一点没觉得累,正想表现表现自己的健壮,妹妹盯我一眼,压低声音:"别去,哥,在这地方别说这事!"我以为犯了什么与神有关的禁忌,赶忙改口:"哦哦,远就算了。"

告别了石人殿的同学,我们三人踏上石条路。我推着自行车,回头望望颇有沧桑感的石人殿,脑袋里又冒出石人公的事,便问石芳:"你到过石人公被炸的山头吗?"

"……没。"

"哥,咋又问这事呀?快走,日头大!"

我有点困惑,瞧瞧石芳,见她撑开自动伞,给妹妹遮上了阳。

我来到路口,仓促地偏腿上车,本想表演一下飞身上车的潇洒姿势,车轮却在石棱上一抖,脚踏刷地打滑,刮去了小腿一块肉,血淌了下来,滴在了石板路上。她赶紧上前几步,放下伞,一边伸出纤纤玉指,按住了我的伤口上方,一边微笑着说:"石人公要留你做客呢!"

"嘿嘿，石人公也肯定想留你！"我套了个近乎。

"下次来，下次陪你去石人公那山！"她略微扬起下巴，招呼妹妹："我们一起去！"又转头问我："很痛吧？"

"不痛，一点点，没关系！"我忙不迭地应答。

妹妹露出会心的笑！

石芳晚餐仍旧没来大伯家吃，她回了医院，约定明天给我通信地址。

尽管晚餐缺了石芳，我还是显得很兴奋，连连给大伯敬酒。腿疼也忘至九霄云外。大伯二两下肚，话渐渐多了，他把石人殿的来龙去脉讲了个透，话题便转到了石芳，夸奖她漂亮懂事，可扯上石芳家庭后，我听到了最伤我感情的话语：炸掉石人公的家伙，是石人乡人，石芳的舅舅！

我蒙了，犹如被当头浇了盆冰水。她的舅舅怎么能做这等恶事？

谈起来有点心酸，但将独一无二、不可再造、耸立了千万年的自然奇观毁灭，无论怎样解释，都是不可饶恕的"孽行"，必遭唾弃！

那晚，酒精未能让我入眠。我想的最多的话是：

炸石人公的人怎么是石芳亲戚呢？石芳亲戚怎么能炸石人公呢？假如我这个"前途无量"的乡干部，跟这等人的亲戚"恋爱"，有前途吗？政审是要仔细审查的，我摊上这样的社会关系，岂不是自寻烦恼，给自己戴木枷？

由是，第二天一早，我忍着伤痛，钻进了返回玉山的公交车，逃之夭夭了。

二

饶北河主要有由南北两条支流形成，南支发源于灵山北麓，北支由怀玉山脉的东坞岗起始，在郑坊西南庵处交汇成饶北河干流，于上饶城东汇入信江，主河道总长七十多千米。它与灵山的关系特殊，其南北源头沟谷刚形成就进入了灵山的怀抱，它顺着灵山走过了自己大半的路程，因此饶北河别名灵溪，可以说饶北河的发源地就在灵山。

灵山处上饶北部，整体由花岗岩构成。列七十二峰，主峰高一千四百九十六米。峰壑绵延回环，林茂石奇，引历代名人赞美不迭。其中南宋诗词大家辛弃疾赞灵山，除用"叠嶂西驰，万马回旋"状景外，还别有新意地用"雄深雅健，如对文章太史公"来形容，不仅在灵山的俊美里嵌入了铮铮的文人风骨，而且我认为，此句是灵山对后世文人的感召和约定！

灵山的开山祖胡昭，字孔明，颍川（今河南禹州人），生活在三国时期，八十九岁过世，终生从事教育。与胡昭同时代的也有一位孔明，即诸葛孔明。他比胡昭小二十岁，却为蜀国纵横捭阖而竭尽心智，早胡昭十六年而亡。

两个孔明，一个声名显赫，一个鲜为人知，可都为人杰，在此，诸葛孔明的才俊无须我赘言；仅凭数次被曹操召唤为中书令而婉拒不就，操不怒却愈敬之事，就可知胡昭的人品及才华的超群。三国时的另一个人精司马懿，不仅自己拜胡昭为师攻学，还很有深意地将两儿子分别取名为"师"和"昭"，后司马懿之子掌权，征召胡昭为官，昭不从，并悄悄地收起教鞭，毅然离开河南陆浑山南下，犹如早有约定，径直来到灵山，给灵山的历史，送来了一方"悟道教化、采药炼丹、疗疴济民"的新天地！

　　灵山的北脉有座石人峰，海拔千米，顶尖上由三块巨石相拥相叠成站立的人形，高八十余米，其尖部横摆的石头构成石人的双肩，头部据说是因一位神人的失误，被砍断滚进了遥远的山坑。该石人与世上其他石人相比，生成之谜的猎奇度或许稍逊，但它受世人尊崇的规模，或许是著名的新疆草原石人或智利复活节岛石人所不能比拟的！

　　石人下有座石人殿，那数亩开阔的殿堂，不是靠几丈高林立的石柱支撑，而是周边民众难以计数的希冀组成，这表明什么？这表明石人殿在当地的影响深远，表明石人殿的与民亲近。

　　石人殿原名胡隐君祠，是百姓为纪念、祭拜胡昭佑民之功而建。唐朝时，天下大旱，数月不雨，田地龟裂。信州（今上饶）同灾，朝廷派钦差刘太真巡视，他听说灵山石人峰顶石人灵异，便与信州刺史李德胜步行前往祈雨。经三日斋醮祈祷，雨水从天而降，李得胜与刘钦差喜极而泣，入雨幕裸身拜天，岂料山崖路滑，不慎双双滑落崖底，以身殉职。百姓感恩，塑两人像于胡隐君祠内，与胡昭公一同供奉。因李德胜生前深受信州百姓拥戴，宋、明两朝皇帝便不断敕封：诸如"鹰护""助灵将军""灵山鹰武地将军""西济宏道护国崇兴真君"种种，并赐"鹰武殿"匾额，祠名随之改成了"李老真君庙"。而民间直接呼作"石人殿"，将庙与石人融合，除了石人意象简洁突显以外，我估计还有"石人"也是一位英雄的原因！

　　据传，有条孽龙精妄想当龙王，欲将江西沦为大海，仅留灵山与三清山做海墩以便架桥游乐。一日，孽龙精拔牙为锯，锯灵山岩石为桥板，沙沙的粉尘弥漫了天宫，太上老君得知缘由，令"石仙"下凡阻止，鬼迷心窍的孽龙精竟问装扮成樵夫的石仙可成桥否，石仙一声断喝:"妖精难建!"话音刚落,孽龙精的龙牙锯崩为数截,没入岩缝。孽龙精情知不妙,急落荒而逃。由此,伤了牙又被驱逐的孽龙精视石仙为仇敌!

石仙被灵山的妖娆风光所吸引,于流连间棋兴大发,邀李老真君对弈,并约定以砍头论输赢。李老真君棋艺高超,每赢石仙,石仙认砍,可砍去的头颅夜里复生,次日石仙依旧找李老真君过棋瘾!李老真君知石仙仗太上老君送的"云雨帽"保驾,不惧钢刀砍头,也就习惯了石仙输棋认砍的做法!未料想,当石仙再次输棋,李老真君欲举刀时,天空飞来一只小鸟,小鸟大叫"冬茅一割,冬茅一割",李老真君随手抓根茅草朝石仙一挥,可怜石仙的头颅,便血淋淋地滚下了一千米高的山坡。头颅过处,岩草飞红,以至今日的北坡,依然有殷红的"留痕"!

李老真君悔恨莫及,羞见生人,躲进了"帷帐之中",那小鸟变回孽龙,却被太上老君永远地压在了山脚,而那无头的石仙,被民众称作"石人公",他凭借无形的"云雨帽"的法力,忠诚地耸立在山巅,不分昼夜,当人们看到石人公肩头挂上云团,就知雨天将临……

我自"逃走"之后,几乎无时无刻双肩都挂着云团淋着雨,仿佛我天天都浸在饶北河的水中。我痛恨自己的势利和无能,为了"渺茫"的仕途而逃跑,以至一份通信地址都不敢接受。虽然当时的社会环境,尚在某些观念的惯性作用下,不允许个人有污点,一些被记了污点的纸片压了一辈子难喘气的人依然心有余悸。民众间普遍将有"污点"的人视作洪水猛兽,即使是亲戚,也难处之泰然。可社会的航船已经驶入了改革开放的海洋,思想观念(如开放创新、效率、效益、法制等)发生着全方位的变化,人们从经济到市场,从封闭到开放,渐渐有了自主、自信、科学、民主等方面的意识转变，可我为何是榆木脑袋，抱定老皇历不放呢？而要盲目地认定社会背景有污点的家庭，其亲属、后代注定是抬不起头的劣等公民，是这样吗？这不会变吗？我多次想让妹妹带信给石芳，表示道歉，请求谅解，但我想到石人公的被炸，总是提不起笔来。

石人公消失了英姿，却留存了魂魄。邻近数百里范围内的乡民，都会前往敬香！每逢九月初一至初十庙会，更是蜂拥而至，人流如潮，只为一炷朝拜的圣香……

当然，乡民朝拜的还有前面提到的三位尊神。一千八百多年以来，尤其自唐朝始，石人殿香火不衰！虽然香客们大多神、佛不分，只要进庙里焚香祈愿，都说成是"拜老佛"，但若问拜的是谁，他们都会不假思索地回答：石人公！若面对塑像再问这是谁，他们则会说：这是胡昭公，这是李老真君……找遍整个大殿，却不见石人公之身影，石人公哪里去了呢？

有这样一个故事：

话说很久很久以前，乐平人嫌到灵山石人殿祭拜太远，便偷走了石人殿李老真君塑像，隐匿乐平供奉，适逢乐平瘟疫突发，李老真君托梦灵山脚下的临湖人，运去大蒜治疗，结果，瘟疫消除，百姓欢欣。然运大蒜的临湖人发现了李老真君塑像的行踪，便找乐平人交涉将塑像运回石人殿。乐平人幡然醒悟，于是将李老真君送回的同时，自缚随行请罪。经年累月，便有了乐平香客到石人殿朝拜，均身捆草绳而来的习俗。发展至今，习俗略改，仅在口袋里放截稻草而已！

石人殿是李老真君诸神的家，而诸神是石人公的代表与化身，石人公就在他们当中！

而我总想象石人公就在石人峰上挺立！

三

　　我工作的地方在玉山三湖（现冰溪镇社区），正是二十世纪八十年代初，我随着带队的老干部，马不停蹄地这村进那村出，白天倒也忙得不亦乐乎，晚上夜深人静时，那饶北河的小木船和那船上的"情话"，石人殿里观像的身姿和石条路上止血的手指，全会不知不觉地涌入脑海，翻滚起既甜又涩的心涛。

　　就这样，时间飞速地过去了一年，又撞进了炎热的日子。

　　同事里有位年龄与我相仿的临湖人，他有个做邮递员的哥哥，喜爱摄影，这与我喜欢码字有些相似。同事热心，约我去临湖玩，见见他哥。我一听格外高兴，便挑了个相对凉爽的阴天，各自骑上破自行车，直奔临湖。中午时分，我们赶到了同事家，可他哥上灵山拍照了，他准备参加饶北河风光摄影展。我有些失落。

　　同事说："中午来不及准备，晚上我请你吃两种豆腐！"

　　我很新奇："两种豆腐？我知道临湖豆腐很出名，还有另外一种豆腐？"

　　"对，叫柴豆腐，是享誉上饶的民间美食！"

　　"哦，不是豆子做的？"

　　"路边的柴叶做的，晶莹剔透，清香扑鼻。"

　　"那我有口福了！"

　　"我看这样，估计我哥晚上会回，我们干脆去石人殿转转，打发一下午的时光。"我满口答应，打趣道："幸亏我们请了一天半假。否则明天上午回去要挨批评。"同事说："你算命先生算得准，知道我哥下午碰不上。"

　　石人殿前的石条路，据说建于宋朝，为方便朝廷官员来往石人殿，用灵山厚厚的黄麻石条铺就，与石人殿应该是个整体，呈现了石人文化的绵延篇章。在饶河流域，石人文化占据了极大的比重，"石人赌头""捆绳朝拜""石人殿来历""石人桥灯"……每个故事不仅情节生动曲折，其中还展现了丰富的民俗内涵。这条路，古朴坚实，其中肯定有过翻修，但旁边古旧的石砌房基与溪桥告诉我们，路的长宽、方向，甚至坡度没有变，唯一变的，或许是那光滑闪亮的磨损度，它默默地记录了岁月的沧桑。

我和石芳，长达一天半的"恋爱"，开始在饶北河的碧波里，加深在石条路的凹凸中，结束于我的虚伪和僵化。可我忘不了她的言谈语调，忘不了她帮我止血的神情，忘不了她的"命令"和她坦然的约定！我说结束，或许是我的武断，一年未联系，她究竟怎样了呢？

当我再次跨进石人殿，迎面一股肃穆、威严的气氛扑面而来。上回与妹妹、石芳来时，只觉得殿内柱子特多，其他好像没什么特别之处。这次大不一样，好像殿内哪里都透着神秘。即使是殿里的一块石头，亦让我认真地审视不已。

这里有一块"鸡血石"，是人性与感恩的典型凝聚！

庙宇大多建在"地无三尺平"的峰巅沟壑，且外部场面逼仄局促，纵使如此，大堂内的地面，是绝无岩石凸起而不削平之理的。然在石人殿，跪拜处却有三尺余见方、凸出地面、高近两尺的灰色岩石，众称"鸡血石"。我初听以为是享誉九州的浙江昌化鸡血石，难怪舍不得削去，其实并非石质，而是鸡血生成！细询之下，与信众祭拜有关。

石人殿主供的是三位神灵，胡昭公、李老真君与刘姓钦差。按常理，庙堂里杜绝见血杀生，佛、道同持，饮食上虽有派别上的不同，但在殿堂里无论哪派都不得吃荤。但老百姓在石人殿就"破了此规矩，认为鸡"最敬最补"，鸡血避邪，石人公是朝廷官员，应该吃荤，于是，不知从何时起，信众携鸡进庙，当场宰杀献祭。鸡血混合着自然坠积的香灰，日渐增多加厚变硬，终成比昌化"鸡血石"珍贵千万倍的人文"奇石"！

石人殿一墙之隔有座戏台，由侧门与大厅相通。这或许是石人殿的又一奇特之处。一般来说，殿堂庙宇寻求安静，不喜欢吵闹，何况舞台上有男欢女爱与刀枪溅血的表演，与庙堂不相匹配。可石人殿有戏台，这恐怕只有用"更民众化"来解释了！

石人殿大门外的香炉，亦别具一格，是条宽约一米、长约十米的壕沟，深度不知，里面全被香灰和鞭炮的碎屑填满了。如此设置，既不占地又宽敞，又卫生又防火，真是民风淳朴、百姓聪慧的展示。

我看见了石芳的同学，她结婚了，挺着大肚子协助父母经营小商店。我与同事走进她的店里喝起了茶。

"石人殿归谁管，有道士吗？"我问石芳同学。

"村里管，有几个老人负责。无道士。"

"石人公被炸这么多年，有人想再造吗？"我又问。

石芳同学停了停说："怎会没人想？缺资金！"

"不是有人在活动捐款吗？"我同事插话。

"有是有，哪有这么容易？"

石芳同学介绍，石人的修建工程浩大，资金由附近善男信女筹集。

我同事说，民众真动起来，难预料。你有机会来看看正月这里的桥灯（亦称"龙灯"或"板灯"），那时节出外打工的青壮年都回来了，回来的主要目的之一就是能驮一班桥灯。桥灯每班长几十上百米，一班接一班，咔咔响，朝向一个共同的约定。涌来观看的人呀，你挤我，我挤你，气势澎湃，力量"可怕"，不得了，不得了！

我看过桥灯，但未看过石人桥灯，似乎这里的桥灯，融入了石人公的内涵，就格外热闹，气氛堪称"鼎沸"。它有六个环节：将灯——激将人们闹灯；备灯——备好编扎材料；扮灯——由长者牵头制作；出灯——祭祀土地，桥灯上肩，涌向旷野；车灯——空旷场地循环旋转；圆灯——元宵结束闹灯之夜，各路桥灯汇聚石人殿绕舞，显示团圆，象征团结！环环紧扣，步步热烈，灯灯喜庆，人人狂欢！光听听介绍、看看图片，那震撼人心的声音与光波，就会破空袭来，涌满你全身的每个细胞！

那一晚，饶北河两岸无眠！

我问起石芳情况，回答说石芳找了个上海人，而这上海人垦荒去了新疆，现在新疆干地质工作，石芳随夫工作。也就是说，石芳已远嫁新疆！

我脑袋嗡一下，人一下子像晒了一天的禾苗，全蔫了。昏昏沉沉里不知怎么离开的石人殿，也不知怎么来到同事家。同事以为我中暑了，拿来"十滴水"。我为了使同事放心，明知十滴水难喝，也将瓶盖拧了，硬往嘴里倒，可奇怪，那天十滴水并不呛鼻，反而有点香甜。

同事家不远就是饶北河，他建议我去河里游游泳，顺便看条古坝。

傍晚，我们顺着一条长满杂草、青苔的水渠往河边去。这水渠有五百岁了，是明朝成化年间的产物，因临湖院边、湖城等田地缺水而修。渠的起点便是那条古坝，叫白沙坝，又叫大学坝。它抬高了水位，给缺水的地方带来福祉，可春季涨水时节，不缺水的地方会发生涝害。两处地方常起纷争，数百年间恩怨不断。但渠水一直流淌。

我们来到了白沙坝边，河水清清，已经有几个年轻人在游了。我一头扎进河里，几个潜泳便到了河对岸，我钻出水面抹把脸上的水珠，站在水中石头上喘气，头脑清爽了不少。同事说，去年这水坝发生争水事件，数百人围在这里，推拉中有几人受了伤，幸亏公安及时赶到，否则可能出人命。

哦，去年？可能就是我和石芳、妹妹游船的那一次！

我仰躺进水中，伸展开四肢浮在水面，望着夜幕低垂的天空，一动不动像睡着了一样，可我的内心难以平静……

晚上，同事家搞了一桌丰盛的菜肴。其中那青绿色的柴豆腐，同事劝我多吃，说"清热消暑"。

内心郁闷的"热暑"消得掉吗？

当晚，同事的哥哥并未见着。

四

倒是在十余年后的一次市文联聚会上，我认识了同事的哥哥——灵山的摄影家李土信。他是近几十年来，专在饶北河流域转悠，以拍灵山为主的本土摄影家。其摄影作品散见海内外宣传媒体，多次以旖旎的灵山风光照，摘得国际摄影大赛的桂冠。他以一只傻瓜相机起步，将自己的情爱融入了饶北河流域的风光，用执着坚毅的镜头，装帧饶北河、灵山的春夏秋冬。他说饶北河滋润了灵山，灵山彰显了饶北河。那天他和我谈了灵山的美，如数家珍般，他将灵山美嵌进我胸腔，我由衷地敬佩他！因为我知道他是拍摄灵山第一人，是饶北河大美摄影文化的源头！

十几年前，我得知石人建成的消息，欣喜若狂，恨不得长出翅膀飞到石人峰前瞻仰，看看石人究竟长啥样，是否真有云雨帽？是否还能生发更多的奇妙故事？可我恨自己长不了翅膀，也找不好聚齐文友的合适时机，只能一年拖一年，让石人在我的梦境里徜徉。

　　市文联的聚会，真是天作良缘，我与李摄影家坐在了一起。在与他的交谈中，我自然提到了一直想去观赏修建完工的石人，了却心愿。他高兴地邀我前去，并说："我会再去拍它，因为它是灵山一分子，是灵山人的恒久心愿。假如将外观设计成原来样子，三块石头堆叠，高到肩膀为止，内部掏空，装旋梯供人上下，就为灵山的旅游营造了一个标志性的景观了！"

　　我很欣赏他的想法，为他续上茶："这样你拍摄的照片则更美！"

　　他说："我不单单拍美，我更在乎深层的文化意义。我们知道，道教的洞天福地，全部属于环境清幽、风光绝胜的去处。灵山是其第三十三福地，美景自然迷人！如百谷峰，海拔千余米，绝壁下连着村落，诗画梦境；如龙骨山，裸石如脊，松竹似涛，山下有胡昭草堂；如南峰塘，八百多米高，四面绝壁，峰顶水塘清清……而石人，在灵山最具特色，灵山因石人而灵，石人因灵山而美！现在浇筑的石人，是石人文化源头的修复，意义重于外观！"真是高论，我简直对他佩服得五体投地了。石人在我心中，更是增添了百倍的吸引力！

　　聚会过后回家，我即刻联系文友上灵山。确也凑巧，邀约的七八位对象居然都能去了，于是便集中起来，把盼望多年、已长胡子的愿望，浩浩荡荡地付诸实施。

　　经过白沙坝时，我下车来到河边埠头，只见白沙坝不完整了，中间缺了口；河水从缺口奔涌而出，却不再碧绿，泛起混浊的乳白色的光。我大吃一惊，碧绿的河水哪去了？再看白沙坝头的古渠进水口，石砌的半圆拱顶还在，但离水面有一米左右的高差了。我顿感乏味，若不是还未到目的地，我游山的兴致就完全被打消了。

当车驶过望仙乡,路旁那码放成一排排的石材,使我清楚了饶北河水变浊的原因。

开始登山了,结果,由于我们对灵山景点分散、道路不相连的特点缺乏了解,以为进了山道入口,便能亲近石人,加之景观如水墨画卷徐徐展开,便未细问,跟着带路的朋友,在落日的余晖里,千辛万苦地登上了峭壁环立的南峰塘,却见石人立在对面山峦。无奈,我隔着沟壑,先与石人来了个遥远的亲吻!

当晚留宿南峰塘古庙。晚餐时喝酒,大家学在此醉酒的铁拐李,八人畅饮三斤白酒。若非明日欲去石人峰,说不一定真要当回醉八仙。我不太会喝白酒,仅喝了些米酒,那米酒的混浊老是让我想起饶北河的水色。我问庙主,临湖人的田不要水了?庙主说现时种田的就几个老人,年轻的在外打工,回来了又不愿料理田,要水干吗?我默然无语。第二日,我登山后的脚痛,耽误了计划的继续实施。我只能远远地对石人招手道:石人啊,只能让风给您带去我的惦念了,我一定会与您再见!

此地是我的老朋友、著名散文家傅菲先生的老家。前几年,我得知他以独到的目光,专注于饶北河的风土人情,将饶北河的山、水、人、物,喜、怒、哀、乐,汇聚笔端,细腻地"流"成文章,诞生了饶北河的系列散文集:《缺席的旷野》《务虚者的饶北河》《草木:古老的民谣》《故物永生》等,在社会上引起了很大的轰动。其《故物永生》获第二届三毛散文奖散文集大奖。饶北河由此成了我国地域散文的标志。散文大家江子曾评论傅菲说:"他写下故乡、青春、旅途,写下他生活过的一个叫枫林村的村庄……他笔下的生活呈现出很强的肌理效果和伦理逻辑……他的写作,因此有了高于生活的精神指向。"这点是写作的关键,缺了"高于生活的精神指向",任何作品都将是霉了根的、站立不了的一把稻草。傅菲为何能做到呢？这归功于他的深度潜水，他像一条健硕的红鲤鱼，潜泳在饶北河的流水中。用他自己的话说："致力于对我故土枫林村的勘探。我像一个找矿的地质队员，扛着测量仪，打眼钻探，取土样，分析水文，观云识天气。"我佩服傅菲，佩服他的定性和毅力，更佩服他"深入人心，抵达人性，从水底往上捞起来，包括淤泥和残渣"的胆魄与见地！

傅菲探到了饶北河母亲山"雄深雅健，如对文章太史公"的精髓！

而这些年来，正当李土信、傅菲他们全力讴歌饶北河与灵山时，我却经朋友的帮助和接纳，仓促下海。先是去了俄罗斯，在兴凯湖畔，协助管理一个有十万亩农田的农场，主营玉米、大豆。可那年俄罗斯寒冷不消，五六月份了，水沟里还堆满了冰碴，农田大面积积水，难以翻耕。第二年老调重现，令我的那些老板叹息不已，最终撤资回国；之后，我又信心十足地去了印尼，准备在巴厘岛对面的龙目岛搞个旅游集散中心，无奈我资金欠缺太多，不够其他朋友的十分之一，家人又十分担心我的安全，劝我放弃。因之，半年之后，我打道回府，把"发财"的愿望真正地丢在了"爪哇国"里。而我的那些朋友们，却在印尼干得风生水起。

我之所以会下海，有明、暗两个原因，明的是跟朋友出外闯闯，丰富阅历，顺手赚点钱；暗的是为了饶北河上的那个"命令"，梦想一觉醒来便腰缠万贯，别说建电站，就是建个卫星中转站也属"桌上吹灰"的小事。可至今快四十年了，电站不见踪影，电筒倒买了十几个。有时还用电筒照着给石芳写她永远读不着的情诗呢！

我与石芳终究成了我"逃"后再也未见过面的朋友。起因是我通过妹妹转了一封信给她，她客气而大度地回了信，称呼我"朋友哥"，并说她不会忘了饶北河，永远记着小木船！那时她孩子都两岁了。随后又通了几封信，其中谈到了石人公，她说"舅舅是有罪的，他炸去的不单单是一座石峰，他炸去的是百姓千百年来的美好寄托。我一定要为恢复石像做出努力"。这恐怕是她与石人公的一个约定。近些年，微信盛行，我还没学会加微信，只是我妹妹打开自己的微信给我见过她照片。她容颜已老，但她的那个"命令"，在我心中（或许也在她心中），是永远年轻的共同约定！

五

去年十一月，登石人峰看石人公的承诺终于能兑现了。但在临湖文友伍庆的建议下，先奔新开发的饶北河源头峡谷体验惊险刺激的漂流，然后第二天登石人峰。这样安排较合理，可避免先登山造成脚痛而漂流不成的遗憾。我表示同意，钻进伍庆的车，绕上了去漂流起点的山道。山道越来越陡，车头似乎要竖起来。终于在一个弯道处，车子被头戴安全帽的人拦下了，说前面施工，至少等待一小时后通行。幸亏周边山色迷人，特别是远处峭壁般的山峰令几位摄影家兴奋不已。伍庆说，那些峭壁般的山峰，靠左的就是石人峰，我们看到的是侧面了，还有点山雾，石人公不明显。我打趣道：这正是石人公的尊贵，先给个朦胧美，然后"千呼万唤始出来"！

经询问，漂流因枯水期水源不足停业了。这让我们始料不及。可我们觉得来一趟不容易，看看漂流场地也是件大好事。于是我们干脆弃车步行，从旁边小道拐进一个僻静的小山村。山村处在向阳的坡地中间，没有什么作物，却也呈现出斑驳的绿色。一位老农肩扛锄头畚箕在田埂上行走，他的形象让我想起了"孤舟蓑笠翁，独钓寒江雪"的诗句。小山村进行了旅游景观美化，除了漂流的广告牌以外，民居屋墙也被画上了宣传画；菜园边竖起电影屏幕似的钢架网，上面高高矮矮地挂着自行车；空地叠着一摞摞的小车轮胎，像算盘珠子。或许它象征的就是算盘，表示山乡的日子能"进档"，一日比一日好。

我颇感新奇，这种"过去现在式"的装扮，宣扬的到底是一种什么理念？我不由得多看了几眼，总体上是刘姥姥的新鲜感，但不是在大观园，而是在灵山的"童话乐园"。

这样的环境很让人产生流连的情感。趁同伴们忙于拍照，我与伍庆走进一家农舍讨茶喝，接待我们的是位热情的大嫂。她家宽敞的厅屋里还坐着三位老人，他们对我们都投以亲切的目光。大嫂说给我们尝一尝灵山石茶，生津止渴，清凉解毒。只见她从陶罐内舀出深绿色的叶片放进茶杯，冲上开水，一股热气裹着特有的清香迅即弥漫开来。

出了村子，遇上一个沟谷里常见的小水库，估计三四十亩样子，碧波荡漾。坝体由水泥构筑，十余米高，尽管很有气势，但可看出它的年纪不轻。

我们拨开草蔓，顺着山腰的渠道堤往前，走在了漂流水道的上方。我们对面的一片斜坡，才是漂流业务开展的场所。一条鹅卵石铺就的游步道，静悄悄地弯曲着身躯串联起几栋蓝灰色房屋，它的头却栽进了谷底之中。谷底巨石密布，偶尔露出一潭绿水，转眼即被巨石遮掩，上演着捉迷藏的童稚游戏。

对面山道间终于冒出了一群人，其中一位女子有人搀扶。在前头引路的是个壮汉，看样子是当地人，他挥舞着手，似乎在指点着什么。若是指点旅游状况，那么我们这帮不速之客，恐怕也成了他指点的对象。

突然我手机响了，是妹妹打来的，她告诉我石芳回来了，后天到她家做客，特邀我作陪。光阴荏苒，妹妹已做了外婆，现在玉山居住。石芳也早当了奶奶，一直在新疆生活。这次怎么回来了呢？

原来，石芳丈夫去世了。她丈夫在新疆搞地质，矢志不渝，三四年前生了大病，他也不离开。石芳无奈，只得陪护。前两月丈夫去世后，她便"清闲"了。这次回来，按她自己讲，一是十多年未回老家了，回来看看兄弟，看看石人公，石人公建造的时候，她捐了两万元呢！那时的两万元是大钱！二是来看看饶北河，他儿子是个大老板，石芳要她儿子来考察考察，在饶北河建座水电站。妹妹说："这是我们三人在船上说的事呀，你还记得吗？"

我听到这里，眼噙泪水。幸亏三年前，饶北河上游的石材厂关闭了，现今饶北河涌动的是曲曲清波。

大伯说的那两字，我突然明白：唯人心向善，才灵。

妹妹继续讲——

石芳今天去饶北河源头望仙峡谷了，听说那里正在搞建设，在建峡谷休闲小镇，结合漂流项目，很热闹呢！

我抬头望望对面，那帮人还在走走停停，会不会就是石芳那批人呢？而被人搀扶的人会不会就是石芳呢？

我内心嘀咕着，见同伴们兴趣盎然，便提议干脆往前，前面在建旅游小镇，说不定能发现什么更好的景观呢！

伍庆担心我腿吃不消，我说："没问题，我有了新的动力！"

同伴们鱼贯前行，我落在后边，可我的思绪，已飞回到玉山我妹妹的家中。

后天的见面会是怎样的情景呢？

二〇一九年五月二十八日

风流桐木江

有"华东屋脊"之称的黄岗山,处于福建与江西两省交界的武夷山脉,它的下方起伏延展的山脉南麓,属福建崇安(现武夷山市),北麓属于江西铅山。在江西铅山一侧,建有桐木关,是古代朝廷征收闽赣过往商贾税费的地方。从桐木关边南来的溪流称桐木江。桐木江将永平当作它回旋的"大湖",在这个"大湖"里涌起了多少折射文化之光的涟漪。它在永平东南"脱湖"而去,经下畈、凤来墩,于河口镇并入信江,在铅山境内流淌九十余公里,所以,铅山人也称它为铅山河。这恐怕不但与喜欢以地方主要产品为名(如铅山)的习惯一脉相承,且桐木江能代表铅山,是铅山之河,它滋润、养育了铅山古往今来的太多精彩。

一

"唱支山歌给党听,我把党来比母亲,母亲只生了我的身,党的光辉照我心……"这是我从小就会唱的歌曲,它奔放而朗朗上口的旋律,伴我成长,常在我不经意的时候,冒出喉头。高中时,虽然没什么书读,但我的下放劳动到玉山的英语老师同我们唱起了这首歌。他唱得泪花满面,我们全体学生都被感动了,都爱上了英语课。

每当他来上课，我们都要唱这首歌。时隔四十多年，我现在还能用英语唱前面几句呢！

七八年前，一次偶然的机会，我得知歌词作者姚筱舟是铅山石塘人，大为惊讶，离我这么近，可我却茫然不知。我就这样知道了石塘。可我到铅山多次，却总是没机会去拜访。这回我借走信江之机，约了个铅山文联的好友，专程前往。

石塘因古时村北有方塘十口（十石谐音）而得名。它卧伏在桐木关出口，是由铅山入闽的必经之地。南唐保大十一年（953）建镇，至今一千余年。桐木江自桐木关南面逶迤而来，遇上的第一个集镇便是石塘。它依镇流过，给镇街留下了几十米长的青石埠头，那石面上光滑凹陷的磨损，刻印着昔日的繁华。河水清澈透亮，向空中散发着灵气，给过往的商旅和游人，送上醉心的祝福。

镇上明清古屋相连，据说有千米之深的弄堂五十多条，全是青石铺就。弄堂一侧的墙脚下，大多有水渠蜿蜒，引自桐木江的潺潺碧水，伴着古屋，犹如给古屋弹奏的乐曲，吟唱着经年红红火火的春夏秋冬。那些古屋，绝大多数是经营纸业或茶叶的商户店号。虽然它们有行、号、栈、店、铺等的大小规模之分和经营对象的些许差别，但它们都和谐地聚集在一起，屋墙相贴，廊宇相连，均衡地享受着桐木江的滚滚"财运"。

桐木江的水，确立了石塘的纸业王国地位，附近的陈坊、杨村亦为纸产品主要生产区。石塘植被丰茂，青竹遍地，加之水源充沛优质，所产纸"洁白如玉，细嫩坚韧，永不变色"。石塘纸有二十六种，著名的有"连史""上关""毛边""贡川""花胚"等，其中"连史"纸享有"寿纸千年"之誉。石塘有九大纸行，最负盛名的当数"赖永祥"这一家。所谓的"药不到樟树不灵，纸不到石塘不行"之语并非虚妄。石塘在明清时期，是国家的造纸、制瓷、丝织、浆染、棉织五大手工业基地之一，成全了石塘"武夷山下小苏州"之美称。

我顺着一条三米多宽的弄堂走进一座古屋，见到了"天下第一梁"，它横跨在厅堂的屋脊处，有七八米长，一尺多粗，阳刻"双凤朝阳"图案，金色彩绘，精美绝伦，我有点震撼。当看到古屋里的一扇木格窗时，我由震撼而转为对石塘"小苏州"之称的信服。这扇木格窗外还镶嵌着一层薄如纸片的木格窗，同行的朋友让我猜是干啥用的，我答可能是窗帘，朋友说我基本猜对，但它是专为小姐化妆时不为外人所见设置的，取名"遮羞窗"。这文绉绉的名字，真是古代小姐贤淑自律的描绘了。

石塘俊杰辈出，上了《铅山县志》专访的人物就有徐罗福、胡傲秋、胡遗生、张波、刘伯旺五位。他们或保家卫国，屡建功勋；或创立学堂，为培养人才竭尽心智。

石塘是兵家要地。解放战争时期，方志敏曾率红十军攻占石塘，建立苏维埃政权。1937年秋，活动在闽赣区域的红军游击队，奉命在此集结，组建成新四军第三支队第五团，奔赴抗日前线。（这支部队，为新中国诞生后的中国人民解放军培育了十几位将领）。"皖南事变"时，国民党在此设立上饶集中营"分部"，关押了一千五百多名事变中被俘的新四军士兵。在一些老屋的墙上，至今还保留了新四军战士被囚后写下的不屈诗篇。后来国共合作，第三战区司令长官部在此驻兵，并设立被服厂，给抗日的历史增添了一缕亮光。

现今的石塘，是江西省历史文化名镇，妖娆多姿。

我心中响起了那首歌，问陪我的朋友石塘是否有姚老的祖屋，回答没有。若有，我必定前往拜访，看看是怎样灵动的环境，滋润了姚老如此的聪慧。

二

　　带着石塘的姿彩和纸香，桐木江来到了永平。

　　永平是铅山县故治，亦即铅山老县城所在。一千多年前，在唐末宋初有段五代十国的纷乱岁月，其中有一建都江宁（今南京），大号称南唐的国家，大家可能对它印象不深，但提起"问君能有几多愁，恰似一江春水向东流"的名句，大家便会豁然开朗，知道那是南唐后主李煜的词作，那失国的悲愤填膺、欲哭无泪的描述，曾令多少人扼腕唏嘘。南唐国虽然只存在三十九年，但属地广阔，江西、福建、安徽、江苏、湖北等，均归其统辖，人口五百余万。域内治理富有成效，民生安康。而铅山县治，也就在南唐国鼎盛之时，被南唐朝廷的一纸公文所确立，从此开启了铅山别一样的历史。

　　用当地俗话说，铅山的故事起于永平，永平的故事起于铅铜（汉晋时就有采挖）。自南唐在此置县后，随即在永平西面富集铅铜矿石的桂阳山设立铅场，不仅有效地控制了附近民众对铅、铜的无序采挖，而且扩大了采挖范围，"常募集十余万众，昼夜采凿"。桂阳山白昼人流涌动，夜间灯火通明，因之便被命名为铅山。南唐国愈加重视，就近选择鄱阳为制币机构，并命名为"永平监"，采用优质的"铜五铅五"比例铸造铜钱，使铜钱的分量饱含了永平的光芒！

　　铅和铜，或说是铜和铅，这对不分大小的孪生兄弟（当然还有钨、铁、锌等），不知从何时起，便寻来武夷山，在武夷山北麓蜿蜒安家，形成一条数十公里长的矿带，如潜龙般歇憩在覆盖着森森绿树的峰峦之中。当它被民众唤醒，便以极其活泼、慷慨的姿态，为更多的民众送去了铜钱在衣袋角叮当作响的欢欣。民众与它亦取得了心灵的沟通，将它腹中流淌出的水奉为有着丰富内涵的"胆水"，并引水入沟槽，让它与铁片"结亲"，更多更省力地满足了它钻出地层接受阳光亲吻的心愿（此过程在现代化学实验里称作"置换"，含硫酸铜水与铁结合成硫酸铁，剩下的即为铜了）。这种"胆水浸铜法"，是古代铅山人"水铜"共舞的杰作。而铜作为回报，除了让铅山人的衣袋角发出几声脆响外，还给他们"挽竹篮采摘去，倚柴门盼夫归"的女人们，送去一面"饶州铜镜"以整云鬟的企求（该镜系永平监督造）。偶尔有人得到了，那将是邻里女伴鼓动家人上铅山勤奋劳作的由头。

铜铅多了，国家也随之富裕。但有铜钱不等于有保国的运气，最终南唐在北宋的旗幡遮蔽下，并入了大宋的版图，社会繁荣即刻罩上了大宋的外衣。百姓依旧生活，铅场依旧产铜铅，它脚下的桐木江依旧流淌，依旧会将刚出炉的铅色铜钱冲刷得锃光瓦亮。

1949年7月，踏着新中国即将建立的鼓点，铅山县政府迁至河口镇，结束了永平县治近千年的历史。虽然当时永平人有些依依不舍，但所幸的是铜业并未衰败，反而在天排山重新规划了采挖点，数百米宽敞的朝天矿洞，一层一层漏斗状地往下延伸，俨然是一个巨大的旋涡，将地底的铜铅及它很少见面的孪生兄弟们，井然有序地"旋"出地面，然后被矿工们请上超大型的重卡，沿着盘山土石路，轰轰隆隆地奏响亚洲第二大规模露天铜矿的采挖进行曲。

桐木江在它脚旁静静地伴流。

三

在永平，桐木江有两百余米宽的河面。烟波浩渺，景色壮观。河面上有座木质便桥，叫"思政桥"，可汛期河水暴涨，木质的墩梁便"撒手"而去，成了漂在鄱阳湖面的悲伤客人。于是，无桥的空旷，左右了一年里的大半光景。来往的各色人等，独行的结伴的，手提的肩挑的，邋遢的光鲜的，都被这壮观却又无奈的景色所叫停，等待那穿行于烟波中的一叶扁舟。急躁者，骂骂咧咧，抱怨滞留；平静者，伫立眺望，顺其自然；有雅兴的，此刻正好摇头晃脑，借机吟哦或推敲他的诗句。待到扁舟靠岸，纷繁的各种情绪，顷刻间化作了咚咚的登舟声……倘若遇上灾祸，舟覆人亡，那两岸将是叹息的人流裹挟着呼天抢地的哀号，灌满见者悲悯的胸腔。

这情景常发生在南唐于永平置县的一百多年前的日子。那天，该情景又发生了，而且不止一次地被三十一岁的大义和尚看见了，他心焦如焚，快速地捻动着悬在掌中的佛珠，下定决心要在此建桥，建一座普度百姓平安顺达的仁义之桥！

大义和尚是唐朝德宗皇帝的经师，气度轩昂，智慧豁达，出生在衢州常山。他二十岁皈依佛教，喜好云游，后遵师命来到铅山鹅湖山，开山肇基，弘扬佛法，将峰顶寺建成了环境优雅，房舍百余间的恢宏丛林（丛林为禅宗僧众集团的特称），被誉作"天下八大丛林"之一，与普陀、峨眉、五台山、灵隐寺齐名！他在峰顶寺开设"大义道场"传经，凭借"若律若禅，无不通贯"的学识，谈经论义，口吐莲花，令天下信徒殷殷向往。

自定下建桥目标后，大义和尚四处化缘，风雨无阻，足迹遍布饶州的集镇乡野，庙宇村落，民众为他的佛心善举所感动，无不为他慷慨解囊。其中既有豪绅士子，也有商家村妇。有个孤寡老奶奶，宁可自己不吃药添衣，也要捐出贴身带着体温的一枚铜板。两年后，石桥破土动工，并很快地顺着人们渴盼的目光落成了！

石桥九墩八孔，宽六米，带护栏，通身麻石砌筑，气势雄伟，犹如一道两百米长的彩虹，凌空卧波，不仅给这块古老的土地增添了舒心迷人的风景，亦给闽赣要道开启了充满诗情画意的走廊。

百姓给桥取名"大义",简单明了而意蕴深厚,既铭记了修桥的领头人,又肯定了修桥的初衷,更是对"崇义行善"民众归心的褒扬。现今看来,"大义"经受住了岁月的消磨,是永平骄傲的地标,已升华为永平人向善的情感寄托和象征。

我凝视桥面,明白了从中原迤逦而来的古商旅脚步已经走远;我抚摸桥栏,感受到了悠悠岁月沉积的博爱浓情还在叠加;我倾听,却听到了桥下流水的欢快声;我压低喉咙问询,大义呀,你承载着古意新风,古意被你藏进了攀附着青苔的石缝及桥孔,新风也被你融入了每日流淌过桥面的亮影和车流,如今,又一新时代来临,你是否做好了准备,欢快及时地记录新时代的脉搏与歌谣?

大义桥的中部,近些年有人修了间四角亭子,估计出于方便行人歇憩和避免淋雨的考虑,倒也增添了些许人情味。但我远、近观亭,在欣赏古色古香风味的同时,总觉得亭子臃肿而不清爽。

大义桥头有段数十米长的古砖路,细看那些古砖大多缺角断块,青白混杂,中间夹杂一些长短不一的石条,我断定这是从不同地方搬来铺设的。果然镇办公室的小王介绍,这些砖是前一两年永平镇政府为美化环境从居民手中征集找回的,并说大义桥头铺得最多,起了修缮和美化大义桥的双重作用。这可是个新颖有见地的举措,镇政府征集找回的不单单是厚重的历史文化,而是一种自信,一种民心的贴近!

(离永平不远的湖坊镇,亦耸立一座唐代澄波和尚修建的石桥,全长六十余米,上覆桥廊,别有洞天!)

四

魁星阁是永平的又一古迹,它建于明嘉靖二十三年(1544),虽比大义桥晚了七百多年，但亦属难得一见的古代建筑精品。它占地三百多平方米，石柱架梁，四廊两层，青石板铺地。进入其间，可领略到一股漫漫的文气。

魁星阁即文昌阁，中国民间信仰的习惯叫法，实际魁星主管文章书画的高低优劣，文昌星主管文运功名的通达升降，分工明确但都管文事兴衰，所以民间将其合二为一，共同供奉。这管文的主，自然备受文人学士的青睐，其安坐的地方，自然也是文人推崇和寄托鸿鹄之志的场所。

永平的这个文昌阁，做的似乎尽是"夺魁兴盛"的好事——"隔河两宰相，十里三状元，一门九进士"："隔河两宰相"指的是宋朝陈康柏与明朝费宏，隔的河是信江；"十里三状元"是指刘辉、李瑾斯、费宏；"一门九进士"是说永平赵仕礽一家九进士（实有十一进士）。他们齐刷刷地组团而来，汇聚生辉。随团后继的名流骚客，文俊佳才，更是数不胜数。这难道都是文昌阁的恩惠？

鹅湖书院（原属鹅湖寺），在永平的东南面，约二十里的路程，自朱熹、陆九渊在此聚会，经宋代皇上赐名为"书院"后，八百多年来，一直是闻名遐迩的文化传播胜地，列古代江西四大书院之一。为何朱、陆的聚会，会产生如此大的影响？除了他们各是一种思想学派的顶级大腕的名头以外，更重要的是他们面对面的辩论交流精神，使后世文士学者、社会贤达深深敬佩。而鹅湖书院也因这次经历，成了好文者们争相流连的场所。

当时儒学主要是三家学派盛行：第一家是朱熹的理学，强调格物致知，即掌握事物原理，从而获得知识；第二家是陆九渊的心学，认为"心即理"，万事万物皆由心而生发（王阳明是其发扬光大者），宗旨是"致良知"；第三家是吕祖谦的实用派，主张学以致用，明理躬行，反对空谈。而吕祖谦为了调和朱、陆间的思想分歧，使朱、陆"会归于一",以"教人之法"为中心议题,诚邀名流参与,在闽、浙、赣交界的鹅湖寺,促成了这一著名的为期三天的学术思想交流盛会。尽管会上朱、陆双方各执己见,针锋相对,未获得明确的统一结果,但各自对思想探讨的执着,甚至执拗的状态,给中国儒学史、中国哲学思想史增添了一道异彩纷呈的景观!

我感兴趣于他们的坦荡与诚恳。首先,鹅湖会的主持吕祖谦,浙江金华人,时年仅三十八岁,博学多识,是当时最具影响的金华学派的创建者;陆九渊,江西金溪人,时年三十六岁,"心学"由其开创;朱熹,江西婺源人,时年四十五岁,年龄最大,成就绝不在吕、陆两人之下,可朱熹与吕祖谦在鹅湖寺耐心等待陆九渊兄弟及门生的辗转到来有近一月时间。其次,辩论开始,朱、陆双方相互尊重,虽互不相让,但无讥讽嘲笑之言词。尤其是朱熹,在小了近十岁的辩者面前,依然是"虚心相听"。再次,他们的聚会,是对思想的辨析,对学问的探究,对追求的坚守,不存在丝毫的炫耀,或吹捧对方、借机攀附名人的嫌疑,看轻世俗利益,只为真理传播……此风传出,永平这块祥瑞的地面,怎会失去"文昌"的眷顾和"近水楼台先得月"的良机?那两宰相、三状元、九进士等俊杰,不在此地闪亮登场会在哪里呢?

闪亮登场的确是英才,我举既是状元又是宰相的鹅湖费家人氏费宏(1468—1535)为例。费宏十六岁通过乡试,二十岁殿试中状元,被任命为翰林院修撰。三十余岁即入内阁辅政,且两次成为首辅。他一生仕途既顺又不顺,多次遭贬。但因其踏实勤恳,谦恭干练,又多次被皇帝重新起用。他历经四朝,为官四十八年。晚年回家乡修惠济渠及新城坝水利工程,造福桑梓。同时,费宏改私塾为书院,并亲自授课,秉承和发扬了传自鹅湖书院的良好学风。

与鹅湖书院同时代的赵家书楼,是宋室宗亲赵士礽所建,据市文学院石大作家考证，其规模估计不亚于晚它数百年的"天一阁"，可现在已无姑且能做徘徊的遗址，寻不见一级台阶和一片碎瓦，昔日的琅琅读书声和"几席"上的摞摞线装书，已化作了历史的云烟，但赵氏"一门九进士"却是实实在在地由此书楼走出，成了永平经久不衰的美谈。那经功名登科的宰相、状元，或许也都曾进出赵家书楼，借得一饱眼福品读的舒心。

存留的鹅湖书院，傲然亮出了象征文化的风采。没存留的赵家书楼，也无疑是个经典，它在乡语村言的传递中，散发着袅袅不绝的书香。那文昌阁，仍然挺立，接受着百姓尊崇的祭拜，为永平的文气兴盛，源源不绝地输送着鼓励和抚慰的温情目光。

五

时下的影视作品，多有表现特种兵如何神勇的镜头，令观者在惊奇赞叹之余，对特种兵强劲的体魄不由得也啧啧夸上几声。可我认为，那鼓突的肌肉本身就具有强力，打斗中取胜或说成功，是在情理之中。假如导演换个思维，用肌肉松弛、细如麻秆的人上阵而取得了胜利，尽管失去了观者对肌腱的夸奖，但岂不更显神勇？我没有开玩笑，这情形在八百多年前的宋金战争中就曾发生过。

当时，宋朝有个叛徒逃到金国的军队里去了，宋朝廷很是恼火，却没有办法。这时有支宋朝百姓组成的义军，仅五十来人，在一个刚过二十岁的秀才指挥下，奋勇杀入数万人的金军，擒拿叛徒，凯旋后将叛徒交给了宋朝廷。这个神勇的秀才虽不至于细如麻秆，但捏笔的手突地举起宝剑，又带上一群义军冲杀，无异于拿鸡蛋甩向石头了！

鸡蛋完好无损，还在石头上"亭亭玉立"。神勇吧？简直是神奇也。可这神奇确实存在，这秀才在中国几乎家喻户晓！

先读一首词——

茅檐低小，溪上青青草。
醉里吴音相媚好，白发谁家翁媪？
大儿锄豆溪东，中儿正织鸡笼。
最喜小儿无赖，溪头卧剥莲蓬。

风趣自然，活泼生动，这幅宁静和美的江南农家生活的画图，谁见了都赏心悦目。词是上面秀才写的，丝毫找不到"横扫千军如卷席"的豪气，如此反差强烈，初见者必定惊异万分了！

那么，再读一首——

醉里挑灯看剑，梦回吹角连营。
八百里分麾下炙，五十弦翻塞外声，
沙场秋点兵。
马作的卢飞快，弓如霹雳弦惊。
了却君王天下事，赢得生前身后名，
可怜白发生！

这首有点"勇往直前，傲视强敌"的气概了，醉里看剑，梦里连营，还想着跃上的卢马疾进，弓开如霹雳杀敌，何等威风，何等雄迈！然词的末句，却又急转直下，陡添叹息，让人感到悲凉而无奈了。

但读者不会感到奇异，这正是辛弃疾的魅力！

辛弃疾（1140—1207），今山东济南市历城区遥墙镇人，那里现有辛弃疾纪念馆。我粗略看了《辛弃疾年谱》，他命运坎坷，三十四岁妻亡；官运还算通畅，管过农业，做过主簿，后在江西司法（提刑官）与军事（安抚史）任上徘徊，虽在六十余岁时遭谏官攻击离任，但直到六十八岁死那年，朝廷仍在用他为官。他怎么会在上饶定居呢？

当时杭州为朝廷京都，上饶来往方便，又因上饶山清水秀，辛弃疾情有所钟，终在遭贬的不惑之年，举家到上饶带湖居住，过上了赋词会友，捻着胡须踱步、弹着剑匣叹息，既忙又闲的农耕日子。时隔不久，他又出外当官，可带湖庄园在他仕途正顺的时候遇火灾，化为灰烬。五十七岁时，辛弃疾看中了桐木江边的瓜山山麓的奇师村风光旖旎，村后有一天然石潭，清泉荡漾，形如瓢勺，牢牢地挽住了他的心。因之他定泉名为"瓢泉"，改奇师为"期思"，再次搬家，傍瓢泉建草堂而居。

"瓢泉""期思"，正是他思念、期望抗金胜利、洗雪国耻的心志表露啊。这心志回荡在他胸间，犹如天天舀用的泉水一样汩汩奔涌不歇。

他有个志同道合的朋友叫陈亮，浙江永康人。一日，陈亮骑匹大红马，来铅山探望辛弃疾，两人在离瓢泉不远的石拱桥上相遇，欢喜万分，迫不及待地谈论开了抗金局势。矢志报国的热情包裹了两位挚友，他们忘记了时间，忘记了还身处桥头，也忘记了喷着响鼻、站立身旁的大红马。他俩多么期待驰骋沙场杀敌而收复失地，事与愿违，他们只能伫立桥头，感慨惆怅，空怀一腔豪情！

这情景，为后人缅怀，"站马桥"由此传世！

辛弃疾一生基本在抗金的声浪里度过。他二十来岁参加抗金义军，二十六岁任政府通判（州官副职），呈奏《美芹十论》，阐述抗金救国、收复失地的策略。美芹，即高官豪富赞美的芹菜，但高官豪富吃了可能牙疼闹肚子。自辛弃疾献《美芹十论》后，美芹一词便成了"悲国家之颠覆"的代名词。现在想来，其含义对朝廷而言与"叶公好龙"更贴近。因为《美芹十论》献上后，皇帝的确不喜欢，从辛弃疾时而削职，时而复职，到老还受重用的现实分析，辛弃疾本人就是一棵芹菜。

我喜爱这样的芹菜！我想赞美几句，赞词未想出，倒记起了辛弃疾的《永遇乐·京口北固亭怀古》——

千古江山，英雄无觅孙仲谋处。舞榭歌台，风流总被，雨打风吹去。斜阳草树，寻常巷陌，人道寄奴曾住。想当年，金戈铁马，气吞万里如虎。

元嘉草草，封狼居胥，赢得仓皇北顾。四十三年，望中犹记，烽火扬州路。可堪回首，佛狸祠下，一片神鸦社鼓！凭谁问、廉颇老矣，尚能饭否？

这是辛弃疾六十六岁时的词作。似乎他有预感，再过两年，他的英魂将乘鹤归西，他是多么不舍，多么无奈，在他的内心深处，依然是"金戈铁马，气吞万里如虎"的豪情啊！我想象他骑在马上仗剑的英姿，胡须飘起，剑穗飞起，战袍扬起，可他的马，陷在一摊烂泥里，马头却高高地昂向了天空！

——郁孤台下清江水，中间多少行人泪？西北望长安，可怜无数山……辛弃疾活得无奈，然而他又活得充满了向往。

辛弃疾墓地在永平阳原山腰，是省重点保护单位。建有门楼，有较长的青石谒见通道，墓碑两旁有郭沫若石刻挽联："铁板铜琶继东坡高唱大江东去；美芹悲黍冀南宋莫随鸿雁南飞。"

六

  我们常用鲜花比喻美好，豺狼比喻可恶，竹子比喻人的虚心，青松则可形容不屈的品格了。而用蔬菜做比喻的，于我就很少见。前面辛弃疾用"美芹"来比喻国之安危，还郑重地定为奏本的题目，恐怕是绝无仅有的了。然而，前段时间我在永平的清园，见到一棵白菜，一棵明万历年间种下，在桐木江边屹立，历经四百多年风雨，至今仍茁壮青翠的白菜，叫我大开眼界。

  白菜，在我的心路历程里，先是讨厌，后是盼望，再转为青睐。二十世纪六七十年代粮食紧张，又缺油水，家里煮些南瓜、玉米、红薯、瓜菜类混合的饭吃是常有的事，这类饭不加油水进去真是难咽。白菜饭我们家吃得够多，遇上了我就眉毛打结，厌烦地借故躲开。后来发生了一起事件，使我更是讨厌白菜。我有个放牛小伙伴，他贪玩，丢开牛绳在草地上翻跟头，结果牛吃农户的白菜了，他飞快地去抓牛鼻，不料牛一甩头，尖尖的牛角扎进了他的眼睛……

  从此很长一段时间，我看见的白菜都滴着鲜血。

  可那年月，白菜是弥补粮食不足的主要来源啊。慢慢地，我对白菜滋生了另一番情感。

  长大后，我作为乡政府的职员，下村工作便在搭饭户吃饭。搭饭户热情，往往饭菜丰盛。我常常盼着油腻的菜上过之后来碗嫩嫩的白菜。有时搭饭户忘准备了，我们去吃饭的人还会开口讨要：哎，来碗白菜！当我进入老年人的买菜行列，白菜常是我老婆子交代要买的种类。她懂得白菜利湿通肠，清热解毒，能增强免疫力。所以我买菜的袋子里，总会塞着青青的白菜。

  白菜有大白菜和小白菜之分。永平清园的这棵就是小白菜。它是被刻在石碑上的，据说是明朝万历那会儿来铅山当县太爷的人亲自勾描挥凿而成。视之线条干练，刀法顺滑，于凛凛然不可侵犯之际，又隐隐地透着万千忧思。顶部的数行告白，更是威严与劝诫同辉：为民父母，不可不知此味；为吾赤子，不可令有此色！落款为"句曲笪继良勒石"，坦坦荡荡，掷地有声！

笪继良，江苏句容人，明万历四十四年（1616）至天启元年（1621）任铅山县令。其时正是明王朝走向衰落的阶段，内忧外患，民不聊生。笪继良忧于现状，励精图治，到任不久，便发现治下子民个个脸带菜色，头脚浮肿，典型的饥饿症状，立即召集公差议事，决定大种白菜与杂粮自救。于是，便有了"白菜碑"立于县衙大堂的壮举，既给白菜记功，又勉励和警示见碑者，要把百姓的疾苦同普普通通、田头地角都能看到的白菜相连，要了解个中滋味，绝不能让百姓饥馑困苦面露白菜之色！

四百多年过去，笪继良为铅山百姓驱虎、寻医、办学、助耕等功绩，铅山百姓铭记心间，曾自发地捐资出力，为他塑像建笪公祠，并移白菜碑入祠相陪。当百姓思念他的时候，笪公祠就成了他们"神聊"的地方！后来笪公祠毁于兵火，白菜碑屹立不倒，被百姓移入"报本坊"内！

报本坊是为纪念永平当地的孝行典范人物申世宁而建的牌亭。南宋时兵乱，乱兵欲杀申世宁父，申世宁代父受刑，身中三刀不退，乱兵惊讶停刑，感其孝并解衣为其疗伤。此事感天动地，百姓夸赞连连，"报本坊"三字即百姓邀朱熹欣题！

本——父母，报本——报答父母。古时有二十四孝人物，他们的孝行故事在中国经久不衰。若列上申世宁，华夏大地必将有二十五孝的精彩而流芳百世了！

清园内有个展厅，内容是当今廉政建设方面的，其中有几块展板，布置的就是笪继良情系百姓、费宏拒贿、朱熹倡廉政、辛弃疾反贪的佳话，白底黑字，非常醒目。品读它们，似乎领略了和风扑面的清爽。我凝视笪继良的展板，感觉缺了点什么，原来缺了笪继良的生卒年月，接着上网搜索也无果。这非疏忽，这可能更符合"白菜"的秉性！

我开始崇拜白菜了！它经笪继良勒石，勒出了尊严，勒出了文化，勒出了传世的经典！

前几天，我在网上看到一则新闻，报道河北邯郸用玻璃钢塑了一棵高二十米、重十二吨的大白菜，用作旅游项目，游客很是喜欢，争相与之合影，希望好运当头，"百财"聚来！

白菜从忧民到警示，从警示到廉政，又从廉政扩展至招财，是个发展进步的过程，值得恭喜。不过，我恋旧，还是钟情于报本坊内的白菜碑。

白菜碑立足报本坊，很是适合，相得益彰，因为百姓是衣食父母。时刻警醒自己，悉心为民谋利，才是对百姓最大的孝，才是招百姓最大的财！所以，社会发展到今天，白菜碑上的告白，应该与时俱进，将"父母"与"赤子"换换位子，变作"为民赤子，不可不知其味；为吾父母，不可令有此色"！

报本坊柱子上有副楹联是这样写的："为政当思民疾苦，做官常怀律己心。"我是看到这话语，才联想起"父母""赤子"换位的。

七

文人喜欢清静，十之八九如此。可在二百四五十年前，有个文人却渴望热闹，把他在清幽环境里获得的文字，全部化作了锣鼓铙钹及钹步拉腔之声，愈"吵闹"愈好，愈能使他紧张期待的心绪趋向享受和得意，仿佛毛头小伙恋爱，几番等待过后，终被未来丈母娘认可一样的舒心！这不，他此刻正半眯着眼坐在戏台下，一手端陶壶，抿着河红茶，一手轻点茶几扣着节奏，摇身摆脑地哼曲调。台上演的是《四弦秋》，畅快处，表演会在他的呎茶声里得到印证；欠缺时，他会皱下眉抬下腿换个坐姿。若呎茶声连连，那这戏准跑红，若他频频皱眉抬脚换姿势，那台上的这出戏，也就"没戏"了！

他就是蒋士铨（1725—1785），号藏园，台上的戏就是他的作品。他一生酷爱戏剧创作，立志在戏剧创作中彰显自身的价值。他对自己创作的戏精益求精，像这样跟踪锤炼的情形，于他是再平常不过的事了！

他二十二岁中进士，在武英殿、国史馆任编修，又当纂修官，属同辈里的佼佼者。他才气横溢，诗文精湛，曾被乾隆皇帝高夸。可他生性孤傲，不入俗流，自比为"以方柄入圆凿"。终在一个晴朗的早晨，他向朝廷辞职，昂首跨进了绍兴的书院，拿起教鞭，远离了职场的媚俗。从此，他如鹰翔苍穹，自由自在地展翅于戏剧创作的天空。

十多年过去，当他步入不惑之际，他以忠孝节义、伦理道德为主题，创编的《一片石》《雪中人》《空谷香》《冬青树》等十六出传奇剧本，获得了极佳的赞誉！其中《冬青树》歌颂了抗元英雄文天祥及 大批忠臣义士，鞭挞了卖国求荣的奸臣，弘扬了民族正气。因剧情感人，传诵特广！

《四弦秋》描写白居易抑郁的心曲。之前有剧作家马致远等人创编的多种脚本上演，反响平平。蒋仕铨投身再创，紧扣白居易《琵琶行》的原有情境，着重刻画白居易同情、悲愤、抑郁、无奈的心绪，突出白居易关心民间疾苦的主题。今晚是该剧接受观众检验的时刻，是驴是马，属优属劣，从蒋仕铨与观众的神态揣测，离终场喜庆的场面不远!

　　蒋仕铨的思绪已飞出了戏院,他准备为下一部戏构思了。他一直有个心愿,要为自己仰慕的戏剧大师汤显祖写戏,全面反映大师的才能、业绩、品格、精神。汤显祖生活在明代,离他有一百五十余年的跨度,要写好汤显祖,蒋仕铨尚有大量的案头工作要做。

　　他想起了自己的双亲。他出生时,家道已经中落。父亲是个秀才,擅长验尸断案,长期独自在山西泽州从业。母亲知书识礼,能诗能画,对他的教育奇特而有效。她曾将竹枝弯曲成笔画,教他组合成字,寓教于游戏之中;她曾在永平石盘渡古居的四面墙上,贴满唐诗宋词,每天抱着他转圈诵读,于枯燥中获得乐趣。当蒋仕铨八岁时,父亲回江西带他与母亲前往山西泽州凤台生活。凤台有座王氏秋木山庄,"楼接百栋,书连十楹",蒋仕铨就在此间度过了他的少年,阅读了大量藏书,积淀了深厚的文学功底。

　　这段经历,他永生难忘,特别是他因年少坐不稳而被缚在马背上,千里跋涉赴山西的情景!

　　他与汤显祖的经历有些相像,少年读书,二十来岁考取功名,近四十岁辞官归隐。也就在这阶段,二人都开始了戏剧的创作。汤显祖连做四梦:《紫钗记》《邯郸记》《南柯记》《牡丹亭》,梦梦奇葩,梦梦精彩,把个名不见经传的临川,瞬间传进了人们的口碑。蒋仕铨诚惶诚恐、佩服不已,他掂掂自己含辛茹苦累积起来的成果,哪个能望其项背?更不用说在"牡丹亭"边散步了!

　　《牡丹亭》描写了杜丽娘与柳梦梅的爱情故事。现代有评家说,汤显祖用他写"情"的巅峰之笔,写尽了人的真性情,把对青春、爱情、自由的渴望,写进骨髓里去了。自由指的是"个性解放""挣脱礼教束缚",这对当时的蒋仕铨来说,或许还没达到这种认识高度,但他欲通过宣扬汤显祖的人生阅历,掌握汤显祖将"情"写到极致的功夫，是他做梦都盼望出现的内容。

他没等《四弦秋》散场，就踽踽地回到了桐木江岸石盘渡的老屋。他坐在书桌前，面对着朦胧的灯光，脑壳里跳出一个现实中的人物——俞二娘，这个十七岁的少女，读《牡丹亭》感伤成疾，最后身亡，为什么不可以请她来与汤显祖会面，同时让临川四梦里的主人公们悉数登场，阐释四梦主旨，讴歌大师风采，结合现实和梦境，亦幻亦真，以梦写梦？

于是，分上下两卷，共二十出的《临川梦》提上了蒋仕铨的创作日程。这一新颖别致的艺术表现手法，得到了后人的推崇！

那时，蒋仕铨可能还不晓得莎士比亚，否则他会诚邀这两位戏剧巨人相聚，在香茗的缭绕间，让汤显祖"情不知所起，一往而深，生者可以死，死可以生"与莎士比亚"爱情是叹息吹起的一阵烟，恋人的眼中有它净化了的火星，恋人的眼泪是它激起的波涛"的名句交相辉映，荡漾起摄魂的潮头！

蒋仕铨一生写戏四十九部（诗两千六百余首），其中包括《临川梦》在内的影响较大的九部，在流传中被编成《藏园九种曲》传世。网上曾有业内专家评他道：继关汉卿、汤显祖之后，我国戏剧史上的又一伟大的戏曲家。

蒋仕铨不仅以戏剧来抒发忧国爱民之情，还亲身践行，修"黄板畈水利可灌田六千亩"，展现了赤子的拳拳之心。

我慕名拜谒了葬在永平文家桥的蒋墓。蒋墓范围不大，十二平方米左右。正面有细小古旧的石柱，形成两米多高的门道；里面环砌前低后高的山墙；中间平躺一块米筛般大小、厚高一尺的灰色麻石；墓碑位置与平常所见的其他墓碑位置相反，嵌在后方山墙里面，很像山墙的一个竖窗。为什么会这等奇异呢？整个墓区很是简陋，倒是那墓碑上方的四个阳刻的繁体字——"气节文章"，如一串铿锵的高音，彰显了不凡的内涵！

那块圆石象征什么呢？是代表隆起的坟头，还是裹着诗文、剧本的包袱？要不就是书桌，或是书桌上盛满墨水的砚台？问询同行的石大作家，他说是锣，是面大铜锣！

好！我竖起大拇指，为这精准的比喻称道、兴奋。蒋仕铨喜欢"吵闹"，在幽静的墓地也安放了一面锣，时刻为民族的戏曲文化伴乐。可这锣，谁能提起敲响呢？

墓的右边，有座高高拱起的钢筋水泥桥，长五十来米，宽两米左右，铺着鳞片似的石阶。该桥据说是铜矿区为方便探视蒋墓的人们专修的。桥下是利用山沟筑成的蓄水湖，铜矿排出的水都收储在这里。水成棕红色，静静地映衬着桥身，映衬着蒋仕铨墓，既像戏台前即将拉开的褐色布幕，亦似两片飞舞在桐木江山林间的彩蝶翅膀！

八

桐木江是幸运的。它的名称裸露着天意，浑然天成地充满了美好期许。我们知道，桐木（梧桐树材）自古以来便受到人们的青睐，它材质轻盈而坚韧，耐磨损，无翘曲，不易变形，色泽明亮纹理美观，是制作家具和乐器的首选材料。而凤凰象征着高贵与美好，常常爱与梧桐结伴，人们便用"梧桐花开，凤凰自来"喻示梧桐与凤凰的密切；又用"栽下梧桐树，引得凤来栖"来形容创造好条件，就能获得未来的向往和寄托。

早在一千八百年前，思想家、散文家庄子就描述了凤凰与梧桐的关系："凤凰展翅而起，从南海飞到北海，非梧桐不栖，非练实不食，非醴泉不饮。"这段话是庄子对其好友惠子说的，他在《秋水篇》的段落里，却将凤凰改成了鹓鶵，其他语句未变。虽庄子说的是凤凰（鹓鶵）的"高要求"，但在"非梧桐不栖"的肯定中，表述了凤凰梧桐的相依和亲密。

诺贝尔医学奖获得者屠呦呦，在获奖感言中就将自己的名字与《诗经》里"呦呦鹿鸣，食野之蒿"联系起来，她说："从出生那天开始，我的命运便与青蒿结下了不解之缘。"

我举这些例子，并非宣扬"虚无巧合"及将"偶然变作必然"，我只是在强调：美好的事物，总在冥冥中悬挂于我们的头顶，它在我们不懈的努力追求下向我们靠近！

所以，桐木江自流淌始，就生长着美好多多！

桐木江的前头就是江南四大名镇之一河口镇，它将在河口镇融入信江。这不是桐木江的结束，而是桐木江新历程的开始。

你是否愿意顺着河红茶的一缕香味，去访问桐木江边的无尽风流？你是否能在品尝铅山小吃灯盏果的时候，体会到薪火相传的精神？当我在信江与桐木江交汇处的辛弃疾公园看到少先队员的身影，我仿佛系上了红领巾，聆听到了姚筱舟老人的那首影响了几代人的歌……

二〇一九年四月

雨中道缘

大雨不期而遇，哗哗地浇在车窗上，刮雨器已无法将雨水刮开，只能徒劳地左右摇头，原本清晰的咕咕声，此时随着雨响消失得无影无踪。

我们的小车似乎被雨水抬着缓缓蠕动。前方蒙蒙一片，混沌不清，经过的车辆都不约而同地打开警示灯，可那光亮，被如万千利箭般的雨丝扑杀成了灯雾，颤抖地证明着自己的辉煌。我们几个乘车的人屏住呼吸，紧张地盯着窗外，身躯不由自主前倾。司机全神贯注，雕塑般地握着方向盘。我提醒说是否靠边停停，等雨过了再走。他说不行，跟着走。嗯，跟着走反而更安全啊！

我们是在高速公路上行车，遇上这环境里的这种雨，估计人生中也难得几回。早上出发时还见日头影，可江南的六月天，谁猜得准呢？刚上高速路，雨就来了，而且越下越大，以至下成了眼前的惊魂雨阵，让我们一个个仿佛禅定了一般，静静地裹着"水淋淋"的向往朝葛仙山慢慢靠近。

我在七岁那年，就遇上过这样的暴风雨了。只不过不处在高速路的环境下，而是处在屋内。当时，我兄妹三个随教书的母亲在乡村读书，住在破庵里。清明节前后的一个夜晚，天上的末尾龙给它母亲上坟路过，狂风大作，雷电交加。小庵里先是漏雨，后是屋顶被掀去了半边，吓得我们魂飞魄散，弟弟妹妹欲哭无声，满眼惊恐。此时，邻居李婆身披蓑衣，天神般地闯进我家，快速地接我们去她家避灾……后来，我知道了李婆曾是道姑。

那场雨，让我刻骨铭心。李婆的天神形象，更是扎在了我的记忆深处，每当看到蓑衣或门神年画，就会想起李婆，想起那雨。而眼前的这场雨，尽管如天庭脱底，但触及不了我心灵的"悸"点，因为那里没有李婆的形象。

终于，到高速路出口了，雨亦莫名其妙地停了。我们在铅山朋友的安排下，吃过午饭，心情愉悦地快速向葛仙山进发！

葛仙山是道教先祖葛玄晚年在铅山地界布道修行、最终羽化升天的地方。山上气象万千，峰壑草木，洞石水风，皆有天地融合的灵性，尤其是那变幻无穷的云雾，更是透着"道"的哲理神奇。我去年登过葛仙山，也是下午上的山，但傍晚就下山了，来去匆匆，留下至少两个遗憾。今重访，我打算在山上住一晚，聆听晨钟暮鼓，感受道心佛情，释却心底疑团。

当我与同行老张站在葛仙山脚时，天似乎阴阴的，又要发飙。我们买了雨披，背上包，勇敢踏上登临葛仙山的石阶。

葛仙山的石阶，陡峭绵长，的确考验人的体力与毅力。老张是房地产开发商，那富态的肚子很快成了累赘，不一会儿他便气喘如牛了。幸亏雨憋着没落下，否则穿上雨披又湿又闷，爬山将会是更加艰难的旅程。

"但愿别下雨，下雨够呛！"老张说。

"难讲，我师范毕业那年，跟个同学上三清山，好好的太阳，突然没了，泼头盖脸，一阵狂雨。"

"落汤鸡，事先没预计？"

"还预计呢，只顾上山看风景，结果躲在沟边岩下，岩下刚好躲两人。"

"女同学呀,那是刚好。"

"哪里,是男同学,他一米八个头,在岩下撞头了。"

"那后来呢?"

"后来,沟顶传来歌声,我探头瞧去,只见一人打着赤膊,挑着担,冒雨唱道:'嗨——打赤膊,走山道,雨浇身,当洗澡。'他看见我们了,又唱:'嗨——沟下游客上沟来,那里是山洪走的道。'我们赶忙钻出岩,看着他过去,那头顶的发髻和脚下的白袜告诉我,他是个道士。我们看着他隐入山林,雨何时停了都没感觉。回头看那岩底,山洪正咆哮着冲撞而去。"

"危险,幸亏你们遇仙了。"老张说。

"我永远忘不了那情形,更忘不了那歌。"

我们走走停停,呼哧呼哧聊天,从道士身形消瘦到他们鹤发童颜,从太极真人传《灵宝经》于葛玄到葛玄传弟子延续近两千年,又从《灵宝经》的养生修仙之术到导引、辟谷、按摩、沐浴、饮食,方方面面,不一而足,针对老张的大肚腩,几乎将道教的消灾辟邪、延年益寿方术从头捋了个遍,若不是四周峰峦浓雾压顶,山风湿漉漉地掠过树梢,我们还真可能把道教的根底抬出来翻晒一番!

在葛仙山谈道,避不开佛。葛仙山一山两教,道释双修,开道、佛文化于一山之先河。虽然该两教共山先后相隔近千年,道在晋,佛在明,两教"结合",即生生相伴,传承至今,这又是何等的和谐与通达!

带着傍晚的山风,我与老张走进了葛仙祠大堂。葛仙翁塑像在灯光的照耀下,慈祥地望着我们。老张问:"塑像怎么是两座分前后排列的呢?"我告诉他:"前面是葛仙翁坐像,后面是葛仙翁立姿,表明葛仙翁坐、立都心系百姓。而百姓祭拜的正是葛仙翁坐着看病、立着采药的形象。"

天暗得很快，祠外已下起了毛毛细雨。我们刚在食堂坐稳，饭菜还没上桌，大雨便如溢闸的洪水，冒着白光倾盆而下了。

我们一边吃着木耳、豆腐、煎辣椒，一边庆幸自己没淋雨。嘿，这好运是葛仙翁保佑的呀！

饭后，我们冲过雨幕，奔进大堂，正巧遇上干练持重、身材匀称的黄道长。他走路非常轻巧，一阵风似的过来与我们打招呼。借此机会，我与他攀谈，其中就谈起了我心底的两个疑团，黄道长给予了精彩的回答。

道、佛两教共处一山，真的会没有矛盾吗？平常人们说"三教合一"，为何在这里一直是两教双修？黄道长答道："你说的两个问题，实质为一个问题，就是道、释怎么相处，扩大点加上儒，就是道、释、儒能否合一，能否和谐融通，共同发展。"

三教的融合，历史上可分为三个阶段：南北朝、唐宋、元明清，倡导的人物主要有王阳明、陶弘景等，他们注重于"三教"的社会功能的互补，强调社会意识的合流，这样能更好地维护社会道德，适应社会政治统治的需要。至于最终为何未合成，这要从浩瀚的史书典籍中去查找答案了。在这里，我们先听听黄道长并非学术却胜似学术的讲解吧！

"道与释，即道与佛，在北宋时，有紫阳真人张伯端倡导性命双修、道禅融合，该禅指佛教禅宗，意为通过心性修养，获得返归虚无，证道成真。后来，他又倡导道、释、儒三教合一，他认为道以炼丹养生为务，希望长生不老，详言命而略言性；释以空寂为宗，讲究来生，详言性而略言命；儒呢，儒的学说在序正人伦，施行教化，对性命修炼则未详言。因此，只有三教合一，性命双修，形神俱佳，才能达到成仙证真的最高境界。那么，什么是性命呢？性即灵魂、精神,命即身体、肉躯。所以道讲究现实生活,延年养生,肉体成仙;释讲究来生后福,注重精神修持;儒讲究仁义教化,推崇修身齐家治国平天下。简言之,即道讲出世,重生理;佛讲超世,重心理;儒讲入世,重做人。"

黄道长侃侃而谈,但他并未忘却祠门外的大雨,他随手一指:"像这雨,要泼进大门了,道、释、儒是怎么看的呢?道考虑是否有利身体,佛考虑是否有损心智,儒考虑怎么施行教化。表面看这三家不一致,其内里却都向善,都'孝亲尊师、谦虚礼让',都要求克制人的感官欲望,回到人心灵的自然宁静。"

是啊,道、释、儒是相互接纳的,体现了中国文化的多元一体、和而不同,展现了中国文化的宽容精神与海纳百川的恢宏气魄!

"那么,缩小来说,你与隔壁的佛寺住持会有个人间的矛盾吗?"我临时发问。

"不会,我有神引导,他有佛点拨,加上现政府对宗教的大力支持,还有什么个人恩怨?历史上也未听说有过什么大矛盾。只因没有过,才有铁打的营盘,才有葛仙山世代传承的和顺!"

葛仙祠外的雨依然汹涌。突然,一股细流穿过门槛,悠悠地向堂内流来。老张惊叫:"进水了,进水了!"一旁看书的道士急速起身查看。我与道长怔怔地低头望着,一时无语。任凭流水从从容容地淌进葛仙翁像前的香案底部。可能我俩都想起了三国时孙权请葛玄求雨的故事了。权问曰:"百姓请雨,安可得乎?"葛玄曰:"易得耳。"遂书符置神社中。顷刻天地晦暝,大雨流注中庭,平地水深数尺……

何等相似的情景啊——大雨流注中庭,难道是对古时葛玄求雨的佐证?抑或是葛仙山灵验一说的根由?

"哎——"黄道长招呼我与老张,"你们看这水头,直直的一条,不偏不歪，单成一字，它在说'道生一'哩。"

果然是，我与老张惊讶万分。

黄道长说："它钻进了香案底部，生了二，香案后面是葛仙翁，生了三，而葛仙翁化进了无边际的道——自然，归于无形啊！"

万物生于一，一生于道，见一即见道。一为道体，道本虚无，唯在此虚无中，有广阔无穷的宇宙天地。

黄道长望着水流和仙翁塑像，陷入了梦幻般的陶醉，只见他喃喃着《老子想尔注》里的话："一者，道也，一散形为气，聚形为太上老君……"

我投目祠门外，雨似乎小了许多，我作为天地万物间的一物，此刻浑身感受到有股托举的力量，推拥着我，我有点惶惶然又飘飘然了。

我触碰了道的弘博与神圣！

当晚，我与老张住在葛仙山祠庙的旅社中。听不见雨声了，四外静悄悄的。忽闻阵阵檀香扑鼻，咦，这旅社内怎会有檀香飘逸呢？

回想起一整天的经历，可以用四个字概括：缘乎？缘也！

可又觉意犹未尽，我的道缘，形式上是台阶式跨升的，少年、青年、壮年，渐入佳境；内涵上是一步一义，由浅入深：李婆平险，道士送吉，仙山见道。

见道了吗？——见了，我想：天地万物皆为自然，自然即天地万物的固有形体与规律，人法地，地法天，天法道，道法自然，而自然即道，大道无形，生育天地！——"道生一，一生二，二生三，三生万物"，我在这句话里安入梦乡……

二〇一七年七月

水碑演义

一、河湖水

古代中国，有三大上万平方公里的湖泊（云梦泽、猪野泽、罗布泊）和四大各有独立出海口的河流（长江、黄河、淮河、济河），水资源或水系可谓是超级丰富与发达。

三大古湖之一猪野泽，处黄河上游的腾格里沙漠区域。一万年前，河西走廊有条流程上千千米的石羊河，注入猪野泽，使猪野泽丰水期水面有一万六千多平方千米，水深达二十五米。西汉时汉武帝为防匈奴侵犯，派七万军队在此屯田戍边。他们引石洋河水灌溉农田，农业发展了，却影响了猪野湖的水量补给。又经唐至明的数百年间发展，此处人口聚集增长达一百多万，在猪野湖上游及周边围垦种庄稼现象加剧，造成猪野湖严重退缩，残存下了面积仅有百余平方千米的青土湖（今武威市民勤县境）。二十世纪五十年代，石羊河上游修红崖山水库，石羊河流量雪上加霜，一年后河道干涸，终被沙漠吞噬。而猪野湖的最后阵地——青土湖，随之变成了如今长宽不足三公里的小湖塘。

云梦泽古称"云梦大泽"，处汉江以南，占地约十万平方千米大小，是长江奔腾至此漫流而成。水面高峰期面积可达两万六千平方千米。因长江、汉江的泥沙不断沉积，汉江三角洲逐渐扩大，云梦泽在魏晋时就已缩小一半。日后不断裸露土地，致使云梦泽变作了"梦"中之泽。今日"南连青草，西吞赤沙，横亘七八百里"的洞庭湖是其遗留的最大湖泊。

罗布泊，书籍记载面积不等，从两千多平方千米到一万多平方千米。可能是因它"游移"或考察年代不同产生的误差。其名称较多，幼泽、蒲昌海、临海、孔雀海等十多个，亦是它难识真面目的神秘所在。它处新疆塔里木盆地东部，与我国最大沙漠塔克拉玛干接壤。因该地人口数量增多，向河要水日盛，使塔里木河、孔雀河、车尔臣河流量缩减，塔里木河出现了三百多公里河段干涸的结果。区域内沙漠化严重，至二十世纪七十年代初，罗布泊彻底干涸，成雅丹地貌。

三大古湖，我先介绍猪野湖的原因，一是引起重视，由于它在人们的视线里较陌生；二是人类的无节制开发，促使水资源匮乏、消亡的原因最明显；三是古湖的命运是向人类不知爱惜水而敲响的警钟！

四大河流，古称"四渎"，"渎"指小沟亦泛指河川。长江、黄河我就不多说，淮河与济河，怎么会位列"四大"之中而金榜题名呢？

淮河古称淮水，几乎与秦岭平行，介于长江和黄河之间，东西走向，发源于河南桐柏山太白顶北麓，流经河南、湖南、安徽、江苏，全长一千二百五十二千米。其流域内的洪泽湖，是我国第四大淡水湖。淮河的价值在于携手秦岭，囊括了中国地理、气候、种植等的分界线桂冠——秦岭—淮河一线是中国南、北方的自然分界线，以北属暖温带，以南属亚热带；也是水田旱地分布分界线、水稻小麦种植分界线。民间俗语"北麦南稻、南船北马",说的即为淮河南北的生活特性。

济河,别名济水、沇水,发源于河南济源王屋山顶太乙池,经山东入渤海。流程不长(一千公里),但在我国历史文化中有相当的分量。仰韶、龙山、大汶口等文化,依仗济水孕育发展。传说"济河女神",成语"济河焚舟"都出自这条河流。它的发源地太乙池,是黄帝在此沐浴后奋起战胜蚩尤的地方,是炎黄子孙兴盛的象征之地。道教洞天福地中的第一洞天,亦由此处荣膺。

我于前年九月慕名前往。那天,见过愚公移山景点后,便由景区大巴送至天坛顶下,然后徒步登顶。太乙池就在近山顶处巨岩峭壁的底部,是个八九米见方的石洞,洞口上沿似门帘的一排泉水,叮咚垂下,悦耳怡神。洞不深,三面石壁围拢,当中一泓清波,泛着幽光,向世人描绘着遥远而神圣的诗话。

济河据说就是从这里开始潜流,穿越王屋山,在济源流出地表,以济水之名流淌数百千米后,再次潜流,却保持独立的水系,从黄河底下穿过,在荥阳再次浮现地面,水清依旧,分作两河,称南、北济水。而后,南济在原阳又再次潜入地下,直到山东定陶露面,与北济汇成巨野泽,入海。

巨野泽也算是个大湖,如今的巨野县与水泊梁山,仅是其一小区块和一小岛屿。宋末,黄河改道,夺济河路径,济河的中游与下游便消失了,同巨野泽一道干涸成了陆地,留下几处济氏城市,济阳、济宁、济南,聊作纪念!

济水三隐三现,神秘而神奇,虽最终因水没了踪影,但其辉煌的文明成果,必因水而永存。

如今中国依然有长江、黄河、珠江、黑龙江、松花江、雅鲁藏布江、澜沧江、怒江、汉江、辽河等十大河流;依然有青海湖、鄱阳湖、洞庭湖、太湖、洪泽湖、呼伦湖、纳木错湖、博斯腾湖、南四湖、兴凯湖等十大湖泊，其中四大淡水湖，第一鄱阳湖（依次为洞庭湖，太湖，洪泽湖），就位于我们上饶，浩渺无边地接纳着赣江、抚河、信江、饶河、修水五大河的流水。

鄱阳湖，地壳下陷形成，古称彭蠡、彭蠡泽、彭泽。隋时因湖内有鄱阳山而定名。近代因淤积和围垦，湖面逐渐缩小。长、宽比在一百八十至七十千米之间。面积伸缩较大，高水位时有四千一百二十五平方千米，平水位时有三千一百五十平方千米，低水位时不到五百平方千米。平均水深十二米左右。近年来，鄱湖水位偏低，不仅洪、旱换位，附近县城亦出现了用水告急的局面。

信江，发源于怀玉山脉主峰三清山，长度不及赣江一半，仅三百二十千米左右，与抚河、饶河、修水相比，河长在伯仲之间，可流域面积虽不及赣江四分之一，却有一万七千六百平方千米，超上列三河任何一河两千余平方千米。信江水量（水质）可谓丰沛上佳，但在全球回暖、水资源日趋紧张的环境下，信江亦曾出现水量（水质）变差的危机！

水资源包含水能资源、水量资源与水域资源，它的重要性，越来越被人们所认识，是生命之源，是社会百业持续发展的根本保证！

然而，沧海桑田，人是主角亦是配角，其间演绎了多少可歌可泣，值得树碑立传的往事！

二、老井

自盘古开天，水与人就是一对矛盾，水孕育了生命，滋养了万物，将人发展成了万物的主宰。可从此水便有了相互排斥、相互依存的对手。当水覆盖土地，当洪流冲毁田园，水便遭到人类的排斥；

当碧波消退，当赤地千里，碧波又自然而然地被追捧、被渴望。实际上，人与水有很深的情结，水一直受到人类的敬重和歌颂，是伟大的母亲，偶尔才成为与人类较量的对手。

水在人类生活中的重要无与伦比。缺了水，人们会想尽一切办法找水、汲水、引水、蓄水，甚至"挖地三尺"。假如这些办法依然获不得水，居住地的搬迁，或许就迫在眉睫了。

古人找水，基本方法是引水与掘井。

古人引水的故事很多，著名的古代四大水利工程有都江堰、灵渠、郑国渠、它山堰，是古人的骄傲；那新疆的坎儿井，将水渠建在地下，引地下潜流解旱灾，亦是古人的伟大发明；现代的人工天河红旗渠，是卓越的民族自强精神的凯歌；在我们上饶，值得称道的引水工程不胜枚举。这些大部分未立碑却胜似立碑的伟业，我都暂且按下不表，来讲一讲身边既遥远又常遇的古井故事。

我有位亲戚，住在冰溪左岸的墩上村，往下三四里便是信江边的我家了。我亲戚招了个江山的女婿，我叫他姐夫。这姐夫老家缺水，姑娘不愿嫁进而娶不着老婆，所以来墩上岳父家招亲。那时是生产队，大家都在生产队出工。姐夫会木匠活，队长让他管理村东面龙头湖边的水车房，水车年年修理的活就不用请人了。水车房四面无墙，只有一人多高的四根木柱撑着瓦片铺设的房顶。一架靠牛力拉动的木结构转盘水车，像特大的脚盘，平躺在地上，上头装着横梁和齿轮。齿轮的木牙很长，咬着大水车，当牛肩驾上枙拖动转盘转圈时，大水车的翻板便骨碌碌地钻进龙头湖里翻个身，将满满的水拉上来倒进水渠，灌溉生产队那一大片泛绿的稻田。那会儿我刚入小学，暑期就想到姐夫家玩。因为我很喜欢那水车转盘，可以坐在上面慢吞吞地转，转得我瞌睡连连。现在想来，我那时真有福分，见着古旧的大型机械不算，我还在古人智慧传承的汲水过程中悠悠入梦呢!

　　姐夫在墩上没待几年,便带着我姐回了江山老家。他老家新开了大渠,也能钎(用钢钎引洞往下插水管)压水井,再不会愁水。岳父母又送上山了,他眷恋故土,所以就回故地了。我问他大水车怎样,他说大水车拆除了,生产队用水泵抽水。我听了一肚子的惆怅。

　　玉山官溪是个声名远播的地方,我姐夫的老家就在它隔壁。有回我姐夫说,官溪多亏了村中的千年古井,否则地方不兴。前段日子,我寻访戴笠在官溪举办女特工培训班的山洞时,再次拜访了这口古井。

　　古井呈六角形,红石筑砌,水盈甘洌。初为一口,后为上下两口,相距米余。这口双井,为杭州知府胡濬扩建修造。胡濬是明朝中期的治水名家,曾疏浚京杭大运河与西湖。他是官溪人,看到原井水不够村人饮用,且饮洗合处,枯水时苦涩,族人部分外迁,严重影响了胡氏传承多年的耕读之风,便解囊捐资,亲自踏勘设计,从数里路外的山岩下,用陶瓦涵管引泉水至井。从此,村人安居,共饮一井之水。井水源源不断,而村中俊杰亦源源不断。大名鼎鼎的邓稼先助手、原中国核武器研究院院长胡仁宇,便是其中之一。如今千余人的小村子,有院士一名,博士生导师三名,博士二十六名,硕士、大学生比比皆是。村名"博士村",井冠"博士井"。问何以如此,答:博士井是源头!

　　一口井带来了一个村的兴旺发达!

　　我不妨再叙述一位喜欢建井的贤达,即九百多年前在上饶为州官的范仲淹。

　　"先天下之忧而忧,后天下之乐而乐",既是范仲淹行政的招牌之作,亦是范仲淹对自己的警示和要求。他"居庙堂之高则忧其民,处江湖之远则忧其君"。他的"不为良相，便为良医"的思想，成为那个时代知识分子的最低目标。千百年来，范仲淹的形象与言行，为多少名臣贤士所追捧和践行。而范仲淹本人，不仅是这么说的，更是这么做的。

范仲淹，苏州人，北宋改革家、政治家、军事家、文学家。他幼年丧父，生活艰辛。然发愤苦读，以天下为己任。景祐三年五月，他遭当朝宰相报复，被贬至饶州。他不气馁，谋民众之所谋。马不停蹄地办学育才，免税减征，扶弱济贫，修庙崇贤。其在饶州为官一年半，治理东湖的业绩，却是前几任州官十几年企望却未达到的成就。

当时东湖环境封闭，与外界联络不畅，奸商、盗贼趁机作祟，市面混乱，污水横流，一些地痞甚至断生活用水害民。遇天干地燥，民居里弄间常常发生火灾，百姓怨声载道，苦不堪言。范仲淹到任后，身临其境，勘查缘由，决定治湖与治乱并举，一箭双雕。于是，他一面布置捉奸缉盗，一面亲自设计、监工，风雨无阻，昼夜不停地疏淤通渠，启巷开道，掘井引水，终使东湖这块灾频之地，变得日丽月朗，水碧风清。

范仲淹深知挖井的重要性，曾在乐平、鄱阳城内督促挖井数十口，至今在鄱阳城内还有"范井"留存。当时"井水洗笑脸，不忘范仲淹"的文雅赞词，在饶州百姓的感恩戴德中，变作了流转在街头巷尾的俚语村言。天长日久，这俚语村言，又进一步演绎成百姓心碑里的碑文。

在上饶市，几乎每个县都有古井的身影，形状有圆形、八角形、方形等。地方越大，古井越多，生发的陈年旧说越精彩。那光亮的井台，是游子心中的晨曦；那幽深的井筒，是故乡审视天空的眼；那密且深的井圈勒痕，是岁月老人留给未来的鱼尾纹。如今古井日趋"下岗",却带不走耸立在心中由乡愁刻凿的碑。

　　古话说"背井离乡",井和乡是等同的,离开了"井"即离开了乡。虽然此"井"是古代划成阡陌的"井田",指代田野,并非水井之"井",但我认为当作水井之"井"并无多大误差。因为都有着生命依托的哲理。而"背井离乡",把"井"与"乡"平列,是不是将"这方水土"的含义表达得更凝练,更有"深入地下八尺"的不舍情愫呢?

三、渠运

　　上两节,我叙述了水的"金贵"和人对家乡老井的眷恋,这一节我就聊聊信江流域内很有名的两条古渠。

　　明中期,河口出了位当朝宰相费宏。惠济渠,是他于明嘉靖八年(1529)主持募资修建的。同时进行的另一工程是新城坝,由陈瑄实地指挥。

　　惠济渠宽八九米,长五千米,垒砌红石护岸,似游龙,曲折于"九弄十三街"之间。渠两旁民居,大部分外墙直接叠砌在护岸红石上。外墙青灰色,下方留有黑黝黝的小方孔,可能是排泄雨水之用。不经意间望去,小方孔是水渠的饰物,色彩分明,使水渠显得更加生动幽深。渠两沿的人行通道,在屋巷的空当处露出来,连通着渠上的座座石桥,或隐或现,透着"柳暗花明"的诗韵。渠中水引自铅山河,碧绿透亮,时缓时急地流淌,向您亲切地诉说着它的欢欣。水不深,但能漂小舟唱安逸,能留雅客巷中行,能防火烛解忧闷,能容水碓早晚听。埠头较密,在水波的亲吻下,迎送着前来抹脸濯手的南商北旅。倘若朦胧间闪现几位洗衣汲水的婀娜村姑,那满渠必然荡漾出阵阵香柔甜蜜的和风。

惠济渠实有两条，在进入"九弄十三街"之前，惠济渠分支渠流向西郊田野，给那里的水田旱地送去了甘霖。这条渠隐没在田垄内，平常没多少人注意罢了。

上个月，我在铅山朋友的陪同下，由石塘转来河口。那"九弄十三街"的模样，已被此地发展的喧闹、惊吓、萎缩成了一条老街。幸好这仅剩的一条老街尚长一千五百米，冠以"明清古街"名。街宽五六米，青石条纵横铺就，在两旁砖木结构、高亦为五六米的楼房簇拥下，像条不见开口的方形凹槽。现代的电缆电线，时不时地横过头顶，似乎在提醒着我：街虽古，现代味浓。

我有些忧虑。那远逝的嘈杂，卖瓷的、卖纸的、卖布的、卖酒的、卖茶叶的、卖药材的、卖杂货的，有那吆喝练武的，有那满街闲逛的，有算计别人钱袋的，有跌进人家圈套的，形形色色，百味相陈，虽消解于无形，但岁月的金辉不容置疑地将厚重的历史，灌进深陷的车辙，嵌进斑驳的砖雕，引进逼仄的弄堂，更藏进了市井百姓的梦乡。可我之所以忧虑，是看到现今时尚的建筑，盯住了这块纵横十多里的地盘，全然不顾地盘上"老而不朽""枯而不竭"的"古董"，粗野地开动机器，让机器的履带、轰鸣声，碾断和混杂了历史的部分"源流"，冲破了江南集镇的典型的农商梦境。

惠济渠顽强地穿行在街巷之间。

我走上了惠济渠的一座石拱桥，一眼瞥见的便是桥下的流水，水墨绿，内有塑料皮如游鱼尾巴般地晃动；护岸的红石底部，晒稻把似的竖着稀疏的灌木；石砌埠头像缺了齿的琴键，露着几分古老与稚嫩的滑稽；那渠壁墙面上的小方孔，黑黝黝的，挂着白灰色水渍，几株衰草顽强地立在旁边，草尖飘飘，似乎在为白灰色的水渍招呼视线。渠上的房屋窗户，全都关着，偶有鸟儿在窗沿平台上拉家常。我抬头朝来水方望去，明媚的阳光斜斜地照着渠右边的道路，几位行人有说有笑地往前溜达，可他们都低着头，时不时地来个腿部弹跳，生怕踩上什么窝心的"地雷"。

我与朋友往道上走去，见路旁有扇半开着的小门，门后紧挨石阶，我好生奇怪，便探头往里瞧，那石阶左边青石右边红石，湿漉漉一层层升起，高过门楣，上方却是透着亮的厅堂。此结构我是初见，问朋友为何，朋友指着门框处一人高的涨水线说，躲避水灾。而石阶左青右红，应该是先后两次筑砌或上面至少有两户居住。

惠济渠涨水灾，这大出乎我的意料。

昨日，我在石塘古镇，也看见一条名叫官圳的水渠，它修建于明嘉靖三十六年（1557），比惠济渠晚近三十年，长、宽亦不可比，仅两千多米长，两米左右宽，用材也平常，基本取自桐木江里的鹅卵石，可官圳渠依然惹人爱，依然颜值高，依然是石塘的骄傲，依然是石塘永久流动的乡思！

官圳的修造，同样得益于为官者的爱民情怀。可这为官者有两位，一位是七品芝麻官，姓陈；一位也是七品芝麻官，姓蔡。陈姓县官首先在桐木江边石塘筑堤灌溉，并规划分水进村，百姓称此堤为"陈公堤"；蔡姓县官是继任者，依照前任计划，将进村水渠依"川"字形摆布，渠边填土起房，水渠为房基开道，房基为水渠筑堤，既节省成本，扩大了过水范围，方便住家用水，又加快了水的流速，减少沉积淤堵。最终水渠（包括渠边新建房屋）历时四年完工，迎来了石塘萦绕不衰的灵气，开出了惠济渠的并蒂红花。

水渠取名官圳，相得益彰。除了表明是官府（官员）的行为以外，还体现了顺渠填土建房模式的优越，使"圳"字平添了新的含义。

我在石塘的一块菜地旁，听到在官圳水里除草人的几句话，他说："急什么呀？除这石缝里的水草，急不得，'治大国如烹小鲜'，我教过你呀,忘了?"除草人身穿防水裤,站在清亮的水中,在和渠边的儿童说话,估计是爷孙俩。他一边拉扯着从水里钻出的草茎,一边神态悠闲地聊天。

我蹲下问道:"老大爷是做什么的?文化高。"

他答:"不高。我医生,退休了!客人是哪的呀?"

"玉山的,专程来石塘玩。"

"哦,石塘好东西多呢!就说这水渠吧,没人刻意管,没什么规章制度,可这水流了几百年,清清的!"

"没人管?"

"是呀,靠自觉,靠大家对它的热爱!有人管,就说明有问题了。"老医生扯下一把草茎,连带着将菜地埂上的鹅卵石扯动了,眼看着鹅卵石就要滚下水渠,医生急速托住,慢条斯理地把鹅卵石摆回原处,按一按,又笃笃地敲一敲,见鹅卵石稳妥了,才开口聊道:"你去河口了吧?'九弄十三街'有人管,管到如今只剩一条街了。管要看怎么管,急功近利的管法,结果是急火攻心,要目赤便秘的!"

惠济渠建了十个月,是当时的优质工程。官圳营造了四年,相比之下,官圳是"耗时费工"了,但留下了延续四百年的民居规划典范。至今,一些名牌大学的专家教授,还时常进入石塘观摩呢!

在石塘镇的巷道行走,你会被清新、干净、安闲的气氛所包围。假如你迎面与当地居民相遇,什么叫自信,什么叫认同,什么叫欣喜,什么叫尊贵,你会从对方的点头微笑里猛然间获得感性的解答。当你顺着巷道穿行,看到官圳渠上一段段平贴水面的条石桥,看到隔着水流、对面可以握手的小埠头,看到水渠沿巷道转角处的谦让石,你能想到的不仅仅是历史脚步、社会和谐与道德高尚,更会联想到水的某些特性。

我拽回了思绪，扫视一下身前的惠济渠，又跟着朋友往前踱步，阳光依旧暖暖地照，给我身后拉出一道忽长忽短的暗影，似乎在表白着惠济渠的迷失。

地面上分布着横过路心的黑色小水沟，幸亏现在是四月初，否则可能会有大量的绿头金蝇飞舞。

官圳渠与惠济渠，在我们信江流域乃至江南，有着典型的窗口式的招牌意义。

朋友说这两年里，铅山政府做了很大努力，规划了一整套方案，准备再造古镇辉煌。

愿惠济渠在古镇"再造"中越来越好！

四、新坝

"啊——猫儿潭渠倒了！"

"快救，快救——"

猫儿潭渠倒塌了？怎么救？陈瑄心急火燎地往猫儿潭赶去，一路上他反复考虑着修复的方案。两年前，经回乡休养的费宏宰相谏议，朝廷同意在火田坂（弋、铅两水交汇处）修筑大坝，引水入渠，解决火田坂及下游万余亩田地的缺水问题。猫儿潭渠紧靠大坝，它的垮塌意味着灌区供水失败。火田坂依旧回归如火烧般干旱的年月。怎么办？时年五十八岁的陈瑄想起了面对费宏接受修坝任务时的情形。修坝是朝廷的主张，接受修坝却是陈瑄挺身而出、主动担当的行为。陈瑄是当地人，深知火田坂人的需求与向往。他振臂一呼，响应者无数。在朝廷财力非常紧缺的情况下，依靠费宏等人的捐资，周边百姓"有钱出钱，无钱出力"的支持，一条长六十余丈、宽一丈、高五尺的叠石大坝——新城坝，终于完工，给火田坂烈焰腾空的历史画上了句号。

陈瑄望着飞泻的猫儿潭渠缺口,感到飞泻的不是河水,而是他的热血,是火田坂民众的眼泪。他意识到自己必须再次担纲,抢修水渠。他毅然变卖家产,让出自家良田,早出晚归,荷锄担箕,加上乡亲们的智慧、财力和劳力,另辟渠道五百丈,并造桥两座,利用桥墩分水,减轻水渠压力。经一个冬春的劳作,纵横火田坂四十余里的水渠,又翻腾出了喜悦的浪花。

随之,乡人为陈瑄塑像立碑纪念。

费宏赋长诗庆贺,盛赞修渠壮举。我选录其中句子,合在一起,无意间又成了一首好诗。现摘录如下:

> 丈人本是经纶手,避俗逃名不轻售。
> 猫儿潭泱乡民忧,相率以状闻于守。
> 公勤端可一众志,荷锸成云谁敢后。
> 秦时郑国汉白公,此誉古今同不朽。

的确"不朽",新城坝与猫儿潭渠,至今还在奉献!

五、水碑

古渠留下的不多,与水有关的古碑留存的则更少了。

我在上饶秦峰一个叫塘头的村口,看到一块古碑,记载的是两姓村民争水打死人的内容。这块古碑嵌在朝门的墙上。朝门在京城是通往朝堂(朝廷议事大厅)的门户,而在地方,则成为当地迎送官员或家族显赫人物的场所,大都建在水口,规模或等级介于牌楼与路亭之间。很明显,将这样的警示碑立在此处,无疑是为了让当地民众永世记取血的教训。而于我,除了看到血的悲伤和水的珍贵,我还看到了水文的信息。

古人对水文信息的掌握非常重视。据了解，在三峡库区石岩上就有十七处水文古碑刻。库底著名的白鹤梁，唐时就刻有记载长江枯水期水位的石鱼十八尾，石梁上还刻满了描述水情水景的诗文三万余字。白鹤梁因之获得了"世界第一古代水文站"的雅号。

（三峡水库蓄水后，国家选用了"无压容器"的保护方式，将白鹤梁"罩"进了水肚子，修建了世界上唯一在水深四十米处的博物馆，供游人参观。）

水则碑是刻录水文的准则碑，它利用平水原理，直观地把水情民情加以表示，达到及时体察和调度的目的。现存的宋代吴江水则碑、宋代宁波水则碑、明代绍兴水则碑，都是见证古代人民与水亲近的罕见"水碑"。

宋代吴江水碑高一点八七米，上横刻七则，每则间隔二十五厘米，有碑文说明，如"一则水在此高低田俱无恙"。可见我国宋代就建立了观测水位为农业服务的制度。

宁波的这座水碑，处于海曙区四明桥下，上镌刻"平"字，"水没平字当泄，出平字当蓄""启闭适宜，民无旱涝之忧"。因此四明桥被称作"平桥"，有了双重的含义。

福建安溪有块躺在河边的碑刻，上有"砥柱即满"四字，据传是朱熹墨宝。当河水满至"砥柱即满"的"满"字时，或"满"字反潮时，天即雨，显得很神奇。

祭祀水的碑，于前年七月在济源被发现，一共有三块，一块属元代，两块属明代。古人有祭山祭水的习俗，将写有愿望的金龙玉简投向祭祀对象，称"投龙"，祈求来年风调雨顺、国泰民安。祭山（如祭泰山）的石碑早有目击，祭水的石碑，一直未见踪影。这可能与主祭人物（一般为皇帝，神秘）和祭祀地点（必须是源头，荒僻）有关，再加上河流淤积、变迁，如有立碑就像一些古老的埠头一样，悄无声息地被岁月"雪藏"了。这次济源发现的三块碑，所述内容均是祭祀山川神灵的盛况，文辞优美。尤其是第三块碑，用诗歌表达，将"降神、迎神、礼神、初献、亚献、终献、承厘、乐神、送神"九部曲，进行了详细的描绘，史料价值极其珍贵。

古代用来固定索桥的铁牛，其实是无字的水碑，它除了牵引和稳固浮桥外，尚寄托了百姓对"惩服水患"的"镇河"意愿。位于山西永济市的黄河蒲津渡口的四只铁牛，不仅具有上述功能，还代表了四个民族，宣告了民族的团结与和谐。

修建都江堰的李冰父子（秦朝时人）石雕像，应该是最早的、另种形式的"实物"水碑。

都江堰工程，解决的是成都平原东涝西旱的问题。在工程将要基本完工那日，李冰父子望着分流的岷江，露出舒心的笑容。可李冰想，是否在内江雕刻三个石人，用来直观地显示水位高矮呢？他把想法对儿子二郎一说，二郎立马落实。不多久，三个石人代表不同方向，立在了同一水平的位置上：水位线在石人脚部，表示灌溉用水量不足，可能出现旱灾；水位线在石人肩部，表示水量过多，则会发生洪涝。这就是史书里"竭不至足，盛不没肩"的由来。二十世纪七十年代，在外江金刚堤一线，又发现东汉刻凿的李冰父子石雕像，高丈余。专家判断此像有两个作用，一是纪念李冰父子的功绩，二是衡量水位线的标志。可能尚有第三个作用，即请李冰父子协同看护都江堰。因为在内江东岸的石壁间，李冰"深淘滩低作堰"的治水六字真言，赫然在镌！

这就是治水之碑！

众所周知，《史记》惜墨如金，可在记述大禹治水的过程里，司马迁洋洋洒洒用了两千多字，足见大禹治水的分量！

郭沫若，当代大家，学识渊博。据传，泰山石刻"虫二"二字，日本学者用了数年时间研究，终不得解。便请教郭沫若，郭沫若稍做思索，即告知曰："风月无边。"但在湖南岳麓山禹王碑（岣嵝碑）前，郭沫若面对卷曲如蝌蚪似的文字，满目茫然。回家钻研三年，仅识得三字！何故？岂是一个难字了得！

大禹，黄帝后人。三皇五帝时期，与父（名鲧）先后受尧、舜两帝安排，治理泛滥的黄河。鲧领命后，用"水来土掩"的办法，九年未见成效，由此心灰意懒，消极怠工，浪费国家财力，舜帝将鲧革职流放。旋即命禹继任父职，续治黄河。禹虑及水患之害，未对舜帝加以嫉恨，欣然前往。费心血采取"导江河，通航道，凿水井"的综合用水之法，历十三年，"三过家门而不入"，终将黄河导之入海，舟楫游弋，清水怡神，取得治水的巨大成功。禹王碑，虽其碑文至今未能破译，但碑为纪念大禹治水功德而立，是世之共识。它在我国学术界被奉为中华民族三大瑰宝之一，与黄帝陵、炎帝陵齐名。

现今看来，大禹治水的同时，促进了社会的和谐，带动了数学、测绘、交通等技术的进步。其业绩和德行，让后世高山仰止。

六、河杰

早些年，我见过一组名叫《一条大河》的雕塑，是形态各异，表情夸张，站成一长溜的裸体女人像。乍一见有些新奇怪异，后在雕塑的名字里，我初步读懂了雕塑所蕴藏的含义，仿佛这群生机勃勃的女人是时间的化身，是生命的告白。她们从远古走来，生生不息，汇流成滔滔的大河，变幻出缤纷的世界。时至今日，我突然觉得《一条大河》里的女人像，俨然是一尊尊经历独特的水碑，她们以水碑不变的形态,永远站在那里,又以水碑蕴藏的力量,张扬社会正气的传承。

信江,是赣东大地上的母亲河。它养育了吴芮、陶侃、洪皓、陈康伯、费宏、陈瑄、杨时乔、蒋仕铨;客居饶州与信江有着不解之缘的朱熹、范仲淹、辛弃疾、笪继良;更有为建设新中国而抛头颅、洒热血的英烈方志敏……他们都是信江之骄子,汇成信江俊杰之碑河,滋润赣东,伴信江久长。

吴芮(?—前202),出生于余干县五彩山(今邓墩)。是秦汉时期的百越部首领。秦始皇统一天下后,在全国推行郡县制,鄱阳始设县,吴芮即为番邑令(今鄱阳县令)。他为人宽厚,以民为本,轻徭薄赋,兴修水利,鼓励垦荒,治下社会安定,"男乐其畴,女修其业,惠被诸产,莫不安所"。当陈胜、吴广反秦起义掀起,吴芮审时度势,起兵响应,挥师北上,逐鹿中原,配合刘邦夺关斩将,攻南阳,破咸阳。兵锋所指,降者无数。秦亡,吴芮被刘邦封为长沙王,是刘邦所封王中的唯一外姓诸侯。公元前202年病逝,葬婺源镇头乡鸡山。后世修吴芮庙,世代祭祀。近有史书称吴芮为江西第一人杰。

洪皓(1088—1155),江西乐平人。他"少有奇节,慷慨有经略四方志"。宋、金不和,朝廷派洪皓使金,因不辱节义,坚决维护本国尊严,遭金国扣留,并流放冷山(今黑龙江)十五年。十五年间,与洪皓同使金国的随从们,大都为金所用,唯洪皓誓不从金,他不惧砍头,愿下油锅,拒绝引诱,傲视饥寒。是宋朝之苏武!他曾在浙江秀州为官,逢发大水,他提议截留皇粮赈灾。知州不敢,洪皓为减轻水害,愿用自己性命换粮,由此救得十万百姓性命。百姓称他为"洪佛子"。他文章道德相济美,著《文集》等书数十卷。他生有八子,其子洪适、洪遵、洪迈三人,均为旷世奇才。"一门三丞相四学士"是对其父子近千年来的盛赞。

费宏（1468—1535），今江西铅山县河口镇烈桥村人。他天资聪慧，一生屡获第一，十三岁府考第一，十六岁省试第一，十九岁中进士第一（状元）。随后四十余年的仕途中，费宏处事练达，任职无数。他为王者师，三进内阁，两任宰相，且在宰相任上逝世，此经历恐怕又数独一无二。费宏品行高洁，刚正不阿。他反对宁王增添护卫，强占良田，拒绝宁王重金收买，不惧宁王陷害追杀。他仕途既顺又不顺，多次遭贬返乡。返乡期间，他空出祖屋办学，并亲自任教，对后辈甚是爱护。他著有《鹅湖摘稿》等书数十卷，其《费文宪集选要》存入《四库全书》，为后人留下丰富的精神遗产。他晚年捐资在家乡主持协调修建的惠济渠与新城坝，更是深得民心，为经世美谈。

以上三位，都有治水救灾的经历，但简略笼统，难免空泛。下面，我谈一位既是"官"又是"民"的人物，他治理丰溪河的逸事，堪称悲壮。

丰溪河发源于武夷山脉仙霞岭，是信江主要支流，在上饶市城区北端汇入信江，全长一百一十七千米。其上游流域有风景秀丽的铜钹山，养育了众多的俊才贤士，如唐末诗人王贞白，他的"一寸光阴一寸金"的名句，是国人惜时的经典话语。该河道陡窄且弯曲，有些河段成"2"字形。逢春夏雨水，即水满为患。

为首治理丰溪河的人叫杨时乔（1531—1609），信州上饶人。他治理的过程，较之前头提及的陈瑄要"轻松"得多，可说是"稍带"或"小菜一碟"的事儿。他是明嘉靖时人，比陈瑄要晚四十来年。他进士出身，办事牢靠，口碑极佳。那年，黄河决堤，数十县受灾。朝廷连派治河大臣前去堵口，均无成效。皇上便将目光盯在了吏部左侍郎（相当于代理尚书）的上饶人杨时乔身上，命他前往。

杨时乔不负重托，通过细致的现场踏勘和深入的水情分析，查找到了溃堤原因，形成治理的最终办法——疏通河道，修堤拦水，令桀骜不驯的黄河水按人的意志汇流。结果，经两年治理，所治地域的黄河水不再泛滥成灾。

皇上大悦，赏杨时乔黄金五千两，另赐布匹、美酒，并恩准返乡省亲三个月。

杨时乔回到家乡上饶，避开地方官员的迎往吃请，轻装来到上饶城外的丰溪河边，见河水荡漾，温柔可人，一叶扁舟，披着斜阳在河面上轻轻划过。杨时乔情不自禁地伏下身子，掬水入口，一股家乡的亲切味霎时涌满胸腔，他脱口吟道："江南好，风景旧曾谙。日出江花红胜火，春来江水绿如蓝，谁不忆江南？"

杨时乔着实佩服白居易，用寥寥三十来字，就将春天暖阳下的江南，描绘得如此细腻，真不愧是千古名家。可他明白，江南之美，基于季节和环境。面前的丰溪河，就有"不开心"的时候，每当河水暴涨，水势湍急如脱缰野马撞来，田地、道路、村庄，大部冲毁，民众流离失所，留下一片凄凉。杨时乔多次见识过丰溪河发怒的样子，曾暗下决心要"劝导"丰溪河永远"温柔"。

"现时机到了，我身揣五千两黄金，不正好用在丰溪河的劝导上吗？丰溪呀，你要成为名副其实的丰溪。"杨时乔这样想。于是他谢绝交游，找当地官员与老人商量，快速地确定了治理步骤。

不久，一场声势浩大的拓宽取直的造河行动，从象鼻山至信江书院全面铺开，使丰溪河展现出了婀娜的身姿。

未曾想，此举被奸臣利用，诬陷为"私开运河"。皇上忌杨时乔性情耿直喜直谏，功高难驭，正欲除之，杨时乔便被革职，遣回老家。杨时乔死时，"箧余一敝裘"，无钱下葬，朋友凑钱资助其入殓。皇上知之，大悔，追封吏部尚书一职。百姓因杨时乔为官清廉，造福民生，尊为"青天"，加之他出生年月无着，更如天神下凡，故称杨时乔为"天官"。现上饶水南街有朝廷助建的"天官府"一座。

现时的丰溪河春光明媚，特别是耸立在与信江交汇处的丰溪大桥，长四百二十一米，高八十六米，宽二十八米，以上饶市首座斜塔斜拉式景观桥的丰姿绰约，受世人喜爱！

七、碑语

古代著名的水利工程，首推都江堰。

都江堰位于成都平原西部的岷江上，由"鱼嘴分水堤、飞沙堰溢洪道、宝瓶口"三大部分构成，以无坝引水为特征，集中体现了我国古代劳动人民的勤劳、勇敢、智慧，是水工程文化的鼻祖！

去年五月，我慕名来到都江堰，刚临宝瓶口上方，即见那平滑的石壁下，扭成麻花状的水流飞速穿行，浪花飞腾，声吼遒劲，我隐隐感到震撼的颤抖。这颤抖是崇敬，是佩服，我顺江远望，似乎看到了李冰父子的身影，又仿佛听到了民众"破竹装石、拖放石笼"的号子声。

古代水工程的技巧与成就，被现代水利人所秉承和发扬。在我们上饶，自新中国成立以来，有一大批水利工程应时而生，为民而建。虽然在施工设备、技术操作、工程规模及投资上，远超李冰时代，不存在可比性，可社会名望的流传却不及都江堰。然而，在服务社会的作用方面，恐怕这些工程都是未来的都江堰！如新中国成立初期第一次水利建设群众运动高潮中所建的七一水库、滨田水库、古埠联圩、角丰圩、鸦鹊湖圩等。第二次水利建设高潮（二十世纪七八十年代）中修建的军潭、方团、军民、群英等大、中型水库及一大批水电站，基本实现了农田旱涝保收、高产稳产的要求。进入

"八五""九五"计划期间,水利建设项目更如雨后春笋,除继续抓好原有工程的配套设施外,兴建了大坳水利枢纽工程和饶河联圩、珠湖联圩、信瑞联圩、康山大堤等十万亩以上的堤防;同时,建立水政管理机构,提高民众水法意识,加强和维护了水资源的开发利用。水利建设进入了持续、稳定、协调发展的轨道。

我年轻时筑过水库,那挑土筑坝的人流令我印象深刻。我对联圩建设比较生疏。今年三月底我到鄱阳,正巧遇上莲湖乡圩堤改造加固,便急急忙忙在鄱阳水利局干部小丁的引导下,前往一睹圩堤建设的风采。车停下后,面对宽阔的河流和河边的土堆,我还以为到了什么挖沙的场地,直至看清高大的工程介绍宣传牌,我才反应过来,圩堤就在前方,就在脚下。"挑土筑坝做水库"的人流已是历史书中的景观了。

鄱阳最大的堤防工程是饶河联圩,保护人口十一万余,面积二十万亩。它位于饶河支流昌江南岸和乐安河北岸,自三庙前乡的西峰岭,至饶丰满山咀,全长四十六点五七千米,堤高二十四米,顶宽八米,沿线有电排站、灌溉闸等水利设施。圩堤始建于二十世纪五十年代初,近七十年来,始终是省重点关注的圩堤工程之一。我迈开两脚顺着饶河联圩的堤坝走了数公里,目的不仅在于感受圩堤的伟岸,而在于搜寻聆听当年建堤时十万人马上堤的脚步声。

在余干境内,我进入了鄱阳湖区域最大的蓄滞洪区,康山大堤围护的范围(内湖)。里面有平静的村庄,泛绿的田地,浸着水、露出田埂和草兜的湿地,它们相依相伴,雾色朦胧,呈现出湖区平坦阔大、透着水韵的别样风光。康山大堤以康山垦殖场为起点,向东与东北两侧延伸,堤线长约四十千米,保护了四十五万亩土地和九万人口。

我看到过一段这样的资料:康山大堤是外湖与内湖的分界线,

由多扇闸门连通，基本功能是抗洪向外湖排水。二十世纪九十年代末开始，闸门由抗洪转为抗旱，将外湖水放进内湖，向内湖里地势高的乡镇供水。这可是破天荒的举动，承受了内湖被淹没的风险。可康山大堤的管理者们，用自己的双肩，坚毅地挑起了这副担子！

表面看圩堤的管理没什么特殊，与水库的管理相比较，或许要"单纯"得多。平日除了巡堤，制止一些村民的糊涂行为，诸如在堤上种植、开路、挖沙等，可堤线长这类小事会让你防不胜防。更难防的是白蚁，它是圩堤暗藏的"天敌"。一旦遇上涨水，圩堤管理者和群众，日夜守在堤上，担心及查找的就是白蚁惹的祸——管涌！"千里之堤，溃于蚁穴"是一点也不夸张的事实。

由康山大堤往上游走，便是信江的八字嘴河段。信江在此分作了东大河与西大河，形成了各有数百米宽的两道河流，望去若八字形的河面充满了水动能的诱惑。前年底，经江西省港航建设投资有限公司投资，以"航运为主，兼顾发电"的航电枢纽工程全面启动。去年九月，一期虎山嘴（东大河）枢纽工程顺利实现截流，取得阶段性成果；二期工程貊皮岭（西大河）又将开始。

我站在大型的工程实施效果图前，为八字嘴有"好八字"（道家用语，指命运）而欣喜。

效果图是治水的宣言，激情四溢！

它是水碑的蓝图！

八、今俊

新中国成立后的水利建设如雨后春笋，硕果累累。纵观这些建设成就的背后，站着一大批睿智勤勉、不惧艰险的英雄人物，他们汇合成了当代治河的"河"：彭协中、张健、王波、赵作民、余卓才、邵长河、周鸿亭、汪成珠、周效灵、傅岩、王福林、夏杰、龚建新、谢冠峰、徐林生、傅琼华、杨洁、吴高水……

江西省水利厅水文化办公室编印的《江西水利人》，集中反映了当代江西水利人"普通却不乏亮点，质朴却令人感动，执着却让人敬仰"的品性！其中有一连串闪动着信江波光的人物照片，令我倍生"老乡"的亲切。

一座外观颇似煤气罐的大型机械旁，站着一位健硕的中年男子，他身着迷彩服，头戴黄色安全帽，目视斜上方，一手握着机械拉杆，一手自然下垂，有力的双腿支撑着微微后仰的身子。看他那全神贯注、力拔山兮的神情，你会产生这是位工作认真负责的员工念头，你不会想到他是位在对越自卫反击战中受伤三十多处的好汉。他极其敬业，泵房与检修车间是他最愿待的地方。每当机器检修，冬日，他喝口白酒下机坑；暑天，他涂点风油精照样干。他就是贵溪市九牛滩水轮泵站的全国劳动模范徐林生！

一间办公桌上、茶几上堆满了资料的房间中央，站着该房间很有风度的主人。他手屈在胸前，搁在抽屉旁，这抽屉被端出压在了桌面的资料上，抽屉里满是资料。他像是交响乐团的指挥，他的手俨然捏了根神奇的指挥棒。只见他歪过头，环视着面前重重叠叠的各色"宝贝"，好像在说：今天我们唱什么歌呢？我这个指挥可不会别的，只能让你们跟我唱水歌了！他背后的公文厨紧闭着，估计里面藏着他的"与水共舞"的新老"歌谱"。

这位指挥是谁？他就是上饶市水利局总工龚建新，享受国务院特殊津贴的专家。

行文至此，我不妨跳出信江流域，以佩服而不能省略的笔触去赞扬一位巾帼舞水人了。她同是国务院特殊津贴的专家，是省水科院副院长、大坝中心主任傅琼华。众所周知，一座水库最关键的部位是大坝，而傅琼华就是大坝"身体"安全的护理师、鉴定师、评估师。一年三百六十五天，她有二百多天在大坝上度过，不惧日晒雨淋，挑战山高路险，藐视虫咬蜂叮，她心系省域内的每座大坝（七一水库大坝她无数次亲临），她把"守望大坝"当作毕生的情操。她曾写道：晴朗的春日，着一袭淡色的装束，行走在水库大坝的马道上，心中漾起了守望的诗……

这位老汉，《江西水利人》里没有记载。在贵溪的一处水利工地上，我遇到了他——吴高水，一位年近七十的水利员。他从事贵溪的水利事业五十余年，几乎没有他未曾参与设计、劳作的水利工程。他两次遇险，一次是在山区踏勘，他搭乘的农用车翻下山沟，摔得鲜血淋漓；一次是在防洪抢险中，他三天三夜未睡，晕倒在湍急的河流中。我遇见他时，他正受命监督两处水利工地的施工。我望着他黝黑的面容，心底顿生敬意！

《江西水利人》记载的人物较多，其中采写的这位人物，没有工作的近镜头照片，我认为也应该说说，因为我看中了他的"不务正业"。他叫王小军，二十世纪九十年代初的退伍军人，一位普普通通的上饶县水政监察大队大队长。他从事水政执法十几年，在他管辖的信江、丰溪河段，没有哪处不曾留下他的身影，也没哪位在河里"讨生活"的人不认识他，他对所管河道哪处有沙石，哪处多盗采，哪处宣传不到位，哪处河堤有险情，他了若指掌，每天带着他的执法队员，开着即将报废的"执法车"，轰隆隆地游走在河边。

他当上了附近山火的编外预警员和救火员。有次森林突发大火，正向村庄扑去，幸亏被王小军他们发现，他们一面立即通知村民撤离，一面急速选定地形，与赶来的救火队伍一道断开火路，避免了一场惨痛的火灾后果。如此多次遇火之后，王小军配合当地政府，组织了一支义务扑火队。尽管他们"半专业"，但他们是属水的队伍，救火不正好"事半功倍"吗？王小军的"不务正业"，我认为值得提倡，因为有多少人似乎都在"不务正业"地为我们的水利事业默默地付出。

比如志愿者队伍，他们自发地去河边捡垃圾，替河流美容。上饶市有支名叫"老娘舅"的志愿者队伍，在信江河边做着规劝游人别乱扔垃圾、自己捡拾垃圾的义举。他们与"河长"定期联系。

"河长"是我国新兴的行政职务，"河长制"是由省、市、县、乡四级组成，管理河湖的体系机制，以"保护水资源、防治水污染、改善水环境、修复水生态"为主要职责，保障河湖功能的永续利用。河长制的推出，使原本散漫的河湖管理趋向了责任明确与规范。我们上饶自实行河长制以来的三年里，实现了对全市三百零七条河流及九十一座水库的河长管理全覆盖，加大了执法力度，水污染得到严格管控，工作取得了显著的成效。

昨天，我有位摄影朋友，说他在参加"保护母亲河——信江"的志愿者活动中，拍了张很有意思的照片，嘱我给照片起名。照片拍的是儿童手举一片树叶，往路边垃圾桶里放，一双脚高高踮起。儿童的左边是"保护母亲河——信江"的横标，右边是身穿志愿者服装的老奶奶，她伸着手做指引状。我被那只高举树叶的手和那双踮起的脚感动了：树叶虽轻，凸显的主题极重；个子虽矮，彰显的精神尤高。于是，我欣然取下照片的名称——"分量与未来"！

水的分量由生命构成，它流经的江河靠众生保护。每年的三月二十二日是世界水日。强调"节水、保护水资源"。而在三月二十二至二十八日却是"中国水周"，今年中国水周宣传的主题是"坚持节水优先，强化水资源管理"。

九、清波

　　五府山雄浑峻峭，处武夷山脉北麓，距上饶市四十余公里。其主峰五府岗高一千九百米。古时，因在主峰顶可远眺周边广信、饶州、衢州、建宁、延平五府，故称五府山。它与三清山遥遥相望，拥有悬崖飞瀑，溪涧幽谷，森林竹海，草甸平湖等自然景观，且动植物种类繁多，其中中华蜜蜂原产地现有上万群中华蜜蜂飞舞及四十公顷高山牧场的奇特和壮美，是五府山山水灵动的象征。

　　在五府山腹地，有组形如七星环绕的山形，"七星追月"的传说便发生在这里，表达了万千民众向往美好的心愿。二十世纪五十年代，我国掀起了水利建设的热潮。五府山亦迎头赶上，以"七星追月"为中心区域，兴起了"七星湖"的营建。不料意外横生，当参建人马刚扎下营盘，一场大火从天而降，烧毁了驻地的大部分工棚，数十位民工葬身火海。原是冲天的热情，瞬间降至冰点——七星湖停修。

　　然五府山人修建湖泊的念想，如山风吹拂，日日在林间沟壑里穿行。每隔上一段时日，"重修"的议题便会摆上政府桌面，甚至付诸实施，可终因某些原因而被迫暂停，"七星湖"成了五府山人"盼星星、盼月亮"的梦中企求。

　　周是土生土长的五府山人，他除了幼时那段无情烈火的惨痛是听说以外，亲历了随后建湖的各个阶段。"劈开太行山，漳河穿山来，林县人民多壮志，誓把山河重安排"，他常把这支歌撒在上学的山道间，心情是童稚的羡慕和钦佩；粟裕突出怀玉山、转战五府山的艰难和壕岭战斗中展现出的无畏、自信，使他获得了对家乡的热爱和自豪。当他置身社会，用深情的笔墨颂扬五府山的时候；当他看到七星湖——枫泽湖——大坳水库，逐次在报告中亮相，最终叠印在"大坳水库"的时候，周的心灵经历了清晰、困顿、昂扬与欣喜的演变。他随五府山愁而愁，随五府山乐而乐。他把对五府山的爱化作了自己万千的祝福，他借描写自己对茶马古道和留宿山里的感受，表达了对五府山的深情："山脊有通往福建的茶马古道，福建茶叶经此茶马古道，从上泸上船通信江、入鄱湖、进长江、转汉水、上山西、出西口运往俄罗斯。这条茶马古道还留下辛弃疾、朱熹等历史名人的足迹，'稻花香里说丰年、听取蛙声一片'的优美词句，就是辛弃疾途经这里的黄沙道时获得的灵感。""我在林场值班，一天只睡四五个小时，仍不觉疲劳，精气神十足，显示出天然氧吧的神奇！"

二〇〇三年三月，一座库容约有三亿立方米，兼有灌溉防洪供水发电功能的大（2）型水利枢纽工程——大坳水库，胜利竣工，它历时九年，克服了重重困难，终于使"七星追月"的希冀，迎来了"银河落九天"的愉悦！

近年有粮食专家称上饶、铅山是"赣东北粮仓"，既为粮仓，旱涝保收是必备条件之一。大坳水库的建成，使"粮仓"更多了一份保障；而饮用水的供给，大坳水库是上饶不折不扣的"水塔"所在！

当我经市有关部门介绍，前往大坳水库游览、采风时，走岔了路，未经上泸镇，直接跃上了水库腹地的山头，如此我"歪打正着"，面对的正是浩渺的湖面。湖面如镜，平静得犹如床前秋夜里的月光。对面的山峰，估计就是五府岗，黑黢黢地倒映在水里。问过路后，司机掉头顺着水库边的小道，晃悠悠地往水库大坝赶去。约有十分钟的路程，全傍着水面，倒让我"顺便"领略了水库的部分风光。一些诸如"保我一湖清水，还您一生健康"的宣传牌不时闪过，引我渐渐涌起欣慰和豪迈的情愫。不知不觉中，苏东坡的词句溜进了我的脑袋——

　　明月几时有？把酒问青天。不知天上宫阙，今夕是何年。我欲乘风归去，又恐琼楼玉宇，高处不胜寒。起舞弄清影，何似在人间。
　　转朱阁，低绮户，照无眠。不应有恨，何事长向别时圆？人有悲欢离合，月有阴晴圆缺，此事古难全。但愿人长久，千里共婵娟。

　　大坝由混凝土浇筑，七字形，巍峨壮观。一条溪流从坝下左侧流出，碧浪滔滔，形成傍千年古邑——上泸镇而过的泸溪的源头。
　　奔腾的泸溪源头啊，任重道远！

十、干流

　　我有位同学在上饶集中营做管理工作，我去看望，临别时他送了一套新编的《上饶集中营》的书籍，我觉得与我这次走访信江没多大关系，顺手扔在了车座椅上。当我坐上车，瞌睡欲来时，随手扯出顶在后腰的书，浏览了下书名，翻了翻书页之后，我仿佛触碰到了一条河流，手中的书沉甸甸的，脑袋里突然蹦出了革命烈士纪念碑的身影，是啊，纪念碑与书是并列关系，与我欲写的当今人物是传承关系，他们像一条川流不息的河流，源头、上游、中游、下游，直至大海……
　　我在这次信江走访的过程中，遇到了几位不是治水的"治水"人物，他们赫然闯入了我的视线，我感悟到了他们是历史长河里相辅相成的干流，同样是"与水共舞"的英雄，耀动着江流的绚丽光芒。
　　程小波，一九六六年出生在信江源头的怀玉山。他打小热爱方志敏，喜读方志敏的《清贫》《可爱的中国》，是听着、读着方志敏故事和文章成长起来的。可随着年岁的增长,他愈发觉得方志敏的故事远远没有讲够,形成文字故事或是学术论文的更是冰山一角。于是,在一九九九年八月二十一日,方志敏诞辰一百周年纪念的当天,他立下誓言,要"自费重走红军路,在当年方志敏开辟和创立的闽浙赣皖革命根据地区域内,踏寻采访曾投入过土地革命健在的老同志和失散的老红军",抱定"能舍弃一切,却不能舍弃方志敏研究"的决心,他与单位签下停薪留职的协议后,便开始了独自一人,历时四年的"清贫万里行"的宣传采访行动。

二十世纪八九十年代,在怀玉山一带,几乎每个干部或职工家庭都会有一个一尺五寸左右宽的黑色皮革挎包,它容量大,除装些洗漱、雨伞之类的日常生活用品外,还能装进走山路热了脱下的毛衣。程小波背起一只这样的挎包,让它带着汗味,见证了主人穿行在既熟悉又陌生的山林、村野和都市间的身影。

四年里的艰辛可想而知。他有过坚毅,有过徘徊,有过欢笑,有过泪水;他曾因抢救式地见到了一些老红军而欣慰,亦曾因学校的学生听他讲方志敏故事而自豪;他曾因妻子借钱支持他"清贫万里行"而激动,亦曾因元宵节家里买不起一碗汤圆而自责;他用他的自信抵抗了鄙视,他用他的执着换取了成功。如今他得到了方志敏研究会的肯定,被任命为方志敏干部学院副院长,案头堆满了他采写的有关方志敏的图书,诸如《血染归途——方志敏和北上抗日先遣队》《心有大爱——少年方志敏的故事》《生如夏花——方志敏生平事迹探究》……他的办公室墙上,有幅这样的字:

我能舍弃一切,但是不能舍弃党,舍弃阶级,舍弃革命事业。我有一天生命,我就应该为它们工作一天!

——方志敏

卢志坚，石塘镇人，今年七十有二。他初中读了一年便当了木匠，是镇里大名鼎鼎的木工师傅。可现时你看他嘴边挂着话筒的架势，听他说导游词的流利，你必认为他是专业的导游呢——

"各位游客朋友，欢迎你们来到名闻遐迩，素有武夷山下'小苏州'美誉的石塘千年古镇。二〇〇三年，石塘镇又获得了'江西省历史文化名镇'称号。历史上，石塘是闽赣交通要道和货物集散地，是古时江南五大手工业基地之一……"吐词虽算不上字正腔圆，但经过了话筒变得有点高亢的音质，倒是难得的男中音呢！

十多年前，当家人亲友举杯向他贺喜六十花甲的时候，他却闷闷不乐，口中念念有词："不干了，不干了，改行！改行！"亲属们莫名其妙，询问半天，才知他要不干木匠了，改行写文章。此言一出，令众亲友惊讶万分，纷纷伸手探摸他的前额，欲送他看医生。他死活不去医院，大嚷"写文章"，并将木工家什扔进柴火间。家人茫然，睁着困惑的眼睛盯着他，暗自着急。

而老卢，除了不干木工活外，其他举止在家人眼里也似乎不正常。他要不戴上老花镜，捧起孙子掉了页的学生字典看个不停，要不在石塘镇一些古旧的里弄厅堂踱步，对古迹、古遗存特感兴趣。家人无计可施，请出老卢八十多岁的老丈人来劝说，希望他不拿斧子也要干些其他事体，看字典闲逛，哪有个持家生活的样子？可他我行我素，除了过街穿巷，还时常关起房门，真的写起了文章。如此鼓捣几天足不出户，不见日升日落。妻子怒了，趁他外出藏匿了他的文字宝贝，害得他四处寻找无着。待弄明白是妻子的"制裁"后，他二话不说，卷起铺盖，出了家门。妻子问他何干，他给妻子下通牒道：不交出我的东西，我就去庙里做和尚！妻子无奈，不仅让小孙子前去"完璧归赵"，而且还由着他"天马行空"了。

春去秋来，当农田又一次呈现金色的景象时，卢志坚的文章

《浅说石塘古建筑》上了报。由此他一发不可收,诸如《芝阳会馆》《新四军在石塘》《石塘红韵寄情思》《将军湾的由来》等四十余篇记述,登上报刊,再次唱响了石塘的名声。央视生活台循声而至,用他们的摄像机,挽住了石塘手工艺的回想。

　　卢志坚并未满足,他又自备扩音器,义务干起了导游。他要在一阵一阵浪潮般的游人队伍中,为石塘丰厚的历史文化,精神抖擞地添上一缕男中音的美。

　　提起唱歌,我想起了上饶民歌王姚金娜,她的代表作《开口就唱共产党》,伴随她走过了半个多世纪。由这位歌王,我又联想到中国作协会员、中国电影家协会会员,痴迷于电影创作的余干汉子史俊。他创作了《花香岁月》《万年飘香》《山鼓声声》等三十多部散发着乡土气息的电影剧本,有廿一部被搬上银屏,在江西卫视、中央电视台电影频道或全国院线热播。二〇一五年,他的《金色的家徽》获"夏衍杯"优秀电影剧本奖。今年秋,他的反映侨乡变迁的农村题材电视剧本《椰乡恋歌》,将在海南与横店开拍。他钟情于电影剧本创作,为人随和诚恳,对所担负的工作同样勤勉尽心。去年,他从余干广播电视局局长位置上退下来,今年初,领导又重新请他出山,担任余干文联主席。这种"梅开二度"的现象,在我们上饶组织史里恐怕是绝无仅有的。

　　这样的干流,汇聚成了信江人文的壮观力量,它们伴着信江河水,从容地奔向前方。

十一、渔俗

　　康山大堤上有座去年给江豚立的碑,整块天然麻石,一人多高,鸡蛋形,上书红色"江豚湾"三字。碑的右上角有印鉴似的图刻,展现的是两只跃起的江豚,很是亲密的神态。立碑的意义在于消失多年的世界唯一淡水型长江江豚又出现在了鄱阳湖,这"水中大熊猫"对水的生态环境要求很高,它的到来,表明了水生态环境的改善。这确实是值得人类庆贺和惊喜的大事,所以立碑纪念,还加盖了江豚的"私章"。我亦沾沾自喜,举起手机拍照,茫茫的水面看不出什么景色,但我深知,这里是江豚的家乡。

鄱阳湖东边有片面积很大的湿地公园,里面有满草滩的天鹅、成群的孔雀和陌生的鸟类。牧童的黄牛,悠闲地卧在草滩间,昂着头,好像在与身边的天鹅讲解养生的经典。那天鹅若绅士般踱步,扑扇翅膀,嘎吱呼应,可就是不起飞。公园的"天鹅之家"内,有很多灰色、白色的"天鹅",其中有几只"东方白鹳",据介绍比大熊猫还要珍稀,是国家一级保护动物。它娴静地单脚立定,丝毫没有想逃逸的意思。公园科学馆边孔雀特多,沿路张屏,摆着姿势,任由你怎么拍摄,都惊不了它,同样不见翱翔。经询问,得知它们和天鹅一样是吃得好(以小鱼为食),肥了,飞不动了。

江豚会肥、会跃不起来吗?水中大熊猫的靓影,在跃起的瞬间,聚集了"万千宠爱于一身"的骄傲啊!

鄱阳湖水天相接,波光迷蒙。湖上的渔俗很有特色,是中华民俗文化的重要组成部分,见证了民族的发展史。在捕鱼船、捕捞工具、捕捞方式等方面都有其特色。其渔谚、渔灯、渔歌、渔鼓、渔民号子、龙舟竞渡、中秋祭月、农耕稻作、禁渔开港等,反映了"应时、取宜、守则、和谐"的生活理念,集中体现了"男耕女织""渔樵耕读"的耕读渔猎文明的显著特征,极大地促进和丰富了文化内涵,形成了江西省丰富多彩、魅力四射的非物质文化遗产。

渔鼓,亦称"鄱阳道情",是富有江南特色的民间曲艺,起源于唐朝,腔调富含唐诗音律,通过水乡的民间小调、方言鼓词加以表现，连说带唱，绘声绘色，享有"不听不要紧，一听就上瘾"的赞誉。

渔谚"水涨三尺，鱼涨三丈"，点明的不仅是水、鱼、人三者的关系，并揭示了人与自然相处的准则。"寒露霜降水推沙，鱼沉深潭客归家"，此"客归家"三字一语双关，用得极妙，既表明了渔者对鱼的态度，尊为"客"，深潭是其家，又流露出渔者休息在家等待朋友登门拜访的欣慰心情，这充满禅意的表述，人有陶渊明"悠然见南山"的韵味！

渔民号子，在湖区分布极广，种类繁多，主要有撑船、拉纤撑篙、拖船、起锚、提钩等，特色鲜明，风趣自由，粗犷强劲。譬如撑篙网的"老虎号子"，网住鱼了，模仿老虎吼，雄浑低沉；没网住鱼，则学猫咪叫，细腻轻飘。如此音调的变化，呈现了艰辛捕捞生活里的无限愉悦。

龙舟竞渡，是江南百姓非常喜爱的娱乐活动。我看过很多地方的龙舟赛，一般可见五六条龙舟游弋，虽热闹终显"秀气"。而在鄱阳湖，人人参与活动，即使是不在家乡的赤子，出资请人替代，也得过把心中向往的竞渡之瘾！五月十三这天，出现三四十条龙舟齐上阵，在碧绿的湖面上竞威风，是再平常不过的景观。他们彰显的不仅仅是一方水土的精神风貌，而是"勇争上游"、传承历史的文化大餐！

湖区百姓家的中堂上，常有"勤而不足再加俭，耕有余闲且读书"的对联，既有教诲，又有期望，将他们日复一日的湖里、洲上的劳作生活，蕴藏在勤俭持家、耕读传家的传统风味之中。近年来，他们与时俱进，引进了稻田里养虾的共作模式，创造了"稻在水面长，虾在水中游"的相互促进的灵动局面。

鄱阳湖的特产中，银鱼是首屈一指的精品，明朝时就被列为贡品。它细小透明，肉美味鲜，有益脾润肺、补肾滋阴的功效。当它雪白似银条的形态呈现在你面前时，你心中的爱意会随着鄱湖的波涛，一层层地荡漾开来。

　　鄱阳、余干两地，都有流传了六百多年的开港习俗。开港由休渔而来。休渔是渔民给鱼休息生养、繁衍育肥的过程。一般在冬、春两季进行，选择一些水域港湾实施封禁。渔民按约定俗成的规章制度，一律停止捕鱼作业三个月。开港时，渔民需备三牲、买美酒、拜菩萨、祭湖神、授渔旗、放爆竹，然后渔民们升帆启航，驶上"出没风波里"的征程。近年又演化成了政府主持的"开鱼节"。今年六月二十号，鄱阳在国家湿地公园，余干在康山大堤，同时盛大举行为期五天的第二届"开渔节"的庆典。届时，两地将锣鼓喧天，彩旗飘扬，千帆竞发，上演"鄱湖迎盛事，渔家谱新篇"的历史新剧。湖中，"渔人湖上阵鱼丽，结队连舟十里围"；岸上，游人在"迎神拜鼋、开幕仪式、祭湖祈福"等环节中，体验到"渔歌渔舞、千人鱼宴、天下第一锅、鸬鹚捕鱼、法国厨师与鄱阳大妈烹鱼竞技"等表演的喜悦。

　　今年的"开渔节"中有个环节：给江豚碑揭牌。似乎这仪式来得有些晚，但如江豚现身一样，同样是破天荒的含义多重的举动，必将引起世人的再度聚焦，因为这是鄱湖人的承诺，因为这会成为鄱湖的又一习俗！

　　鄱湖习俗因水而生，因水而迷人，它不因物换星移被遗忘，反而在日月流逝的各个节点，与人们相拥，它突破了碑的形制，恒久地竖在不经意的前方。

　　我有个计划，准备在"开渔节"里再去鄱阳，去听人唱渔歌。据说我那数十年前随叔叔来鄱阳读书，而后只见过一面的儿时女同学要上台唱歌。

她会唱什么呢，"一条大河波浪宽"吗？

十二、忠臣庙

"江西老表"的来历有很多版本，有纯学术的，有接地气的，有传奇的，有玄乎的。你喜欢哪种？当你来到地势稍显突起的康朗山，走进忠臣庙，你会喜欢传奇的了——朱元璋在鄱阳湖大战陈友谅，战败受伤被康朗山（即康山）渔民救起。渔民姓陈，朱元璋娘舅亦姓陈，如此便是姑表亲戚。朱元璋伤愈离别之际，对渔民说：我若做了皇帝，你们来找我，就说是我的江西老表来了，没人敢阻拦。果然，朱元璋当皇帝后，康朗山人前往朝见，只要提起"江西老表"，便一路绿灯！

忠臣庙建于元末，是朱元璋为祭典在鄱阳湖大战中为他牺牲的忠勇将士的。它坐落在康山大堤里侧，有二三十亩的范围。浩渺的鄱湖水就在堤外荡漾，使忠臣庙显现波澜壮阔里的祥和、肃穆。庙内陈列着那些忠勇将士的字碑塑像，而那位陈姓渔民，估计不在其列。

但有一句如河水流淌不息的"江西老表"相伴，足矣！

我徘徊在忠臣庙的屋宇间，思绪却飞到了信江源头怀玉山的清贫园中……我想到了鲁迅先生的一段话："我们从古以来，就有埋头苦干的人，有拼命硬干的人，有为民请命的人，有舍身求法的人，这就是中国的脊梁！"

碑是除摹刻以外的所有文字刻石的总称。按形制分有刻石、摩崖等七八种。一般顶平、正面为长方形的称碑，顶为圆弧形的称碣。按内容分，则千差万别，难以列举了，但大致是两种类型，纪事与颂扬。

碑文化源远流长，从先秦起，用石碑测定日影，到祭祀时拴牲畜，再作为墓旁牵引用石柱，然后在未搬走的石柱上刻文字用作纪念，如此也就渐渐成了今日意义上的碑。

可有一种碑看不见，却同样经久，那就是口碑。

碑，不仅古人重视，现代人同样重视。随着时间的飞逝，水及水碑将愈益受到重视，那些为"水"而奋斗的人，必将与日月同辉！

二〇一九年五月

后　记

前年九月,我从农业局退休了。走出局大门,胳肢窝下夹着退休光荣匾。我伸伸手弯弯腰,扭扭脖了跨跨步,尚觉得有八百斤力气。可退休的光荣匾已毫不迟疑地钻进了我的腋窝,等下还可能跃上我家的厅堂,给我的人生之旅缀下了"句号"。我很明智地认识到,纵然有八百斤力气,哈——也该换个地方施展了。

换去哪个地方呢?

我平常喜欢"码"些自娱自乐的文字,寻思退休了,有时间了,就更应该"发扬光大"码字的爱好了!可"码"些什么内容更有意义呢?

自我回顾?江湖感悟?观光游记?抑或是农业在当今生活中的作用?果真写这些内容,那于我是写不出新意,更写不出有分量的文字的。

想起当今流行的"词语",什么"草泥马,逗比,撩妹……"我便如吞蚊蝇,怒火中烧。自己爬格子爬了一辈子,从没这样作践过汉字,可在部分年轻人当中,我常被他们的言语捉弄得不知所云。我能不能在"纯洁"语词上花点功夫?中国文化真不能滑向低俗的深渊啊?

时下国学走俏,是否从反面佐证了国学的前景堪忧呢?听一些

"语文是什么""学而优则仕"和"上善若水"都没讲明白的"大师"在讲《道德经》,你不替国学担忧并扼腕叹息吗?

有学术专著说中国传统文化有两大支柱,分别是道和儒,主要有"阴阳五行、天人合一、中和中庸、修身克己"四种思想填充其中,撑直了中国传统文化的腰板。在这里,我无意阐述宏大的支柱和思想,我只是在表明"道"与我的缘由。这缘由,我在本书的《雨中道缘》里做了交代。它促使我认为,要为维护中国传统文化尽微薄之力,正儿八经说汉语,少不了从道和儒的具体事例开始。

我选择了登道教名山,写游历感受入手。

龙虎山、青城山、武当山、齐云山,我把当今道教的四大名山,由近及远地转了个大圈。虽有游历的收获,但道方面的内容遗漏颇多。待我回到玉山,望见三清山缥缈的峰峦时,深感自己犯了急躁的毛病。三清山,我国著名的旅游胜地,道教"上清、玉清、太清"三位尊神列坐的仙境,我怎么不盯着"道"而先来趟"走访"的实习呢?

于是,我重游三清山!

我惊讶地发现,三清山峰林间的道气如浓雾般飘飞。

只有三清山,于近两千年前,吸引葛洪不避艰险上山修道炼丹四年半;只有三清山有道教微型石雕建筑群,其中有全国道界唯一的建筑纠察府;只有三清山有数不清的遗存,被誉为中国"道教博物馆"!

我以前疏忽,仅注目三清山的自然景观了!

在三清福地的水池旁,我听到了一则消息:浩瀚的鄱阳湖边,有个县城缺水,需紧急在鄱阳湖底开沟引水,才可解决数十万人的用水匮乏!

我闻之大为震撼!深感道离不开水!

三清山是信江的发源地。在注入浩渺鄱湖的五大水系中,信江的流域面积仅次于赣江,位居抚河、饶河、修水之首,且水量丰沛,是鄱阳湖水量补给的"生力军"!

三清山从不吝啬水,它将道的灵动与悯爱,洒向了信江两岸,使信江流域蓬勃、氤氲着古音今韵,名仕俊才,优品胜迹,鱼肥稻香……

尽管我在农业局工作,深知水与农作物的关系,也深知"水利是农业的命脉",但对水的日益"紧缺"体会不深,几乎可用"浑然不知"来形容。大旱季节,遇见信江的部分河段,裸露着已失生命体征的河蚌,认为是年年如此的正常现象。我做梦也没想到,中国最大的淡水湖——鄱阳湖会萎缩,会缺水,会旱涝换位!

联合国曾宣布:"到2025年,全球约有十八亿人口面临绝对缺水的问题,约三分之二人口可能在用水紧张的条件下生活。"当中国西北地区缺水,当鄱阳湖周边区域缺水,当上饶城区缺水,朋友,您会产生惊魂一跳的感觉吗?

近年的电视宣传广告中,常见一条关于水的警语:"地球上的最后一滴水,可能是人类自己的眼泪!"

水在悄然地闪烁红灯!

据国际有关机构研究,全球缺水的根本原因是全球气候变暖,产生温室效应,使全球降水量重新分配,造成水资源的不平衡。可时下更重要的原因之一是"人类没有管好水和无理使用水"。

矛头直指人类自身!

我生出了大山般的紧迫感!我应该正视水!

水之美好,《道德经》内早有颂扬:"上善若水,水利万物而不争""天下之至柔,驰骋天下之至坚"……

我联想到了以人类之力建造的水库,是否属于"管好水"之范畴呢？是否属于未雨绸缪、"雨露均沾"的举措呢？

可有什么法子能根本性地制止水向"紧缺"滑行呢？

——宽广茂密的森林！

森林是分散的天然水库。而人造水库及治水设施，是森林水的聚合器与开关！

青山常在，绿水长流！

于是，我在爬山休整的空当里，从怀玉山、三清山开始，顺流三百余公里，至鄱阳湖，用我的拙笔（绝无低俗的词语），蜻蜓点水式地描述了赣东人民"爱水、护水、创造水"的过程！

道给水敞开了心怀，以其"柔而坚"的形象行走于世；水给道注入了灵魂，以其"无争无藏、泽润万物"的宗旨，让天下生辉！

不知不觉中，我的行走已历两个春秋，自感可以告一段落了。在此，我感谢所有支持我、关心我的领导、同人、亲友，尤其是帮助、鼓励我将所写文字结集出版的大德贤士……是他们使我获得了表白心迹的机会！

但愿人长久，千里共婵娟！

周　力

二〇一九年十月